AF304493

Tabea Petersen wurde 1979 geboren und wuchs in Sachsen-Anhalt auf. Nach dem Abitur siedelte sie nach Dänemark über, wo sie eine Ausbildung zur Diplom Kultur- und Sprach-mittlerin absolvierte. Sie lebt mit ihrer Familie in Graasten nahe der dänisch-deutschen Grenze. Seit 2009 veröffentlicht sie Romane und Kurzgeschichten auf Deutsch und Dänisch.

Ein Cornwall Cosy Crime

TABEA PETERSEN

Vorwort

Cornwall und ich, das war Faszination auf den ersten Blick. Ich war eine schwärmerische 14-jährige, die stets die Nase in irgendeinem Buch hatte, und alte Legenden fesselten mich besonders. Wer kennt nicht die Sagen, die sich um König Artus und Königin Guinevere, den Zauberer Merlin und die Ritter der Tafelrunde ranken? Außerdem mochte ich schwierige Wörter in exotischen Sprachen – je schwieriger, desto besser. Und ich liebte das Meer.

Kein Wunder also, dass die Küste Cornwalls, die meine Familie und ich während unseres Sommerurlaubs besuchten, meine Phantasie sofort gefangen nahm. Die Spuren der alten keltischen Kultur und Sprache sind dort noch immer auf Schritt und Tritt präsent. Die Landschaft ist rau und sanft zugleich, so abwechslungsreich wie kaum irgendwo sonst. Das wintermilde Klima, das der Golfstrom mit sich bringt, lässt Palmen und andere mediterrane Gewächse gedeihen. Auch die Bilderbuchkulisse der kleinen Badeorte an der Kanalküste kann einem das Gefühl geben, sich am Mittelmeer zu befinden. Dann wieder bestimmen schroffe Felsen das Bild. Diese werden Euch auch beim Lesen des Romans begegnen.

Zwar habe ich die Handlung in einer fiktiven Kleinstadt angesiedelt, die jedoch einigen real existierenden Orten an der Atlantikküste Cornwalls nachempfunden ist. Den Namen Port St. Petroc habe ich als Hommage an den Heiligen Petroc gewählt, einen der bekanntesten Heiligen

Cornwalls. Auch einige der im Roman beschriebenen historischen Orte und Ereignisse haben einen realen Hintergrund, wie zum Beispiel das Kupferminenunglück, dem mehr als 30 Minenarbeiter zum Opfer fielen. Tatsächlich geschah im Jahr 1919 ein solches Unglück in der Trevant Mine nahe der Kleinstadt St. Just. Auch die im Buch beschriebene Heilige Quelle gibt es wirklich, in der Realität heißt sie Madron Well.

Zahlreiche Autoren haben sich bei ihren Werken bereits von der ursprünglichen Schönheit Cornwalls inspirieren lassen. Meine persönliche Favoritin unter ihnen ist Daphne Du Maurier, deren Romane ich immer wieder gern lese. Dann durchstreife ich die herrschaftlichen Räume des Landsitzes Manderley auf den Spuren der geheimnisvollen Rebecca, oder ich stehe der tapferen Mary Yellan im Kampf gegen die gesetzlosen Schmuggler im Gasthaus Jamaica bei.

Ich hoffe, auch Ihr bekommt Lust, mich in diesem Buch auf die Reise zu begleiten, und ich wünsche Euch viel Spaß beim Lesen!

Kapitel 1

„Au! Was zur Hölle …?"

Charlotte Cunningham, die eben noch im Halbschlaf aus ihrem Zimmer getapst war und sich erst einmal auf dem altmodischen, aber bequemen Wohnzimmersofa der Familie niedergelassen hatte, war mit einem Schlag hellwach. Sie sprang auf und besah sich den Kratzer auf ihrem Oberschenkel. Im Grunde erübrigte sich die Frage nach dem was und wie. Charlotte konnte sich denken, wer ihr diesen Kratzer beschert hatte. Ruckartig schob sie die Sofakissen zur Seite und packte zu.

„Hab ich dich, du Biest!"

Der Erfolg ihrer Jagd war ein weiterer blutiger Streifen, diesmal auf dem Rücken ihrer rechten Hand. Ein pelziges, braun-weißes Etwas wand sich in ihrem Griff, starrte sie aus schwarzen Knopfaugen böse an und bleckte zwei lange Nagezähne. Ein nasser Fleck breitete sich auf dem Streublumenmuster des Sofakissens aus, aber auch das brachte Charlotte nicht dazu, das Tier loszulassen.

„Elliot!", brüllte sie. „Elliot!!"

„Was'n los?" Die Wohnzimmertür öffnete sich, und ein sommersprossiges Jungengesicht, umrahmt von wilden rotbraunen Locken, kam zum Vorschein.

„Nimm das Vieh hier weg! Wie oft muss ich dir noch sagen, dass du deine Meerschweinchen nicht überall frei herumlaufen lassen sollst?"

„Lily ist kein Vieh", erwiderte Charlottes jüngster Bruder vorwurfsvoll. Mit seinen dreizehn Jahren war Elliot das Nesthäkchen der Familie, ganze zwölf Jahre jünger als seine Schwester. Er nahm den pelzigen Tierkörper aus Charlottes Händen mit geübtem Griff entgegen. Mit einem Anflug von Schadenfreude registrierte Charlotte, dass das Meerschweinchen seinen liebevollen Eigentümer ebenfalls kratzte, doch Elliot schien das nicht zu kümmern.

„Jetzt hast du sie erschreckt. Arme Lily, komm." Fürsorglich trug Elliot das Tier auf sein Zimmer, um es dort, das hoffte Charlotte zumindest, in seinen Käfig zu sperren.

„Lily, ha!", schnaubte Charlotte. Als Tochter einer Tierärztin war sie eigentlich daran gewöhnt, das Haus mehr oder weniger freiwillig mit diversen Vierbeinern, Fischen, Insekten oder Kriechtieren zu teilen. Ihre Mutter war einfach zu gutmütig, um einen ihrer Patienten im Stich zu lassen, selbst wenn deren Eigentümer es taten.

Ihr jüngster Bruder Elliot liebte Tiere ebenso abgöttisch. Eine Zeitlang hatte er sogar ein Terrarium mit fingerlangen südamerikanischen Kakerlaken besessen. Im Moment jedoch gehörte seine besondere Zuneigung den Nagern. Anfangs hatte Charlotte aufgeatmet, als die Kakerlakenzucht der Vergangenheit angehörte.

Inzwischen hatte sie allerdings den Überblick verloren, wie viele Meerschweinchen Elliot beherbergte. Ihrer Ansicht nach waren es entschieden zu viele: Allesamt übelriechende und noch übler gelaunte Biester, vor denen selbst die Katze Angst hatte. Und das obwohl es ansonsten wenig gab, das die Ruhe der gravitätischen grauen Perserkatze erschüttern konnte, die auf den klangvollen Namen Queen Victoria hörte. Manchmal kam sich Charlotte, die sich lieber mit menschlicher Kommunikation befasste, in ihrem eigenen Zuhause wie eine Außenseiterin vor.

Als Charlotte Lappen und Seifenwasser aus der Küche holen wollte, um den Fleck auf dem Sofa zu beseitigen, begegnete sie dort ihrem mittleren Bruder Rory. Er rührte in einem Topf mit undefinierbarem Inhalt, der auf dem Herd stand. Charlotte schnupperte hoffnungsvoll und verzog dann das Gesicht. Was auch immer sich in dem Topf befand, sie würde nicht davon kosten. Die Farbe der Masse erinnerte zwar an dunkles Karamell, aber sie verströmte den Geruch von angeschmortem Gummi. Charlotte holte den Wischeimer aus dem Besenschrank und drehte den Wasserhahn auf, um den Eimer zu füllen, als sie aus den Augenwinkeln ein Flackern wahrnahm. Der Inhalt von Rorys Topf ging gerade in Flammen auf.

„Mist, Mist, Mist!", fluchte Rory. Reflexartig griff Charlotte nach dem Eimer, doch Rory schlug ihr den Henkel aus der Hand.

„Nein Charlie, bist du irre? Kein Wasser! Gib mir einen Topfdeckel und Handtücher, schnell!"

Charlotte riss einen Stapel Geschirrhandtücher aus dem Schrank und kramte dann nach einem Deckel, den sie ihrem Bruder reichte. Mit handtuchumwickelten Händen hämmerte Rory den Deckel auf den Topf. Die Flammen verschwanden, dafür quoll nun dicker schwarzer Qualm unter dem Rand des Deckels hervor.

„Trag das Ding raus, ich halte die Tür auf", krächzte Charlotte. Hustend und fluchend gelang es den Geschwistern, den Topf mit dem noch immer qualmenden Inhalt ins Blumenbeet vor der Tür zu befördern. Zurück im Haus riss Charlotte sämtliche Fenster auf, um den Gestank loszuwerden, der sie eher an die Produktionshallen ihres Arbeitsplatzes bei Webster Gas Valves als an etwas Essbares erinnerte. Auch Elliot steckte erneut den strubbeligen Kopf aus seiner Zimmertür und fragte angewidert:

„Boah, was war das denn? Das Frühstück wohl nicht, oder? So was würdest nicht mal du essen, Rory."

„N… nicht direkt", druckste der größere Rory ungewöhnlich kleinlaut herum.

„Rory?" Charlotte stemmte die Hände in die Hüften und musterte ihren mittleren Bruder, der trotz seiner beachtlichen Körpergröße von 6 Fuß und 5 Ellen, also gut 1 Meter 90, unter ihrem strengen Blick zu schrumpfen schien. „Okay, raus mit der Sprache! WAS war in dem Topf?"

„Kettenfett", gab Rory schließlich zu. „Für mein Motorrad. Ich wollte das Fett nur ein bisschen warm machen, damit ich die Kette besser schmieren kann."

„Ein bisschen warm machen? In einem Topf auf dem Küchenherd? Du hättest das Haus abfackeln können! Und Leute wie du kriegen den A-Level Schulabschluss.

Kein Wunder, dass dieses Land den Bach runtergeht!",
regte sich Charlotte auf. Dass Rory unter ihren Worten
zusammenzuckte, bereitete ihr eine grimmige Genugtuung. Sie liebte ihre beiden jüngeren Brüder abgöttisch, aber manchmal trieben sie sie zur Weißglut. Zugegeben, ihre Bemerkung war ein Schlag unter die Gür-
tellinie. Sein Motorrad sowie seine kürzlich erworbene
Hochschulreife waren Rorys ganzer Stolz – auch
wenn ihn die Erwartung seiner Mutter, er möge der
Hochschulreife in absehbarer Zeit ein Studium folgen
lassen, etwas beunruhigte. Im Gegensatz zum Rest seiner Familie gehörte Rorys Leidenschaft weder Tieren
noch Menschen, sondern Maschinen und Motoren, an
denen er mit Begeisterung herumbastelte.

„Es war ein Versehen, okay?", murmelte er. „Außerdem war es ein alter Topf."

„Mum wird dich trotzdem erwürgen, wenn sie das
hier mitkriegt. Also sieh zu, dass du die Schweinerei be-
seitigst, bevor sie nach Hause kommt. Lass dir meinetwegen von Elliot helfen, ich muss jetzt los."

Charlotte schielte nach dem rußbeschmutzten Ziffer-
blatt der Küchenuhr, warf dann einen Blick auf den Ka-
lender, der neben dem Kühlschrank hing, und begann
erneut zu fluchen. Verdammt, fast hätte sie wegen des
ganzen Durcheinanders vergessen, was für ein Tag
heute war: Der Tag der Qualitätsprüfung, die alljähr-
lich die gesamte Belegschaft der Firma *Webster Gas Valves* in Atem hielt.

Also der denkbar schlechteste Tag, um zu spät zur Arbeit zu erscheinen.

Zumal in diesem Jahr auch noch eine Delegation des
wichtigsten Geschäftspartners *Neumeier Gastechnik AG*

aus Deutschland anreisen sollte, um die Qualitätsprüfung zu überwachen. Schon seit Wochen stand die ganze Firma Kopf, und nun hätte Charlotte den wichtigen Termin beinahe verschwitzt.

Zum Glück war sie gestern Abend noch geistesgegenwärtig genug gewesen, sich ihre Garderobe für den heutigen Tag zurechtzulegen. Sie schlüpfte in den schwarzen Rock, die hellgrüne Bluse, den schwarzen Blazer und die guten Absatzschuhe, rückte mit der linken Hand die Rocknähte gerade, während sie mit der Rechten ihre dichten, rötlich-braunen Locken mit einem Haargummi zu bändigen versuchte. Für eine sorgfältige Frisur blieb keine Zeit mehr, ebenso wenig wie für Makeup oder Frühstück. Charlotte hastete zur Tür hinaus.

„Charlie, du musst noch …“, rief Rory ihr hinterher, doch die zweite Hälfte des Satzes hörte sie schon nicht mehr. Draußen strahlte die August-Morgensonne vom blauen Himmel. Ein seltener Anblick an der Atlantikküste Cornwalls, die sich auch im Sommer oft in Nebel hüllte. Charlie jedoch hatte keinen Blick für das schöne Wetter, ebenso wenig wie für den hübschen Anblick der Heckenrosen und üppigen Lavendelbüsche, die das aus Schiefer gemauerte Häuschen mit dem schlichten Namen *Hill Cottage* säumten. Energisch öffnete Charlotte die Fahrertür des betagten roten Fords, der in der Einfahrt stand, und setzte sich hinters Steuer. Als sie den Motor anließ, wurde ihr mit einem Schlag klar, was sie laut Rorys Hinweis noch tun sollte – nämlich tanken. Anscheinend hatte sich ihr Bruder gestern mal wieder ohne zu fragen ihr Auto geliehen.

Dieser gedankenlose, faule Schnorrer mit seinem vermaledeiten Motorenfimmel!

Frustriert klopfte Charlotte gegen das Glas über der Tankanzeige, doch die kleine Nadel bewegte sich keinen Mikrometer nach oben. Da nützte es auch nichts, dass Charlotte ihren Bruder in allen Sprachen verfluchte, die sie kannte. Sie würde es unmöglich schaffen, im Büro alles Nötige für die Ankunft der deutschen Delegation vorzubereiten, wenn sie jetzt noch an der Tankstelle halten musste. Die Tankanzeige zeigte im roten Bereich, war aber noch nicht ganz leer. Vielleicht … sie musste es einfach riskieren. Charlotte fuhr aus der Einfahrt und ließ den Wagen im Leerlauf den Hügel hinabrollen, bevor sie auf der Hafenstraße den Gang einlegte. Die Schönheit des beschaulichen Hafenstädtchens Port St. Petroc, direkt an der Steilküste gelegen mit seinen schmalen, steil abfallenden Gassen, den grauen Häusern aus Schiefer und Granit, und den mit bunten Markisen geschmückten Geschäften, deren Fensterscheiben und phantasievoll bemalte Namensschilder im Sonnenlicht wie frisch poliert blinkten, zog unbemerkt an ihr vorbei. Ihre Gedanken gehörten ganz dem Unternehmen Webster Gas Valves, dessen Fertigungsanlage für medizinische und brandschutztechnische Gasflaschenventile einer der wichtigsten Arbeitgeber der Stadt war.

Charlotte war in die Firma eingetreten, nachdem sie ihre College-Ausbildung beendet hatte.

Obwohl ihre Stellungsbezeichnung kurz und knapp „Secretary" lautete, waren ihre Aufgaben inzwischen vielfältig: Beantworten von Kundenanfragen, Verfassen und Übersetzen von Produktinformationen, Organisieren von Konferenzen und Dienstreisen – überall verließ man sich auf sie, allen voran der Seniorchef Arthur Webster. Dass sie ihm außerdem jeden Morgen seinen koffeinfreien Kaffee am Schreibtisch servierte, gehörte selbstverständlich dazu. Und natürlich war sie heute dafür zuständig, die Gäste aus Deutschland bei Laune zu halten – wenn sie es denn schaffte, rechtzeitig an ihrem Arbeitsplatz anzukommen. Nervös kralle Charlotte ihre Hände fester ums Lenkrad, während sie die kleine Begrüßungsrede auf Deutsch vor sich hinmurmelte, die sie gestern noch eingeübt hatte.

Ihre Kollegen versicherten ihr zwar immer wieder, ihr Deutsch wäre perfekt, doch sie wusste, dass das nicht der Wahrheit entsprach.

Im Stillen nannte sie sich selbstironisch die einäugige Königin unter den Blinden. Wer, wie die meisten ihrer Kollegen, von Fremdsprachen keine Ahnung hatte, mochte sie für ein Sprachgenie halten. Doch schon während ihres Au-Pair Aufenthaltes in Hamburg, wo sie als Achtzehnjährige ein Jahr verbracht hatte, war Charlotte schmerzlich bewusst geworden, wie schwer es war, in der deutschen Sprache und Kultur heimisch zu werden. Der Duft der großen weiten Welt, die sie hatte für sich entdecken wollen, war plötzlich gar nicht mehr so verlockend gewesen. Als ihr Arbeitsvertrag auslief, war sie ziemlich kleinlaut und um einige Illusionen ärmer heimgekehrt. Das College in der 25 Meilen entfernten Kreisstadt Truro war ihr danach in einem ganz andere Licht erschienen: eine vernünftige, sichere Alternative. Die beste Möglichkeit, eine gute Ausbildung zu machen, ohne Cornwall verlassen zu müssen.

Deutsch gesprochen hatte sie seither nur noch zu Übungszwecken oder mit den Kunden bei der Arbeit.

Erleichtert ließ Charlotte wenig später das Ortsausgangsschild hinter sich. Die kurvenreiche Landstraße schlängelte sich noch eine halbe Meile an der Steilküste entlang. An jedem anderen Tag hätte Charlotte die Aussicht aufs Meer genossen, die bei dem klaren, sonnigen Wetter geradezu majestätisch war, doch heute hatte sie auch dafür keinen Blick. Flott bog sie auf einen Zufahrtsweg ein und brachte den Wagen kurz darauf auf dem Firmenparkplatz zum Stehen. Zur Firma Webster gehörten einige flache, langgestreckte Fabrikhallen sowie ein etwas älterer, mehrstöckiger Backsteinkomplex, das ursprüngliche Hauptgebäude, das heute die Planungs- und Verwaltungsabteilungen beherbergte.

Drinnen summte es wie in einem Bienenstock.

Charlotte hatte kaum die hohe Bogentür passiert, da nahm das geschäftige Treiben sie auch schon gefangen:

„Charlie? Gott sei Dank, dass Du da bist! Ich kann die Mappe mit den deutschen BAM-Zertifikaten nicht finden!"

„Archiv im Keller, zweites Regal von links unter B. Graue Mappe im obersten Regalfach."

„Jemand vom Port Inn hat angerufen, sie können den Imbiss doch erst nach 12 Uhr liefern."

„Okay, dann müssen wir halt die Mittagspause von 12:30 bis 13:30 machen. Ich ändere das schnell in der Tagesordnung."

„Charlie, äh ... weißt du, wo die Entwürfe für die neuen 631iger Ventile sind?"

„Die hatte ich doch gestern extra ausgedruckt und dir auf den Schreibtisch gelegt, Melvin."

„Tut mir wirklich leid, aber ich habe sie nicht gefunden." Die aufrichtige Bitte, die Charlotte in den Augen des Konstruktionsingenieurs Melvin Bradstone las, ließ sie eine unwillige Bemerkung hinunterschlucken. Wenn Melvin sie mit seinen großen braunen Augen so ansah, wurde sie weich − selbst jetzt noch nach all den Jahren. Wenigstens hatte er sie nicht gebeten, die Produktzertifikate aus dem Archiv zu holen. Der klamme, düstere Kellerraum bereitete ihr jedes Mal eine Gänsehaut.

„Schon gut", seufzte sie. „Ich drucke dir die Zeichnungen nochmal aus. Dann kann ich auch gleich die neue Tagesordnung fertig machen." Charlotte flitzte an den Drucker. „Argh, dieser verfluchte Drucker hat schon wieder Papierstau! Dabei war letzte Woche erst der Wartungstechniker da. Ich muss unbedingt ...“

„Du holst jetzt erst mal tief Luft und beruhigst dich, ich mache das schon", kam eine resolute Stimme Charlotte zu Hilfe. „Wie wär's übrigens, wenn die Herren der Schöpfung zur Abwechslung mal selbst ihre Gehirne einschalten würden, anstatt immer alles auf Charlie abzuwälzen?"

Charlotte musste sich ein Grinsen verkneifen und warf ihrer Kollegin einen dankbaren Blick zu. Primrose O'Neal, die es sich auf das Energischste verbat, mit ihrem Vornamen angesprochen zu werden, und die daher von allen nur „Neal" gerufen wurde, nahm wie üblich kein Blatt vor den Mund. Wie so oft, wenn sie nervös oder in Eile war, kaute sie hingebungsvoll eine halbe Packung Kaugummi auf einmal. Dabei musterte sie Charlotte aus zusammengekniffenen Augen: „Was ist denn mit deiner Hand los? Du hast sie hoffentlich nicht eben im Drucker eingeklemmt?"

Charlotte seufzte. „Nein, das ist schon zu Hause passiert. Wir haben nämlich Meerschweinchen."

„Das klingt, als würdest du von einer Seuche reden." Diese Stimme gehörte Honora Joslyn, genannt Nora, die gerade von ihrem Schreibtisch aufsah und die wohlgeformten Augenbrauen über ihren blauen Augen in die Höhe zog. Bisher hatte sie seelenruhig über ihren Abrechnungen an ihrem Schreibtisch gesessen, als ginge sie der ganze Trubel ringsum überhaupt nichts an. Natürlich war sie perfekt geschminkt. An den schmalen, makellosen Händen spiegelte sich das Licht in jedem einzelnen glänzend polierten Fingernagel, und das blonde Haar umrahmte ihr Gesicht wie eine Gloriole. Charlotte war sich ihrer eigenen zerkratzten Hände und ihrer mehr als provisorischen Frisur geradezu schmerzhaft bewusst. Außerdem trug sie dasselbe Outfit wie zu jedem offiziellen Anlass seit Jahren, während Nora mal wieder aussah, als käme sie soeben von der London Fashion Week. Charlotte seufzte erneut. Was nützte es, sich mit Nora vergleichen zu wollen?

„Mit Seuche liegst du nicht ganz falsch, die Viecher sind eine Landplage", murmelte sie widerwillig. „Aber mein Bruder liebt sie eben. Und sie sind immer noch besser als Kakerlaken."

„Hauptsache, sie sind nicht ansteckend", grinste Neal, und auch Charlotte musste schmunzeln. Neals Humor war einfach unverwüstlich.

„Wer weiß. Irgendwann übernehmen sie wahrscheinlich die Weltherrschaft."

„Ha, wetten dass ihnen Mrs Goebbels zuvorkommt?"

„Gödeke, okay? Die Dame heißt Gödeke!“, prustete Charlotte und versuchte vergeblich, das nervöse Kichern zu unterdrücken, das in ihrer Kehle aufstieg. Im Geiste sah sie sich schon wie Hotelbesitzer Basil Fawlty in der beliebten Fernsehsatire hektisch „nur nicht den Krieg erwähnen“ vor sich hinmurmeln und beim Empfang der deutschen Gäste am Ende doch von einem Fettnäpfchen ins nächste treten. „Neal, wenn ich mich gleich bei der Begrüßung verhaspele und unsere Besucher brüskiere, rammt Arthur mich ungespitzt in den Boden.“

„Ach was, du kriegst das schon hin. Bei dir wird bestimmt sogar die Nazi-Lady friedlich. So, unser R2D2 läuft wieder.“ Neal versetzte dem Drucker einen leichten Klaps, woraufhin dieser gehorsam ansprang.

„Neal, du bist ein Schatz!“, rief Charlotte der Kollegin über die Schulter zu, während sie sich auf den Weg in die Personalküche machte. Unterwegs hoffte sie, an der Garderobe auf dem Korridor noch einen kurzen Blick in den Spiegel werfen und ihre widerspenstigen Haare glätten zu können. Aber vor dem einzigen Wandspiegel plagte sich bereits Colin Alderson mit seiner Krawatte ab. Den jungen Stellvertreter des Vorarbeiters kannte Charlotte, ebenso wie Melvin und Nora, bereits seit ihrer Schulzeit. Normalerweise verbrachte Colin den größten Teil des Tages in den Werkshallen in Gesellschaft des mürrischen Vorarbeiters Harry Burrows. Den Verwaltungstrakt betrat er nur, das warf ihm jedenfalls Neal vor, wenn er entweder bei den Kolleginnen Kaffee und Süßigkeiten schnorren wollte, oder wenn er sich eine Standpauke im Büro des Chefs abholen musste. Doch ihre Mutmaßung, dass Colin wahrscheinlich außer der Arbeitskombi mit dem Firmenlogo und seinen Sicherheitsschuhen gar keine andere Kleidung besaß, erwies sich eindeutig als falsch. Heute trug er zur Feier des Tages über einer Jeans und erstaunlich sauberen Sneakers ein dunkelblaues Oberhemd und ein graues Jackett. Sogar die Krawatte fehlte nicht, allerdings schien er sich damit strangulieren zu wollen.

Er konnte gerade noch ein verzweifeltes „Charlie, Hilfe!" hervorquetschen.

Charlotte erbarmte sich, obwohl sie eigentlich keine Zeit hatte, band ihm den Krawattenknoten richtig und gab ihm einem aufmunternden Klaps auf die Schulter, wobei sie sich auf die Zehenspitzen stellen musste.

Schon mit 15 war Colin ein Riese gewesen, dem die zierliche Charlotte kaum bis zur Brust reichte, und daran hatte sich auch in den letzten 10 Jahren nichts geändert. Damals hatte er vorzugsweise T-Shirts mit Aufschriften wie „Oi!" und „Eat the Rich!" getragen und seine strohblonden Haare zu einem Irokesenschnitt gestylt, während sie heute ordentlich gestutzt waren. Colin in Schlips und Kragen, das war tatsächlich eine Sensation, dachte Charlotte. Sie selbst dagegen ... Seufzend warf sie einen Blick in den Spiegel auf ihren eigenen missglückten Haarknoten. Der musste jetzt eben so bleiben wie er war. In wenigen Minuten würden die Kunden auftauchen.

„Charlie, ich liebe dich, weißt du das?", rief Colin erleichtert aus, als er trotz Krawatte wieder richtig durchatmen konnte.

„Von wegen, das erzählt er mir auch immer!", ließ sich Neal durch die geöffnete Tür des Großraumbüros vernehmen.

„Stimmt auch, Rosie. Ich liebe euch beide. Also Ladies, auf in den Kampf!"

„Spinner!" Bevor sich Neal über die Verunglimpfung ihres Namens aufregen konnte, war Colin auch schon verschwunden.

Wenige Minuten später summten Kaffeemaschine und Wasserkocher. Als Charlotte ein Tablett mit Geschirr sowie eine Auswahl an Teesorten und Gebäck bereitstellen wollte, herrschte im Geschirrschrank allerdings gähnende Leere. Stattdessen ragte aus der Küchenspüle ein Berg aus schmutzigen Tassen, Tellern und Gläsern auf. Anscheinend hatten die Kollegen es gestern wieder einmal nicht für nötig gehalten, zum Feierabend die Spülmaschine anzuwerfen. Charlotte blieb nichts anderes übrig, als schnell einige Tassen abzuwaschen und den Rest in die Maschine zu räumen.

Sie hatte gerade ein paar Tassen gesäubert und auf ein Tablett gestellt, als Jago Webster, der Großneffe des Seniorchefs, die kleine Küche betrat. Jago arbeitete erst seit wenigen Monaten in der Firma. Er war plötzlich auf der Bildfläche aufgetaucht wie eine Erscheinung aus einer anderen Welt, und seine offizielle Stellungsbezeichnung lautete PR-Berater. Trotzdem wurde er inoffiziell bereits als Arthurs Nachfolger gehandelt, zumal Arthur Webster nie geheiratet hatte und auch keine Kinder besaß. Jago sah auf eine Weise gut aus, die selbst die gepflegte Erscheinung des ersten Ingenieurs Melvin Bradstone verblassen ließ: groß und breitschultrig, wenn auch nicht so massiv wie Colin, dazu dunkelhaarig mit blauen Augen, die seine Umgebung stets mit leicht spöttischem Blick zu mustern schienen. Charlottes wünschte sich in diesem Moment nichts sehnlicher, als dass es ihr doch gelungen wäre, ihre Frisur in Ordnung zu bringen und sie nicht mit den Händen in der Spüle dastand. Jago nahm sich wie selbstverständlich eine Tasse von dem Tablett, das Charlotte für die Gäste vorbereitet hatte, goss sich Kaffee ein und stürzte das heiße Getränk beinahe in einem Zug herunter. Dann wandte er sich zu Charlotte um, bedachte sie mit einem verschwörerischen Augenzwinkern und einem Lächeln, das ihre Knie weich werden ließ, und verschwand wieder.

Charlotte ärgerte sich über sich selbst. Fehlte bloß noch, dass sie beseelt in Ohnmacht sank wie ein Teenie beim Anblick ihres Lieblings-Boygroupstars! Sie hatte weiß Gott Besseres zu tun, als Jago Webster anzuschwärmen. Sie musste den Konferenzraum vorbereiten!

Energisch straffe sie die Schultern und griff nach der erneut benutzten Tasse. Doch da näherten sich bereits energische Schritte auf dem Flur: Die deutsche Invasion begann, während sich um Charlotte herum noch das schmutzige Geschirr türmte. Von ihrer sorgfältig einstudierten Begrüßungsrede erinnerte sie sich in diesem Moment an kein einziges Wort.

Kapitel 2

Die Dame, die wenig später einen ganzen Tross diensteifriger Herren durch die Fabrikhallen führte, hätte tatsächlich eine Armee befehligen können, dachte Charlotte. Dabei glich Frau Annegret Gödeke keineswegs einer Walküre. Nein, sie war klein, und das graue Haar ringelte sich in wohlgeordneten Löckchen um ihr volles Gesicht. Außerdem schien sie die gleiche Vorliebe für pastellfarbene Zweiteiler-Kostüme zu haben wie Queen Elisabeth. Ihr Kostüm war pfirsichfarben und leuchtete unheilverkündend vor Charlotte her, die sich vergeblich bemühte, mit der energischen Dame Schritt zu halten. Das Klacken von Mrs Gödekes Schuhabsätzen hallte wie Maschinengewehrsalven durch die ungewohnt stillen Werkshallen, wo die meisten Maschinen zu Ehren des hohen Besuches für einige Stunden schwiegen. Nur die Lüftung lief auf Hochtouren, dennoch machte sich bereits jetzt am späten Vormittag eine drückende Hitze bemerkbar. Dem Eifer der Besucherin tat dies jedoch keinen Abbruch. Die Ingenieure bemühten sich redlich, in Madame Gödekes Kreuzverhör nicht wie dumme Jungs dazustehen, wenn diese ihre Fragen in knappen, abgehackt klingenden englischen Sätzen zum Ausdruck brachte. Um den Antworten stets bis ins Detail zu folgen, reichten offensichtlich weder ihre Englischkenntnisse noch ihre Geduld aus, sodass Charlotte immer wieder eingreifen und versuchen musste, irgendeinen langatmigen technischen Sachverhalt in möglichst kurze deutsche Worte zu kleiden. Selbst Seniorchef Arthur Webster, dessen Wutausbrüche sonst im ganzen Werk gefürchtet waren, ließ sich heute von der schwierigen Kundin im Laufschritt hierhin und dorthin dirigieren. Die Hemdsärmel hatte der rundliche Mittfünfziger bis über die Ellenbogen hochgekrempelt, den lästigen Schlips längst abgestreift und in die Hosentasche gestopft. Zwischendurch musste er immer wieder innehalten, um zu verschnaufen und sich mit einem Stofftaschentuch den Schweiß von den bereits kahlen Schläfen zu tupfen, bevor er sich erneut in Bewegung setzte. Charlotte beobachtete ihren Chef mit wachsender Besorgnis. Wenn es ihr nicht bald gelang, eine zusätzliche Pause einzuschieben, in der Erfrischungsgetränke serviert wurden, würde er am Ende noch schlappmachen. Auch einige der Abteilungsleiter schienen sich nicht eben wohl in ihrer Haut zu fühlen. Melvin Bradstone, der normalerweise sehr auf sein Äußeres achtete, fuhr sich heute mit nervösen Bewegungen immer wieder durch das braune Haar, das nicht wie sonst in sanften Wellen um seinen Kopf lag, sondern nach allen Seiten abstand. Außerdem war sein Oberhemd so zerknittert, als hätte er darin geschlafen. Vielleicht hatte er sich ja tatsächlich die Nacht am Schreibtisch um die Ohren geschlagen, dachte Charlotte bekümmert. Colin, der vorhin noch recht locker mit ihr und Neal gescherzt hatte, wirkte jetzt käsig blass, beinahe als wäre ihm ein Geist erschienen. Ob Madame Gödeke und ihre Lakaien bei der Besichtigung der Fertigungsanlagen schon irgendeinen

Fehler entdeckt hatten? Bisher hatte die Dame nichts dergleichen verlauten lassen, wusste Charlotte. Wahrscheinlich zerbreche ich mir ganz unnötig den Kopf, versuchte sie sich selbst zu beruhigen. Dennoch gelang es ihr nicht, das ungute Gefühl abzuschütteln, das sich immer stärker in ihrer Magengrube ausbreitete. Der kurze, scharfe Knall, der wenig später die Luft durchschnitt, trug nicht gerade dazu bei, die angespannte Stimmung aufzulockern.

„Drucktest", murmelte Charlotte beinahe mechanisch, als die Prüferin sie missbilligend ansah. Zu einer ausführlicheren Erklärung musste sie sich förmlich zwingen: „In unserer Testabteilung werden alle Ventile nach der Herstellung auf ihre Dichtheit überprüft. Die Vorschrift kennen Sie ja. Dabei kann es zu ... Geräuschen kommen, das ist nicht ungewöhnlich." Es stimmte: Zu Anfang ihrer Dienstzeit hatte sich Charlotte jedes Mal erschrocken, wenn es in der Testabteilung knallte. Bald jedoch hatte sie aufgehört, sich über den Radau den Kopf zu zerbrechen. Ab und zu machte jemand einen Witz darüber, ansonsten beachtete man das Geräusch kaum. Heute jedoch fiel es Charlotte schwer, ein beruhigendes Lächeln auf ihr Gesicht zu zaubern. Wenn, wie mancher Scherzbold im Laufe der Jahre prophezeit hatte, tatsächlich die gesamte Fabrik bei einer Riesenexplosion in die Luft flog, würde Annegret Gödeke unerschütterlich inmitten der rauchenden Trümmer stehenbleiben, ein blütenweißes Taschentuch zücken, sich den Ruß aus dem Gesicht wischen und wie die gefürchtetste aller Oberlehrerinnen in die schicksalsschwere Stille hinein fragen: „Wer war das?"

Charlotte verspürte keinerlei Lust, eine solche Frage beantworten zu müssen.

Auch unter den Produktionsangestellten, die das geschäftige Treiben aus einigen Metern Entfernung beobachteten, herrschte eine bedrückte Atmosphäre. Im Vorübergehen fing Charlotte mehr als einen ängstlichen Blick von den Arbeitern auf. Deren Angst verstand sie nur zu gut: Jeder hier wusste, dass es mit der Auftragslage bei Webster Gas Valves nicht zum Besten stand. Die Konkurrenz war hart, und der Brexit hatte so manchen Kunden vom europäischen Festland verunsichert.

Sollte die heutige Prüfung nicht zur Zufriedenheit der Kundin ausfallen und die Neumeier AG ihre Aufträge zurückziehen, würden sich betriebsbedingte Kündigungen in der Belegschaft nicht mehr vermeiden lassen. Letztendlich hatte Annegret Gödeke sie alle in der Hand, und wahrscheinlich wusste sie das auch. Die Einzigen unter den Mitarbeitern, die vor der Germanengöttin im Zweiteiler nicht in Ehrfurcht erstarrten, waren Nora Joslyn – sie hatte gleich zu Anfang, als Mrs Gödeke und Konsorten durch den Verwaltungstrakt geführt wurden, einige Fragen zum Abrechnungssystem in gelassenem Ton beantwortet und sich dann wieder ihren täglichen Aufgaben zugewandt – und Jago Webster.

Der schien die ganze Show sogar zu genießen.

Er besaß das weltgewandte Auftreten eines Mannes, der es gewohnt war, sich auf dem gesellschaftlichen Parkett zu bewegen. Ganz Gentleman hatte er Mrs Gödeke mit einer leichten Verbeugung und der Andeutung eines Handkusses begrüßt, was ihm von der Dame ein wohlwollendes Lächeln einbrachte. Ihre Fragen beantwortete er mit Nonchalance und befleißigte sich dabei als Einziger außer Charlotte auch einiger deutscher Sätze. Wahrscheinlich fand die sonst so gestrenge Prüferin die kleinen Grammatikfehler, die dem jungen Mann dabei unterliefen, sogar charmant. Ihn selbst jedenfalls schien es in keiner Weise zu kümmern, ob er ein Wort richtig oder falsch aussprach. Mit der lässigen Eleganz eines Zauberkünstlers präsentierte er der Prüfungskommission das Glanzstück der Fabrik — die vor wenigen Wochen neu erworbene, vollautomatische CNC-Gewindedrehmaschine. Dieses Wunderwerk der Automatisierungstechnik erstrahlte in Chrom und futuristischem Blau und durfte heute als einzige Maschine in der ganzen Halle unter Aufsicht der Gäste einen Testlauf fahren.

Die Präsentation schien tatsächlich ein Erfolg zu werden. Annegret Gödeke taute zusehends auf, und bald waren deutsche und englische Ingenieure in lebhafte Fachgespräche vertieft. Charlotte rauchte der Kopf vor lauter Fachlatein, weil sie als Übersetzerin einspringen musste. Jetzt lechzte auch sie nach einer Getränkepause. Endlich war der Rundgang durch die Werkshalle beendet, und Charlotte wollte bereits erleichtert aufatmen, da wünschte ihr Gast den Warenversand zu besichtigen. Schließlich war soeben eine größere Menge Ventile für Neumeier-Gastechnik fertiggestellt und verpackt worden. Also wollte man gleich einmal sehen, wie diese auf die Reise geschickt wurden. Jetzt können wir die Pause vergessen, ärgerte sich Charlotte und folgte der Prüfungskommission über den Hof. Hier hatte sich Mrs Gödeke schon einen der Fahrer zur Brust genommen, die dafür zuständig waren, die Webster-Ventile im firmeneigenen LKW zum Flug- oder Fährhafen zu befördern. Der Fahrer Ferenc Holtai, ein drahtiger kleiner Ungar, der ebenfalls Deutsch verstand, versuchte verzweifelt, die übereifrige Dame daran zu hindern, ins Fahrerhaus des LKWs zu klettern.

„Nix drin, jetzt ist alles leer. Kommen später bittä, wenn …"

Der Blick, der Charlotte aus den Augen des Ungarn traf, war derart verzweifelt, dass ihr das Herz bis zum Hals zu klopfen begann. Auch Colin sah sie geradezu flehentlich an. Aber bevor sie den Männern zu Hilfe eilen konnte, hatte Jago die beiden auch schon mit einer unwirschen Bewegung beiseite gedrängt.

„Natürlich, Sie können unsere Lieferwagen ansehen, nur einen Moment bitte", beschwichtigte er die Dame mit strahlender Miene. Es dauerte nur wenige Augenblicke, bis er im Fahrerhaus den Knopf gefunden hatte, mit dem sich die Ladeklappe des LKWs öffnen ließ. Im Inneren war tatsächlich nichts Interessanteres zu sehen als Stapel von leeren Europaletten. Schon wollte die Dame sich abwenden und weitergehen, als etwas ihre Aufmerksamkeit zu erregen schien:

„Was ist das? Was geht hier vor? Meine Herren, ich erwarte eine Erklärung!"

Ihre Stimme glich einem Peitschenhieb, doch Charlotte war nicht imstande, auf die Frage zu reagieren. Sie stand wie gelähmt, denn auch sie sah nun, was der Besucherin aufgefallen war: Hinter einer der Paletten ragte reglos ein menschliches Bein hervor.

***

Erst als Arthur Webster Anstalten machte, umständlich auf die Ladefläche des LKWs zu steigen, gelang es Charlotte, sich aus ihrer Erstarrung zu lösen. Nur flüchtig nahm sie dabei wahr, wie Jago Webster noch immer auf Annegret Gödeke einsprach. Wahrscheinlich versuchte er, die Prüferin zu beschwichtigen und erzählte ihr irgendetwas von einem kleinen Zwischenfall. Unwohlsein aufgrund der Hitze ... Das wäre jedenfalls die einzige halbwegs harmlose Erklärung, die Charlotte auf die Schnelle einfiel. Sie klammerte sich daran fest und zwang sich, die Angst zu unterdrücken, während sie hinter Arthur her auf die Ladefläche kletterte. Schon rückte ihr Chef mit derart ungeduldigen Bewegungen die Palettenstapel beiseite, dass sie wahrscheinlich über ihm zusammengebrochen wären und den nächsten Unfall verursacht hätten, wenn Charlotte nicht mit angepackt hätte.

„Verfluchte Enge hier drinnen, wir brauchen mehr Licht!", ächzte Arthur. „Macht schon, wir müssen dem armen Kerl helfen!"

Irgendwer, vielleicht Colin oder der ungarische Fahrer, reichte Charlotte eine Taschenlampe. Beim Anblick der bewegungslos ausgestreckten Gestalt, deren bekannte Gesichtszüge sie nun unheimlich starr im Lichtkegel ausmachen konnte, breitete sich eine Welle der Übelkeit in Charlotte aus, die sie mit zusammengebissenen Zähnen bekämpfen musste. Es gelang ihr, ihre zitternde Hand einigermaßen unter Kontrolle zu halten, sodass sie nicht die Taschenlampe fallen ließ.

„Harry? Harry, Mensch was machst du für Sachen? Komm schon Alter, rede mit mir!" Auch Arthur hatte den langjährigen Kollegen erkannt, der bereits für seinen Vater gearbeitet hatte: Harry Burrows, den Vorarbeiter. Doch im Gegensatz zu Charlotte schien Arthur die weitgeöffneten Augen des Vorarbeiters nicht zu sehen – oder nicht sehen zu wollen – die blicklos in die Dunkelheit starrten. Was Charlotte insgeheim bereits befürchtet hatte, als sie das Bein des Mannes hinter dem Palettenstapel erspäht hatte, war nun gewiss: Für Harry Burrows kam jede Hilfe zu spät.

„Arthur?" Charlotte berührte ihren Chef leicht an der Schulter, der neben dem alten Mann in die Hocke gegangen war und hektisch an dessen Handgelenk nach dem Puls fühlte, obwohl er spüren musste, wie erkaltet die Hand längst war. „Ich fürchte, wir können ihm nicht mehr helfen. Er ist ... tot, glaube ich."

Das Wort kam rau und widerstrebend über ihre Lippen. Sie sah Arthur Webster sich leicht schwankend erheben und befürchtete bereits, dass er unter dem Schock zusammenbrechen würde. Oh nein, bitte nicht auch das noch!

Ihr stummes Stoßgebet schien erhört zu werden. Irgendwie schafften sie und Arthur es, von der Ladefläche des LKWs herunterzusteigen.

„Wir brauchen einen Krankenwagen und die Polizei." Warum standen alle herum wie die Ölgötzen und glotzten, warum tat niemand etwas?

Die Wartezeit bis zum Eintreffen der Hilfskräfte glich einer qualvollen Ewigkeit. Mitten hinein in die traurige Versammlung auf dem Fabrikhof platzte auch noch der Lieferwagen mit der Aufschrift

The Old Port Inn – Delikatessen frisch aus dem Meer.

Das war jetzt kaum der richtige Zeitpunkt, um kalte Getränke und Platten mit Fischhäppchen herumzureichen, dachte Charlotte. Doch ihr Magen schien anderer Ansicht zu sein und knurrte verräterisch. Vermutlich nahm er ihr das vergessene Frühstück übel und bestand nun umso energischer aufs Mittagessen. Mochten die Umstände sein, wie sie wollten, irgendwann würden sich sicher auch andere daran erinnern, dass sie Hunger hatten. Die Lieferung musste Charlotte in jedem Fall annehmen. Sie stellte die kunstvoll garnierten Servierplatten vorübergehend auf einem Regal im Korridor des Verwaltungsgebäudes ab.

Kaum dass der Lieferwagen vom Hof gerollt war, traf auch schon das Polizeiauto ein. Hinaus stiegen ein junger Constable und die behäbige Gestalt von Sergeant Richard Arbuckle. Der Mann musste etwa im gleichen Alter wie Arthur Webster sein, und in Charlottes Vorstellung gehörte er ebenso zum Urgestein des kornischen Küstenstädtchens wie ihr Boss. Sergeant Arbuckle leitete die kleine Polizeidienststelle von Port St. Petroc, solange sie zurückdenken konnte. Sein voluminöser Schnauzbart hatte ihm unter den Jugendlichen der Stadt den Spitznamen „das Walross" eingebracht. Charlotte hatte ihre erste Verkehrsstrafe von ihm persönlich aufgebrummt bekommen, als sie mit sechzehn Jahren ohne Sturzhelm auf dem Soziussitz von Colins Moped mitgefahren war. Dass der Sergeant ursprünglich aus dem Norden stammte und erst als junger Polizist nach Cornwall versetzt worden war, wusste sie nur vom Hörensagen.

„Mein Beileid, Arthur, mein Beileid." Eine offizielle Beileidsbekundung hatte Charlotte sich offengestanden seriöser vorgestellt als Richard Arbuckles leutselig geäußerte Worte, die eher wie eine Einladung zu einem Feierabendbier klangen. Für einen Moment sahen die zwei Männer einander an. Dann straffte sich Arthurs Gestalt. Er nickte Arbuckle brüsk zu und trat kaum merklich einen Schritt zurück. Nein, Arthur Webster schätzte keine plumpe Vertraulichkeit, selbst wenn er jemanden schon lange kannte. Harry Burrows hatte das immer respektiert und Arthur stets als Chef behandelt, obwohl er bereits unter Arthurs Vater gearbeitet hatte. Mit den Jahren hatte sich zwischen Arthur und dem wortkargen, wettergegerbten Vorarbeiter eine Art Kameradschaft entwickelt, die auf gegenseitigem Respekt fußte. „Der Boss und der Penner" wurden sie manchmal hinter vorgehaltener Hand genannt. Auch Colin schien mit Harry als seinem unmittelbaren Vorgesetzten stets ausgekommen zu sein. Vielleicht weil beide nicht gern um den Brei redeten und keiner dem anderen seine etwas ruppige Art übelnahm. Bei den übrigen Kollegen dagegen war Burrows nicht gerade beliebt gewesen. Auch Charlotte hatte sich regelmäßig über ihn geärgert, wenn sie ihm über das ganze Firmengelände hinterherlaufen musste, weil er das Arbeitshandy zwar stets in der Brusttasche seines schmierigen Overalls bei sich trug, es aber selten einschaltete. Wenn Charlotte ihm ihre Fragen vortrug – üblicherweise ging es dabei um Kunden, die auf bevorzugte Liefertermine drängten – hatte er sie meist mit einer gemurmelten Absage und einem unwirschen Kopfschütteln abgekanzelt, und sie stehenlassen wie ein naseweises

Schulmädchen. In der Tat konnte Charlotte sich an keine einzige Frage erinnern, die Harry ihr je mit ja beantwortet hatte.

Jetzt schämte sie sich dafür, dass sie den „alten Stinkstiefel" oft im Stillen verflucht hatte.

Ob er Familie hatte? Sie konnte es sich nicht vorstellen. Zu den alljährlichen Betriebsfeiern war er stets allein erschienen. Hatte ihn bei der Arbeit ein Herzinfarkt ereilt? Das wäre wohl der Tod, den er selbst bevorzugt hätte: Schnell und kompromisslos, bevor er aus Altersgründen aus der Firma hätte ausscheiden müssen. Andererseits ... in Charlottes Gedanken schob sich eine Liste, die sie selbst im letzten Dezember erstellt hatte: mit allen runden Geburtstagen und Mitarbeiter-Jubiläen, die im kommenden Jahr anstanden. Harry Burrows stand auf dieser Liste. Im September hätte er sein 50jähriges Dienstjubiläum feiern sollen – mit Blumen, Gratulationscour und Foto für die Lokalzeitung. Vor wenigen Tagen noch hatte Charlotte sich vorgenommen, ihn zu fragen, ob er für die ihm zustehende Gratifikation einen Geschenkwunsch hätte. Sie hatte das Gespräch vor sich hergeschoben, weil sie befürchtete, selbst auf diese Frage eine mürrische Antwort zu erhalten. Nun war sie sich nicht mehr sicher. Vielleicht hatte er sich ja auf die feierliche Anerkennung gefreut – und jetzt war es zu spät.

Charlotte biss sich auf die Lippen. Verdammt, was hatte er eigentlich im Laderaum eines leeren LKWs zu suchen? Für den Warentransport war er gar nicht zuständig. Charlotte glaubte, in dem kurzen Moment, als sie die Taschenlampe auf sein Gesicht gerichtet hatte, am Haaransatz einen dunklen Fleck gesehen zu haben.

Geronnenes Blut?

Er konnte sich beim Sturz den Kopf angeschlagen haben, als ein Schwächeanfall ihn taumeln ließ. Aber wenn er mit dem Kopf voran gestürzt war, wieso lag er dann auf dem Rücken? Außerdem hatte er bei seinem Sturz nicht eine der lose übereinandergestapelten Holzpaletten zu Fall gebracht, auch das schien merkwürdig. Charlotte schüttelte den Kopf über sich selbst und verbot sich, den Gedanken weiter zu verfolgen.

Doch wie zur Bestätigung ihres aufkeimenden Verdachtes tauchte aus dem Inneren des LKWs mit besorgter Miene der junge Constable auf und raunte seinem Chef etwas zu.

„Was? Die Kriminalpolizei in Bodmin benachrichtigen? Unsinn Junge!" Der Sergeant wedelte mit seiner fleischigen Hand und kaute ungerührt an einem Krabben-Sandwich. „Wohl zu viele billige Krimiserien geschaut, wie? Der arme Teufel war eben in dem Alter, wo einem das Herz zu schaffen macht. Um das zu erkennen, brauchen wir keine oberschlauen Detectives."

Charlotte musterte den Sergeant nicht eben freundlich. Bediente der sich doch tatsächlich ungefragt an den Platten mit dem Lunch für die Gäste und machte dann auch noch abfällige Bemerkungen über den kürzlich Verstorbenen. Aber vielleicht wurde man so, wenn man öfter mit dem Tod zu tun hatte. Der junge Constable zuckte bei der Rüffel seines Chefs nervös zusammen. Dann jedoch räusperte er sich umständlich, als müsste er all seinen Mut aufbringen, und begann halblaut auf Arbuckle einzureden. Charlotte konnte nur Bruchstücke heraushören:

„... merkwürdige Lage ... keine sichtbaren Spuren im Laderaum ... können nicht ausschließen, dass ... genauer untersuchen ... Ort und Zeitpunkt ...“

Was hatte das zu bedeuten? War Burrows vielleicht gar nicht in dem LKW verstorben? Aber das würde ja heißen, dass irgendjemand versucht hatte, seinen Tod zu vertuschen. Den Toten beiseite zu schaffen, weil ...

Beklommen beobachtete Charlotte die Reaktion Arbuckles. Auch der schien langsam unruhig zu werden. Er zupfte hektisch an seinem grauen Schnauzbart und nickte schließlich.

Bedeutete das, dass man tatsächlich die Kriminalpolizei hinzuziehen würde? Es war kaum zu fassen! Warum um Himmels Willen hätte irgendjemand Harry Burrows etwas antun sollen? Hatte er einen Einbruch verhindern wollen? Hatte jemand versucht, auf das Firmengelände vorzudringen, um Metallrohlinge oder Maschinenteile zu stehlen, und war dabei von Harry überrascht worden?

Im letzten Jahr hatten mehrere Fälle von Maschinendiebstahl in Fabriken und auf Baustellen die gesamte Umgebung in Aufruhr versetzt, und auch bei Webster war ein Container mit Metallspänen den Dieben zum Opfer gefallen. Damals war es der Polizei nach wochenlanger intensiver Fahndung gelungen, der Diebesbande das Handwerk zu legen. Die Täter waren allesamt junge Männer aus der Region gewesen, was die Bewohner von Port St. Petroc besonders schockiert hatte.

Versuchten jetzt andere, auf ähnliche Weise zu Geld zu kommen? Falls Harry Burrows’ Tod tatsächlich ein

Verbrechen war, wäre dies wohl ein naheliegendes Motiv. Der Vorarbeiter erschien morgens oft als Erster am Arbeitsplatz, er wäre also derjenige, der einem eventuellen Einbrecher am ehesten über den Weg laufen würde. Aber nach den Vorfällen im letzten Jahr hatte Arthur an allen Zufahrten elektronisch verschlossene Tore und Überwachungskameras installieren lassen. Wenn man vorhatte, wertvolles Metall zu stehlen, musste man in einem Lieferwagen oder LKW anfahren und die Codeschlösser an den Toren knacken oder gewaltsam zerstören. Wären die Spuren eines unbefugten Eindringens dann nicht längst von Arthur oder den anderen Mitarbeitern entdeckt worden, selbst an einem so hektischen Tag wie heute?

Ein anderer Gedanke ließ Charlotte trotz der Augustsonne frösteln, die inzwischen unerbittlich auf den Fabrikhof brannte und den Asphalt weichwerden ließ. Konnte es unter den Kollegen Streit gegeben haben, ein Handgemenge im Zorn?

Außer Arthur war Harry Burrows so ziemlich jedem auf die Nerven gefallen, seit Wochen lagen hier bei allen die Nerven blank.

Charlotte starrte auf die klebrige schwarze Masse zu ihren Füßen und hoffte von ganzem Herzen, dass sich alles irgendwie aufklären würde. Dass es für dieses schreckliche Durcheinander eine andere, natürliche Erklärung gab.

Denn wenn nicht – dann verbarg sich irgendwo ganz in der Nähe jemand, der einen Menschen auf dem Gewissen hatte.

Kapitel 3

„Ich muss sagen, ich bin entsetzt. Das sind hier wirklich unhaltbare Zustände!"

Oh Mist! An die Qualitätsprüferin und ihren Hofstab hatte Charlotte in den letzten Minuten keinen Gedanken mehr verschwendet, doch Mrs Gödeke verstand es, sich mit Nachdruck wieder in Erinnerung zu rufen. Offensichtlich war es weder Jago Webster noch Melvin Bradstone und den anderen Ingenieuren gelungen, die Dame mit einem Rundgang durch die Konstruktionsabteilung abzulenken. Jetzt schoss sie wie eine pfirsichfarbene Bowlingkugel auf Charlotte zu, und ihr Doppelkinn bebte vor schlechtverhohlener Entrüstung. Sergeant Arbuckle und seinem jungen Kollegen warf sie nur im Vorübergehen einen ungnädigen Blick zu und ignorierte sie dann. Ob ihr klar war, dass hier ein Mitarbeiter verstorben und nicht nur ohnmächtig geworden war, wie Jago ihr sicher hatte weismachen wollen? Inzwischen war auch der Krankenwagen eingetroffen. Doch Charlotte brachte es nicht über sich, in die Richtung zu sehen, wo Harry Burrows' reglose Gestalt vermutlich gerade auf einer mit einem Tuch bedeckten Bahre abtransportiert wurde – oder wie auch immer der Rettungsdienst in so einem Fall vorging. Charlotte wollte es gar nicht so genau wissen. Dass sie von der Prüferin nicht auf mitfühlende Worte zu hoffen brauchte, war ihr völlig klar: Annegret Gödeke schien sich lediglich dafür zu interessieren, dass womöglich eine Arbeitsschutzbestimmung oder irgendeine andere Vorschrift missachtet worden war.

„Es tut mir wirklich unendlich leid“, bemühte Charlotte sich um einen zuvorkommenden, aber festen Tonfall. „Leider sieht es ganz nach einem tragischen Unfall ...“ Bevor sie den Satz beenden konnte, fiel ihr die Besucherin ungeduldig ins Wort:

„Junge Dame, ich sehe keinen Grund, noch eine Minute länger an diesem Ort zu bleiben. Sie werden mir und meinen Mitarbeitern sofort den nächsten verfügbaren Flug nach Frankfurt buchen, und ich kann Ihnen versichern, dass ich meine Vorgesetzten über diese ... Unregelmäßigkeiten informieren werde!“

Charlotte schluckte hart. Ihr Blick wanderte zu Melvin Bradstone, der mit hängenden Schultern näherkam wie ein müder alter Mann. Selbst Jago Webster wirkte unsicher, aber nur einen Augenblick lang. Dann fragte er mit ungewöhnlich scharfer Stimme: „Verdammt, was ist hier eigentlich los? Was hatte der Kerl, wie hieß er noch, überhaupt auf der Ladefläche des LKWs zu suchen?“

„Harry Burrows“, murmelte Charlotte und setzte hinzu: „Er ist tot. Für deinen Onkel muss es ein furchtbarer Schock sein. Die beiden haben ihr ganzes Leben lang zusammengearbeitet.“

„Mhmm.“ Mit gerunzelten Brauen sah Jago sich nach Arthur um.

„Geh ruhig zu ihm, ich kümmere mich um den Rest“, erbot Charlotte mit vielsagendem Blick auf Mrs Gödeke, die sie noch immer anstarrte, und deren Gesicht sich inzwischen bedenklich gerötet hatte. Sie sah aus wie ein hellroter Ballon, der jeden Augenblick zu platzen drohte. Charlotte unterdrückte einen Seufzer, wandte sich der Prüferin zu und setzte eine Miene auf, von der sie hoffte, dass sie untertänig genug wirkte, um den Zorn der Dame nicht weiter zu reizen.

„Ich äh... bedauere dies alles sehr. Falls Sie vorzeitig abreisen möchten, werde ich selbstverständlich Ihre Tickets umbuchen. Ich kümmere mich sofort darum."

„Charlotte, meine Liebe? Was ist denn hier geschehen? Ich sah vom Garten aus das Polizeiauto."

Diesmal konnte Charlotte sich ein Stöhnen nicht verkneifen. Auch das noch! Nicht genug damit, dass sie sich inmitten des ganzen Durcheinanders verzweifelt bemühte, vor der Prüferin wenigstens das letzte bisschen Würde zu wahren, und dass sie sich obendrein um ihren Chef Sorgen machte – nun musste auch noch ausgerechnet dessen Mutter auftauchen.

Wahrscheinlich hätte Charlotte damit rechnen sollen. Als Mr Eamonn Webster vor über 50 Jahren einige Morgen Land in den Hügeln außerhalb der Ortschaft Port St. Petroc erwarb und das erste Fabrikgebäude errichten ließ, baute er außerdem für sich selbst und seine junge Familie ein großzügiges Heim. Hauptsächlich seiner Frau, die dem kornischen Landadel entstammte, sollte es an nichts fehlen. Und wirklich wurde das Anwesen, das man heute unter dem Namen *Webster Gardens* kannte, mit der Zeit zu einem stattlichen Landsitz. Die Herrin des Ganzen war Mrs Marguerite Webster, die Witwe des verstorbenen Mr Eamonn und Mutter des jetzigen Fabrikbesitzers Arthur. Auch noch heute mit beinahe 80 Jahren sorgte

Mrs Marguerite dafür, dass das Hauswesen wie am Schnürchen lief. Außerdem betreute sie mit großer Hingabe die ausladenden Rosen-, Rhododendron und Hortensienbeete, die ihr Heim von allen Seiten umgaben, und hatte ganz nebenbei noch ein wachsames Auge auf die Firma ihres Sohnes. Wie alle Angestellten war auch Charlotte längst daran gewöhnt, dass die Mutter des Chefs in der Firma ein und aus ging, wie es ihr beliebte. Normalerweise mochte sie Mrs Maggie, wie die Dame sich gnädigst von jenen nennen ließ, die sie mit ihrer Zuneigung beehrte, ganz gern. Zuweilen jedoch ging ihr die ältere Dame auf die Nerven – vor allem wenn sie anfing, Charlotte bei der Arbeit über die Schulter zu schauen und eingehende Emails und Briefe, insbesondere Rechnungen, misstrauisch zu beäugen. Das Böse lauerte hinter jeder Ecke. Darum konnte man nie vorsichtig genug sein, wenn man keinem Betrüger zum Opfer fallen wollte, lautete Marguerite Websters Devise. Charlotte vermutete, dass für diese Einstellung hauptsächlich der jahrelange hemmungslose Konsum von Kriminalromanen und -filmen verantwortlich war. Mrs Maggie liebte spannende Unterhaltung. Dass nichts sie in ihrem Haus halten würde, wenn nebenan die Polizei anrückte, hätte Charlotte wohl klar sein müssen. Im Nachhinein wunderte sie sich höchstens darüber, dass Mrs Maggie nicht schon früher aufgetaucht war. Charlotte traute es Arthur durchaus zu, dass er seiner Mutter die Besucher aus Deutschland mit Absicht verschwiegen hatte. Ansonsten wäre Mrs Maggie vermutlich schon im ersten Morgengrauen auf dem Posten gewesen, um ja nichts Wichtiges zu versäumen.

Jetzt jedoch wieselte sie derart energisch über den Hof, dass Rutherford, der phlegmatische Mops, den seine Herrin überallhin mitnahm, an seiner Leine beinahe hinter ihr hergeschleift wurde. Normalerweise durfte er herumlaufen, wann und wo es ihm beliebte. Heute jedoch schien er nicht ganz freiwillig mitgekommen zu sein. Zum ersten Mal tat das verhätschelte Tier Charlotte leid. Tja, alter Junge, dachte sie. Wahrscheinlich fragst du dich, was der ganze Zirkus hier soll, und wünscht dir, du wärst zu Hause geblieben. Das geht mir genauso. Der Mops sah aus seinen schwarzen Kulleraugen treuherzig zu ihr auf. Mrs Maggies Blick dagegen schien ihr auf den Grund der Seele dringen zu wollen. Bevor sie zu einer Antwort ansetzen konnte, waren ihre wachen Augen jedoch schon weitergewandert und hatten nun die echauffierte Prüferin ins Visier genommen.

„Möchten Sie uns nicht vorstellen, Charlotte?", fragte die Mutter des Chefs in aller Seelenruhe, und Charlotte blieb nichts anderes übrig, als auf ihre Frage einzugehen.

„Mrs Annegret Gödeke von der Neumeier Gastechnik AG aus Deutschland. Mrs Gödeke, darf ich vorstellen: Mrs Marguerite Webster ist die Mutter von Mr Arthur Webster, unserem Geschäftsführer", betete sie pflichtschuldigst herunter und setzte dann leise an Mrs Maggie gewandt hinzu: „Ich fürchte, das ist jetzt wirklich ein sehr ungünstiger Zeitpunkt. Harry Burrows wurde soeben tot aufgefunden. Wir haben noch keine Ahnung, was passiert ist. Unter diesen Umständen möchten unsere Gäste natürlich nicht hierbleiben. Ich wollte gerade ..."

Das Blickduell, das soeben vor ihren Augen ausgetragen wurde, ließ Charlotte unwillkürlich verstummen. Zwei kleine aber energische Frauen, die eine zierlich im bunt gemusterten Sommerkleid und mit Kunstblumen geschmückten Hut – Mrs Marguerite gehörte zu jenen Damen, die nie ohne Hut aus dem Haus gingen – die andere kräftig gebaut im pfirsichfarbenen Business-kostüm, maßen einander von Kopf bis Fuß. Rutherford mischte sich ein und watschelte neugierig auf Mrs Gödeke zu, um sie zu beschnüffeln. Der Mops machte ein entschieden freundlicheres Gesicht als die Dame. Die trat pikiert ein paar Schritte zurück und schnaufte dabei wie eine Lokomotive unter Dampf. Schon machte Charlotte sich auf eine erneute Schimpftirade gefasst, da plauderte Mrs Maggie auf das Liebenswürdigste drauflos. Charlotte war sprachlos – ebenso wie Mrs Gödeke. Die war scheinbar so verdattert, dass sie es sich widerstandslos gefallen ließ, dass Mrs Marguerite zu ihr trat und sie unterhakte wie eine alte Freundin.

„Was für ein furchtbarer Schock meine Liebe, Sie müssen ja vor Schreck ganz außer sich sein. Bitte glauben Sie mir, wenn ich Ihnen versichere, wie unendlich leid uns das alles tut. Meinen Sohn nimmt die ganze Situation natürlich furchtbar mit, den armen Jungen. Ich mache mir ja solche Sorgen! Haben Sie Kinder? Sie werden sicher verstehen, wie mir zumute ist als Mutter. Aber so bedauerlich es auch ist, wir müssen jetzt die Polizei ihre Arbeit tun lassen. Selbstverständlich werden wir weiterhin alles tun, um Ihnen zu Diensten zu sein. Vielleicht möchten Sie sich in der Zwischenzeit ein wenig die Gegend anschauen? Ich könnte Ihnen einige wirklich großartige Plätze zeigen. Wir sind sehr stolz auf unsere Küste, wissen Sie. Und heute bei diesem Wetter ist die Aussicht natürlich einmalig." Charlotte hatte keine Ahnung, wie Arthurs Mutter es fertig brachte, im Angesicht des Todes über die landschaftlichen Reize Cornwalls zu referieren. Aber vielleicht gehörte das ja zur guten Erziehung, wenn man in eine gewisse gesellschaftliche Position hineingeboren wurde.

„Außerdem müssen Sie unbedingt unten am Hafen vorbeischauen und einen Spaziergang zur Mole machen. Die Seeluft wird jetzt das Beste sein, um trübe Gedanken zu vertreiben. Wenn wir vorher vielleicht einen kleinen Imbiss und eine Tasse Tee zu uns nehmen könnten, auf den Schrecken sozusagen ..."

„Äh, selbstverständlich", nahm Charlotte rasch den Faden auf. „Wir haben eine Kleinigkeit vorbereitet. Wenn die Damen mir bitte folgen möchten ..."

Mit einer einladenden Geste öffnete Charlotte die Tür des Verwaltungsgebäudes und überließ es Mrs Maggie, den Gast in den Konferenzraum zu führen. Derweil huschte sie in die Personalküche, um neues Teewasser und frischen Kaffee aufzusetzen.

Doch kaum hatte sie die Kaffeemaschine eingeschaltet, da ertönte aus dem Korridor ein unheilverkündendes Scheppern.

Die kalten Platten!

Rutherford der Mops hatte die Gunst der Stunde genutzt und sich hinter seinem Frauchen in den Korridor geschlichen. Wenn es ums Fressen ging, war er offensichtlich beweglicher als er aussah. Irgendwie musste es ihm jedenfalls gelungen sein, die Platte mit den Krabben-Sandwiches zu erreichen, die auf einem der unteren Regale stand. Nun saß er quietschvergnügt inmitten eines Durcheinanders aus umgekippten Servierplatten, verstreut liegenden Salatblättern und zerquetschten Toasts und leckte sich Kaviar und Krabbensauce aus dem Gesicht.

Charlottes Mitgefühl mit dem Hund war wie weggeblasen. „Irgendwann stecke ich diese fette, kleine Fußhupe in die Gewindedrehmaschine, ich schwör's!", zischte sie.

„Lieber nicht. Der Köter würde wahrscheinlich selbst unsere Wundermaschine kleinkriegen, und das würde Arthur dir nie verzeihen", murmelte Neal lakonisch. Wieder einmal war sie Charlotte zu Hilfe geeilt, und diesmal hatte der Lärm sogar Nora aufgeschreckt. Aber war die Nachricht von Harry Burrows' Tod überhaupt schon bis ins Büro vorgedrungen?

„Wisst ihr schon, was ...", begann Charlotte zögernd. Neals knappes Nicken ersparte es ihr, weitersprechen zu müssen.

„Arthur hat eben Bescheid gegeben", erklärte sie. „Er wirkte ziemlich durcheinander, aber Jago ist bei ihm. Weiß man eigentlich schon irgendetwas Genaueres?" Neals bekümmerte Frage strafte ihre zur Schau gestellte Gleichmut Lügen. Charlotte seufzte.

„Arbuckle musste die CID aus Bodmin hinzuziehen, die sind unterwegs."

„Also war es nicht unbedingt ein einfacher Herzinfarkt? Scheiße, das ist ja kaum zu glauben! Ich hoffe, Jago schafft es, Arthur zu beruhigen."

„Was sollen wir jetzt tun?", fragte Nora und schaute angewidert auf die Sauerei am Boden. Machte ihr etwa ein bisschen Unordnung mehr Sorgen als eine Todesbotschaft? Charlotte musste sich zwingen, ihre unfreundlichen Gedanken nicht allzu deutlich zu zeigen. Wieder war es Neal, die die Ruhe bewahrte.

„Was wohl? The Show must go on. Also werden wir alle verwertbaren Stücke zusammenkratzen und servieren und den Rest aufwischen", beschloss sie kurz und bündig. „Nora, wenn du so lieb bist und uns helfen möchtest, kannst du die Abteilungsleiter zusammentrommeln. Charlie kann derweil unseren hohen Gast bewirten und die Platten reintragen, die unversehrt geblieben sind, und ich putze." Konnte man Miss Nora Joslyn tatsächlich so einfach Anweisungen erteilen? Offenbar schon. Jedenfalls fügte sie sich widerspruchslos Neals Vorschlag, wie Charlotte verblüfft feststellte.

***

Später hätte Charlotte nicht sagen können, wie sie die nächste Stunde überstand. Sie hatte das Gefühl, das Lächeln sei auf ihrem Gesicht festgefroren wie eine verzerrte Grimasse. Außerdem bereute sie, dass sie sich auf die Schnelle eins der ramponierten Sandwiches genehmigt hatte, bevor sie die übrigen servierte. Jetzt lag das Ding ihr wie ein Stein im Magen. Mechanisch reichte sie Speisen und Getränke herum, schaute in die blassen, besorgten Gesichter ihrer Kollegen und lauschte den spärlichen, nichtssagenden Gesprächen, die sich um alles Mögliche drehten, nur nicht um die aktuelle Situation. Selbst Marguerite Webster ging irgendwann der Stoff zum Plaudern aus. Doch immerhin hatte Arthurs Mutter es geschafft, dass die deutsche Delegation nach dem gemeinsamen Essen in einigermaßen friedlicher Manier abzog. Einer der Herren in Mrs Gödekes Gefolge ließ sich sogar dazu herab, Arthur sein Beileid auszusprechen. Seine hohe Chefin nickte knapp dazu und meinte, man würde später voneinander hören, was in Charlottes Ohren zwar immer noch nach einer diplomatischen Herausforderung klang, aber wenigstens nicht mehr wie eine direkte Kampfansage.

Als die Mietwagen der gehobenen Klasse, mit denen die Gäste angereist waren, endlich außer Sichtweite verschwanden, atmete nicht nur Charlotte erleichtert auf.

„Mach uns doch bitte noch einen Tee, Liebes, aber diesmal einen ordentlich starken. Und dazu einen Schluck von Na-Sie-wissen-schon. Den können wir jetzt wirklich gebrauchen!"

Als wohl einzige Mitarbeiterin außer dem Chef besaß Charlotte einen Schlüssel zum Kabinettschrank in Arthurs Büro. Dort bewahrte er für besondere Anlässe stets einige Flaschen Tarquin's auf, den kornischen Gin, der in einer kleinen Destillerie gar nicht weit von Port St. Petroc hergestellt wurde. Charlotte kam der Aufforderung nach und eilte in sein Büro.

Stirnrunzelnd betrachtete sie die Flasche mit dem eingeprägten fliegenden Papageientaucher, dem Wahrzeichen der Destillerie. Sie war zu drei Vierteln leer, und es stand keine weitere mehr im Schrank. Hatten sie nicht erst vor wenigen Wochen eine Lieferung erhalten? Sollte Arthur etwa heimlich ...? Nein, das konnte Charlotte sich nicht vorstellen. Ihr Chef war der geradlinigste Mensch, den sie kannte. Vielleicht hatte er den Gin einfach an jemanden verschenkt, die Flaschen gaben ein hübsches Mitbringsel ab. Sie musste daran denken, bald Nachschub zu bestellen. Der Inhalt der letzten Flasche reichte gerade für Maggie, Arthur, die Abteilungsleiter und sie selbst. So wenig Charlotte sich sonst auch aus Spirituosen machte – heute sehnte sie den charakteristischen, rauen Nachgeschmack des Gins fast herbei. Nicht einmal der starke, heiße Tee mit Zitrone wirkte fehl am Platz, obwohl draußen vor dem leicht abgedunkelten Fenster des Konferenzzimmers noch immer die Sonne vom wolkenlosen Himmel brannte.

„Agatha Christie hatte Recht: Gott segne den guten, alltäglichen Nachmittagstee!", zitierte Mrs Maggie mit einem tiefen Seufzer.

Arthur hob sein Glas wie zum Gruß und murmelte: „Auf Harry. Mach's gut, mein Alter."

„Auf Harry", stimmten die Abteilungsleiter ein.

Ausgerechnet in diesen Moment der Andacht platzte Sergeant Arbuckle herein.

„Oh, hallo Margret, Sie auch hier? Vertrackte Sache, was?"

„Marguerite. Ich heiße Mar-guer-ite!", korrigierte Arthurs Mutter würdevoll.

Offenbar gehörte der Sergeant nicht zu den Auserwählten, die sie mit ihrem Kosenamen ansprechen durften. Mrs Maggie, die Hercule Poirot verehrte, machte keinen Hehl daraus, dass sie für den plumpen und allzu behäbigen Richard Arbuckle wenig übrighatte. Er war einfach kein Gentleman.

Trotz aller Dickfelligkeit musste er bemerkt haben, dass Mrs Marguerite ihm reichlich kühl begegnete. Er räusperte sich umständlich und entschuldigte sich für das Aufsehen, das die Arbeit seiner Kollegen von der Kriminalpolizei verursacht hatte. Aber so waren nun mal die Vorschriften, nun ja, da konnte man nichts machen. Mit dieser Bemerkung war für ihn anscheinend der Höflichkeit Genüge getan, und er warf einen begehrlichen Blick auf die Gläser mit dem Gin. Gerade noch rechtzeitig schien er sich darauf zu besinnen, dass Alkohol im Dienst keine gute Idee war. Stattdessen angelte er sich das letzte verbliebene Krabben-Sandwich von der Servierplatte und biss herzhaft hinein. Es war ein Glück für ihn, dass er den Blick nicht bemerkte, mit dem ihn Colin Alderson in diesem Moment ansah.

Schon als rebellischer Jugendlicher auf einem klapperigen Moped hatte Colin eine tiefe Abneigung gegen die Polizeigewalt im Allgemeinen und gegen Sergeant Arbuckle im Besonderen empfunden. Auch wenn er inzwischen zur arbeitenden Bevölkerung gehörte, hatte er die alte Feindschaft offenbar nicht vergessen.

Charlotte ging mit Arthur nach draußen, um die Produktionsangestellten, die noch immer in kleinen Grüppchen auf dem Hof herumstanden, für den Rest des Tages nach Hause zu schicken. Auch Colin folgte ihnen mit verbissener Miene. Wann immer sich der Chef einer Gruppe näherte, verstummten die gemurmelten Gespräche. Betroffen biss sich Charlotte auf die Lippen. Spätestens morgen früh würde sicher die ganze Stadt über den tragischen Vorfall reden. Aber das ließ sich wohl nicht vermeiden. Sollte sie wie die anderen nach Hause fahren, wenn sie im Konferenzraum den Tisch abgeräumt und endlich die Unordnung in der Küche beseitigt hatte?

Gerade als Charlotte zu dem Schluss gelangt war, dass sie heute in der Fabrik nichts Nützliches mehr tun konnte, kam einer der Kriminalbeamten auf sie zu und bat mit geschäftsmäßiger Miene darum, ihr ein paar Fragen stellen zu dürfen. Offenbar hatten die Polizisten damit begonnen, die Angestellten zu befragen. Ob ihr heute Morgen irgendetwas Ungewöhnliches aufgefallen wäre, lautete die erste Frage. Aber was war an einem Tag wie heute gewöhnlich? Schließlich schüttelte Charlotte nur den Kopf. Hektisch war es zugegangen, ja, aber das was schließlich zu erwarten, wenn Besuch aus dem Ausland kam. Was wusste sie über Harry Burrows? Sehr wenig. Wie war sein Verhältnis zu seinen Kollegen, hatte er irgendwelche Feinde? Sie konnte schlecht sagen, dass er eine alte Nervensäge gewesen war, oder? Einzelgänger klang ein wenig besser, wenn auch nicht viel. Nein, über persönliche Feindschaften war ihr nichts bekannt. Charlotte nahm ihren Mut zusammen und stellte nun ihrerseits eine Frage: Waren Spuren gefunden worden, die auf einen Einbruch hindeuteten wie den, den es im letzten Jahr gegeben hatte?

„Es tut mir leid, aber dazu kann ich Ihnen leider keine Auskunft geben", erwiderte der Beamte, ohne eine Miene zu verziehen.

Natürlich nicht, das hätte sie sich denken müssen. Somit war sie entlassen.

Sie wollte sich gerade auf den Weg zu ihrem Auto machen, da hörte sie einen Satzfetzen, der sie aufhorchen ließ: „… müssen Sie leider bitten, uns zur Vernehmung aufs Revier zu folgen." Als sie aufblickte, ging eben der LKW-Fahrer Ferenc, flankiert von zwei Kriminalbeamten, an ihr vorbei. Der kleine, drahtige Mann, der sonst nie um Worte verlegen war, folgte den Beamten schweigend und starrte beharrlich seine Schuhspitzen an, während sich unter den Arbeitern hier und da Köpfe hoben und ihm nachsahen.

Charlotte hingegen zwang sich, den Polizisten nicht hinterher zu starren.

Das wurde ja immer verrückter!

Sie hatte wohl insgeheim immer noch gehofft, dass sich alles als reiner Unglücksfall herausstellen würde. Die Chancen darauf schienen jedoch mit jeder Minute zu schwinden. Was genau bedeutete die Aufforderung „uns zur Vernehmung aufs Revier zu folgen?" Etwas an der Haltung des Fahrers und der beiden Polizisten verriet Charlotte, dass es um mehr ging, als nur eine Aussage zu Protokoll zu geben. Das hätte er schließlich auch hier tun können.

Aber was sollte ausgerechnet Ferenc mit Harry Burrows' Tod zu tun haben?

Abgesehen von der unleugbaren Tatsache, dass er den Wagen gefahren hatte, auf dessen Ladefläche die Leiche gefunden wurde.

Eine leichte Berührung an ihrer Schulter unterbrach Charlotte in ihren Gedanken, und sie fuhr herum. „Pst, Charlie, ich bin's nur. Können wir ... irgendwo ungestört reden?"

Kapitel 4

Es war Colin, der zu ihr getreten war. Seine Stimme war ein eindringliches Flüstern, das Charlotte wie von selbst ein knappes Nicken entlockte. Sie ließ sich von ihm in den Personalumkleideraum neben der Werkhalle führen. Dass er, kaum dass die Tür hinter ihnen geschlossen war, mit einem „Bitte, du musst mir helfen!" herausplatzte, wunderte sie schon gar nicht mehr. Einmal unbehelligt nach Hause fahren und die Arbeit anderen überlassen zu dürfen – das wäre wohl zu schön gewesen, um wahr zu sein. Sie nickte gottergeben und lauschte mit wachsendem Grauen seinem hastig hervorgestoßenen Bericht.

„Es ist alles meine Schuld. Verdammt, mir hätte klar sein müssen, dass sich die Sache nicht einfach vertuschen lassen würde. Aber ich war in dem Moment einfach so durch den Wind, dass ich nicht klar denken konnte. Statt das Ganze ordnungsgemäß zu melden und den Dingen ihren Lauf zu lassen, habe ich Ferenc mit hineingezogen und am Ende alles noch schlimmer gemacht."

„Was wolltest du vertuschen?", wisperte Charlotte tonlos. „Harry. Hör zu Charlie, du musst mir glauben: Er war schon tot, als wir ihn heute morgen in der Halle neben der neuen Drehmaschine gefunden haben. Ich kam in die Halle, Ferenc sprach mich wegen einer Lieferung an und wir redeten im Gehen miteinander.

Dann drehte ich mich um — und da lag er. Wir sind natürlich sofort hingerannt, haben versucht ihn anzusprechen, erste Hilfe zu leisten und so. Aber ich schwöre dir: Da war nix zu machen, der Arme war mausetot. Das hat mich in dem Moment ehrlich gesagt auch gar nicht gewundert. Ich dachte nur: Du sturer Kerl, warum bist du nicht zum Arzt gegangen? Harry ging es die ganzen letzten Wochen schon nicht gut. Er musste dauernd Pausen machen, weil er außer Atem war und ihm schwindlig wurde. Aber wehe, wenn man ihn darauf ansprach, ob er sich nicht untersuchen lassen wolle. Das ginge uns gar nichts an, wir sollten uns um unseren eigenen Kram kümmern, basta. Es wurmte ihn einfach, dass er nicht mehr so viel leisten konnte wie früher. Und als er da so lang, fand ich es völlig logisch, dass ihn sicher das Herz im Stich gelassen hatte. Das Timing war natürlich absolut beschissen, und ich dachte: Wenn ich jetzt zu Arthur gehe und ihm sage, dass Harry tot ist, dann ist er der Nächste, der zusammenklappt. Die ganze Firma stand schon seit Wochen wegen der Qualitätsprüfung Kopf. Die Prüfung hätte verschoben werden müssen, und der Stress wäre von vorn losgegangen. Das hätte auch Harry nicht gewollt, der war ja von uns allen am meisten auf seine Pflichterfüllung versessen. Weil dem armen Kerl ohnehin nicht zu helfen war, dachte ich, dass es auf ein paar Stunden auch nicht mehr ankäme. Dass wir erst mal den Prüfungszirkus hinter uns bringen und später die Sache mit Harry in Ruhe klären sollten. Also habe ich Ferenc überredet ...“

„Wozu?“, fuhr Charlotte auf, als Colin zögerte, weiterzusprechen. „Den armen Harry wie einen Sack Kartoffeln hinten in den nächstbesten LKW zu schmeißen und dann rauszugehen zur Prüfungskommission, als wäre nichts gewesen? Verdammt Col, wie dämlich bist du eigentlich? Unsachgemäßer Umgang mit Leichen ist ein Straftatbestand. Selbst wenn die Polizei deine haarsträubende Geschichte glaubt, bist du mindestens mit einer Geldbuße dran. Ganz abgesehen davon, dass Arthur dich achtkantig rausschmeißen wird.“

„Scheiße. Mensch Charlie, was soll ich denn jetzt machen?“ Wie Colin so mit hängenden Schultern vor ihr stand und sie flehentlich ansah, erinnerte er sie an ihren Bruder Rory. Nur dass das, was Colin auf dem Kerbholz hatte, sehr viel schlimmer war als eine verräucherte Küche. Wie kamen überhaupt alle dazu, ständig darauf zu warten, dass Charlotte ihnen sagen sollte, was sie zu tun hatten? Bei ihren Brüdern mochte das noch angehen, aber Colin? Der war erwachsen, und so leid er Charlotte auch tat – sie waren endgültig aus dem Alter heraus, in dem er sie als Klassensprecherin vorschicken konnte, um für ihn die Kastanien aus dem Feuer zu holen, wenn ein erboster Lehrer mal wieder mit einem Verweis drohte.

„Du musst rausgehen und der Polizei die Wahrheit sagen, was sonst“, erwiderte sie so fest wie möglich.

„Mhm. Ja, muss ich wohl.“ Er nickte langsam. „Arbuckle wird zwar frohlocken, aber ich kann Ferenc nicht im Stich lassen. Seine Frau wird sich bereits Sorgen machen. Oh nein! Mist, Mist, Mist, ich bin so ein Idiot!“

„Da kann ich dir leider nicht widersprechen.“

Inzwischen raufte sich Colin buchstäblich die kurzen blonden Stoppelhaare und trommelte frustriert mit den Fäusten gegen die metallene Wand des Spindes, in dem die Arbeiter ihre Jacken und Taschen aufzubewahren pflegten.

„Sie ist schwanger, Charlie", murmelte Colin verzweifelt. „Ferencs' Frau, die Kleine mit den schwarzen Locken, die in der Montage arbeitet. Wie heißt sie noch? Ariane. Sie kriegen Anfang nächsten Jahres ein Baby, ich hab's neulich erst erfahren."

Charlotte stöhnte. „Argh, wie konntest du? Du bist der hirnverbrannteste ... Aber was nützt es, wenn wir uns aufregen."

Resigniert ließ Colin die Hände sinken, schluckte ein paarmal hart und straffte die Schultern.

„Gut, ich rede mit den Typen von der Kriminalpolizei. Könntest du vielleicht Arthur Bescheid sagen und die Sache erklären?"

Charlotte seufzte. „Okay, ich tue mein Bestes."

„Und ein Auge auf Ariane haben? Die meisten anderen sind für heute nach Hause gegangen, aber sie ist noch hier."

„Ja, ich rede mit ihr."

Colin hatte bereits die Türklinke in der Hand, doch dann wandte er sich noch einmal zu Charlotte um und begann, in seiner Hosentasche zu kramen.

„Und äh ... falls sie mich dortbehalten oder so ... Würdest du dann auch mal nach Gwen sehen? Sie braucht täglich Futter und Wasser. Hier ist mein Hausschlüssel. Die Adresse ist Miner's End Nummer 15."

„Gwen? Eine Katze?"

„Nein, sie ist ... äh ... eine Ratte. Aber ganz zutraulich und sehr sauber und ...“

„Du hast eine Ratte nach Königin Guenivere benannt?“

„Äh, ja. Es ist ein hübscher Name, oder?“ Charlotte starrte ihren Kollegen an. Zugegeben, ihre Familie besaß eine Katze namens Queen Victoria, aber eine Ratte? Soweit sie sich erinnerte, hatte Colin die meisten Unterrichtsstunden der Oberstufe im Halbschlaf in der letzten Reihe des Klassenzimmers verbracht. Anscheinend jedoch war zumindest vom Lieblingsthema ihres Geschichtslehrers, der Mythologie Cornwalls im Allgemeinen und der Artus-Sage im Besonderen, das eine oder andere bei ihm hängengeblieben. Er hatte damals zu Schulzeiten schon zahme Ratten gehalten, fiel Charlotte jetzt ein. Zuweilen hatte sogar einer der weißbraun gefleckten Nager auf seiner Schulter oder in der Kapuze seines Pullovers gesessen und mit neugierigen Knopfaugen in die Welt hinausgespäht, zum Entsetzen aller Lehrer. Abgesehen von den langen, nackten Schwänzen hatte Charlotte die Tiere eigentlich recht hübsch gefunden. Schlimmer als Elliots Kakerlakenzucht und seine bissigen Meerschweinchen konnte besagte Gwen auch nicht sein.

„Meinetwegen, gib schon her.“ Charlotte griff nach dem Schlüssel, den Colin ihr entgegenstreckte. Im Grunde war es nur eine Sicherheitsmaßnahme. Man würde Colin wohl kaum einsperren. Sehr viel wahrscheinlicher war, dass er einfach seine Aussage machte, ein paar Fragen beantwortete, das Protokoll unterschrieb und dann nach Hause fuhr.

Trotzdem blieben immer noch Ferencs schwangere Frau und Arthur, um die Charlotte sich kümmern musste.

Am besten sprach sie erst einmal mit ihrem Chef.

Mrs Maggie jedoch schien die Bedeutung des Ausdrucks „unter vier Augen" nicht zu kennen, jedenfalls folgte sie Charlotte und Arthur wie selbstverständlich in dessen Büro. Charlotte schluckte. Gab es irgendeine Möglichkeit, Colins Verhalten zu erklären, die nicht zu einem fristlosen Rauswurf führen würde? In Gegenwart seiner Mutter würde sich Arthur vielleicht im Bezug auf Lautstärke und Ausdrucksweise mäßigen, aber umso mehr würde er darauf erpicht sein, Konsequenz zu zeigen. Nein, es gab keine Worte, um das, was Colin getan hatte, vorsichtig zu umschreiben. Sie konnte es genauso gut kurz machen und das Donnerwetter über sich ergehen lassen.

Zu ihrer Überraschung blieb ihr Chef jedoch erst einmal beängstigend still, nachdem Charlotte ihre kurze Erklärung beendet hatte.

Stattdessen kochte Mrs Maggie geradezu vor Empörung: „Rücksichtsloses Verhalten ... Rowdie ... keinerlei Respekt, nicht einmal vor dem Tod. Meine Güte, der arme Harry!"

Nein, erinnerte sich Charlotte jetzt: Die Mutter ihres Chefs hatte für Colin nicht viel übrig, was ganz auf Gegenseitigkeit beruhte. Colin hatte sich stets furchtbar aufgeregt, wenn „die verdammte alte Schnüfflerin" mal wieder unangemeldet in der Werkshalle auftauchte und alles durcheinanderbrache. Charlotte war sich ziemlich sicher, dass Mrs Maggie selbst in diesem Zusammenhang von „ein wenig Ordnung in die Männerwirtschaft bringen“ sprach. Vermutlich versuchte sie gleichzeitig, Colin Nachhilfe in Sachen gutes Benehmen zu erteilen, was diesen erst recht auf die Palme brachte. Mit dem alten Raubein Harry Burrows dagegen hatte Mrs Maggie offenbar eine Art Waffenstillstandsabkommen geschlossen – vermutlich weil der trotz allem als Relikt einer konservativen Erziehung noch einen gewissen Respekt gegenüber einer Dame von Stand an den Tag gelegt hatte. Nun war er tot, und über Tote sollte man nicht schlecht reden.

„Arthur mein Lieber“, ereiferte sich Mrs Maggie weiter. „Wie oft habe ich dir schon gesagt, dass du nicht immer diese jungen Dachse einstellen sollst, die absolut kein Benehmen kennen und sich für unbesiegbar halten – nichts gegen Sie Charlotte. Mr Alderson dagegen hat schließlich nicht zum ersten Mal …“

„Ich bin sicher, er wollte nur helfen“, versuchte Charlotte verzweifelt, Colin zu verteidigen. „Er wollte einfach vermeiden, dass die Qualitätsprüfung verschoben werden musste. Er meinte, Harry hätte dafür bestimmt Verständnis gehabt.“

„Ja, das hat er Ihnen sicher erzählt.“ Mrs Maggie war jetzt richtig in Fahrt. „Aber wir alle hier wissen, dass der junge Mann schon immer Schwierigkeiten hatte, sein Temperament im Zaum zu halten.“

Auf diese Worte folgte eine bedeutungsschwere Stille. Was genau wollte die Mutter des Chefs damit sagen? Vermutlich hatte sie Colin nie verziehen, dass der einmal beim jährlichen Sommerfest der Firma vor allen Gästen eine Rauferei mit Melvin Bradstone angezettelt hatte.

Aber das war doch etwas ganz anderes als … Vor Charlottes innerem Auge tauchte ein Bild auf: Colin und Harry in einem hitzigen Wortgefecht. Colin, der sich die Haare raufte, wie sie es noch vor wenigen Minuten beobachtet hatte. Das tat er manchmal, wenn er besonders aufgeregt war – oder besonders wütend. Ein kurzer, harter Stoß vor die Brust des alten Mannes, ein Sekundenbruchteil ungebremsten Zorns hätten genügt, um Harry Burrows zu Fall zu bringen.

Colin hatte ein hitziges Temperament.

Bereits als Jugendlicher war er mehrmals mit der Polizei in Konflikt geraten. Außerdem war er in der Firma der Einzige, der es fertigbrachte, zurückzubrüllen, wenn Arthur ausrastete. Doch genau das war der springende Punkt: Ein hitziges Temperament hatte Arthur ebenso, das musste selbst seine Mutter zugeben – aber er war der Boss. Niemand käme auf die Idee, ihm einen Mord anzuhängen. Nein! Charlotte schüttelte energisch den Kopf, um die verräterischen Gedanken loszuwerden. Sie glaubte Colin. Schließlich hatte er seit seinem ersten Arbeitstag direkt mit Harry zu tun gehabt, und die beiden waren immer miteinander zurechtgekommen.

Charlotte wandte ihre Aufmerksamkeit erneut ihrem Chef zu. Er sah müde aus, wie er da in seinem Schreibtischstuhl hockte und sich mit Daumen und Zeigefinger in die Nasenwurzel kniff. Offenbar hatte er Kopfschmerzen.

„Mach halblang, Mutter“, winkte er ab, um Mrs Maggie zum Schweigen zu bringen, die soeben zu einem neuen Wortschwall ansetzte. „Zugegeben, Colin Alderson mag auf den ersten Blick wie ein Rowdie wirken, aber es steckt ein guter Kern in ihm. War bisher immer tüchtig und zuverlässig. Gut darin, andere anzuleiten. Nur eins verstehe ich nicht: Warum musste er Charlotte vorschicken, anstatt selbst zu mir zu kommen. Ja, er hat verdammten Mist gebaut, aber genau deshalb hätte er es mir auch selbst sagen müssen. Hat er denn kein Vertrauen zu mir? Oder ist er etwa zu feige?"

„Das Ganze nimmt ihn ziemlich mit", gab Charlotte zu. „Schließlich hat er eng mit Harry zusammengearbeitet, und er wusste, dass auch Sie große Stücke auf Harry hielten. Er schämt sich, so ein Chaos verursacht zu haben. Außerdem wollte er sofort mit der Polizei reden. Er will Ferenc nicht im Stich lassen."

„Ach ja, der Fahrer", erinnerte sich Arthur. „Kommt aus Ungarn, nicht wahr? Und ist verheiratet, soweit ich mich erinnere. Arbeitet seine Frau nicht auch für uns?"

„Ja, in der Montageabteilung. Colin sagte mir, dass sie ein Baby erwartet."

„Um Himmels Willen, das arme Ding! Wir müssen uns unbedingt um sie kümmern."

Charlotte kannte niemanden, der so schnell wie Mrs Maggie von messerscharfem Misstrauen auf mütterlicher Fürsorge umschalten konnte. Innerhalb weniger Minuten hatte die resolute Dame, begleitet von einer zögernden Charlotte, die junge Ungarin ausfindig gemacht, die umringt von einigen Kolleginnen weinend an ihrem Arbeitstisch in der Werkshalle hockte. Gemeinsam brachten sie die völlig in Tränen aufgelöste junge Frau in die Personalküche im Verwaltungsgebäude, wo Mrs Maggie ihr eine Tasse starken Tee einflößte – mit Schuss, denn Arthurs Mutter war der Meinung, bei „medizinischer Anwendung" könne Alkohol weder der werdenden Mutter noch dem ungeborenen Kind schaden.

„Nicht wahr, Sie glauben nicht, dass mein Mann etwas Schlimmes getan hat?“, schluchzte Ariane. „Ich schwöre Ihnen, mein Ferenc hätte niemals …“

„Natürlich glauben wir Ihnen“, versuchte Charlotte, die Kollegin zu beruhigen. Den hoffnungsvollen Blick, mit dem die Ungarin daraufhin an ihrem Gesicht hing, konnte sie kaum ertragen. Trotzdem versprach sie, dafür zu sorgen, dass alles wieder in Ordnung käme. Dass sie das konnte, daran schien die junge Frau keinerlei Zweifel zu haben. Und nachdem Ariane sich endlich halbwegs beruhigt hatte, kam Mrs Maggie auch schon mit der nächsten Bitte daher:

„Charlotte, wir müssen auch Harrys Frau einen Besuch abstatten. Natürlich wird die Polizei sie inzwischen benachrichtigt haben. Trotzdem gebietet es der Anstand, dass wir ihr unser Beileid aussprechen und ihr Unterstützung anbieten. Ich fürchte nur, Arthur ist nicht besonders gut bei … so etwas.“

„Seine Frau? Harry war verheiratet?“ Charlotte konnte sich beim besten Willen nicht vorstellen, wie diese Ehe zustande gekommen sein mochte. „Er hat doch keine Kinder, oder?“

„Nein, das nicht. Aber er war über dreißig Jahre verheiratet. Wir wären Ihnen wirklich sehr dankbar, wenn Sie uns zu Eileen Burrows begleiten könnten.“

Charlotte seufzte. Blieb ihr denn heute gar nichts erspart? Doch während sie noch mit sich rang, spann Mrs Maggie den Faden bereits weiter.

„Vielleicht können wir Eileen ja auch ein paar Fragen stellen – ganz harmlos natürlich. Zum Beispiel, ob es mit Harrys Gesundheit tatsächlich nicht zum Besten stand, wie der junge Alderson behauptet hat."

„Mutter!" Arthur war den Frauen in die Personalküche gefolgt. „Vergiss jetzt bitte einmal die verfl... ich meine deine verehrte Agatha Christie und bleib bei den Tatsachen. Wir gehen hin, um unser Bedauern auszudrücken, damit Basta. Den Rest überlass der Polizei. Ich bin sicher, Sergeant Arbuckle hat bereits ... "

„Ha! Richie Arbuckle ist ein Schwachkopf, der einen Kompass brauchen würde, um sein eigenes Hinterteil zu finden", erwiderte Mrs Maggie kriegerisch. Hätte Charlotte es nicht mit eigenen Ohren gehört – sie hätte nicht geglaubt, dass derartige Worte in Mrs Maggies Vokabular vorkamen. Arthurs Standpauke schien seine Mutter in keiner Weise zu beeindrucken.

„Die Ermittlungen wird Arbuckle auch gar nicht leiten", sprach Arthur weiter, offensichtlich um Geduld bemüht. „Dafür ist schließlich die CID in Bodmin zuständig. Und für die arme Eileen Burrows ist alles schon schlimm genug, auch ohne dass du anfängst ..."

„Du kannst gewiss sein, dass wir das größtmögliche Taktgefühl walten lassen werden, nicht wahr, Charlotte? Solch delikate Angelegenheiten sollte man überhaupt uns Frauen überlassen."

Charlotte unterdrückte ein erneutes Stöhnen. Wo war sie da nur hineingeraten? Aber bei Mrs Maggies geballtem Aktionismus war Widerstand zwecklos.

***

Mit einem mulmigen Gefühl klingelte Charlotte wenig später an der hölzernen Eingangstür, von der die grauweiße Farbe bereits abblätterte. Konnte sich ein Mann, der seit fast 50 Jahren so etwas wie die rechte Hand seines Chefs war, wirklich keine bessere Wohnung leisten, fragte sie sich betroffen und schielte verstohlen nach Arthur, der neben ihr stand. Dass die winzigen, aus grauen Schieferplatten gemauerten Reihenhäuschen am Miner's End nicht eben die beste Adresse der Stadt waren, wusste sie natürlich. In früheren Zeiten hatten in den abschüssigen Gassen hinter der Kirche, die mit ihrem rechteckigen kleinen Turm trutzig wie eine Miniaturfestung über der Siedlung thronte, die Familien der Bergleute ihr ärmliches Dasein gefristet. Vielleicht, dachte Charlotte, waren ja auch unter Harrys Vorfahren jene rauen Männer gewesen, für die diese Häuser einst gebaut worden waren. War er deswegen all die Jahre hier wohnen geblieben, sein Leben lang? Ja, das schien zu ihm zu passen. Charlotte fiel wieder ein, dass auch Colin hier ganz in der Nähe wohnen musste. Aber für einen alleinstehenden jüngeren Mann ohne großes Interesse an häuslicher Behaglichkeit war das weniger ungewöhnlich. Preiswert lebte man hier in jedem Fall. Die letzte Kupfermine der Umgebung war geschlossen worden, nachdem im Jahr 1919 bei einem großen Minenunglück über 30 Arbeiter ums Leben gekommen waren. Inzwischen waren die meisten Bewohner der Siedlung entweder ältere Menschen, die wenig Rente bezogen, oder gescheiterte Existenzen: Verschrobene Einzelgänger, alleinerziehende jugendliche Mütter sowie der ein oder andere geschiedene Mann, der es nicht lassen konnte, sein Geld in die Kneipe oder ins Wettbüro zu tragen. Einige Anwohner hatten Blumenkübel vor ihren Haustüren aufgestellt oder Pflanzkästen unter die Fenster gehängt, bei anderen jedoch rosteten auf dem schmalen Gehweg alte Fahrradgestelle, Autofelgen und weiterer Sperrmüll vor sich hin.

Bei den Burrows war die graue Fassade kahl, und zwischen den unebenen Gehwegplatten spross Unkraut.

„Herrjeh, der arme Harry hatte doch nicht etwa Geldprobleme, oder?", fragte Mrs Maggie in die beklemmende Stille hinein.

„Nicht dass ich wüsste", brummte Arthur. „Aber du kanntest ja seine Art. Über private Dinge hat er nie geredet."

Der Fabrikbesitzer trat eine Weile unbehaglich von einem Bein aufs andere, bevor er erneut den Klingelknopf drückte.

Endlich waren hinter der Eingangstür schlurfende Schritte zu vernehmen, und eine Frauenstimme murmelte etwas vor sich hin. Sie klang nicht eben freundlich.

„Verfluchte Schnüffler ... mich in Ruhe lassen", glaubte Charlotte zu hören, bevor sich ein Schlüssel im Schloss drehte und die Tür einen spaltbreit geöffnet wurde. Das Gesicht, das in der Öffnung erschien, mochte einmal hübsch gewesen sein. Nun jedoch war es blass und von tiefen Furchen durchzogen. Das ehemals rötlichblonde Haar war strähnig und grau meliert.

„Was wollen Sie?", knurrte die Frau.

Charlotte atmete tief ein und begann zu sprechen: „Mrs Burrows? Es tut mir sehr leid. Ich äh ... weiß nicht, ob Sie bereits informiert wurden, aber ..."

„Falls Sie die Sache mit Harry meinen, deswegen waren die Bullen vorhin schon da. So ein dicker, aufgeblasener Kerl mit Schnauzbart."

„Liebe Mrs Burrows, was für ein fürchterlicher Schock für Sie. Lassen Sie uns im Namen aller Kollegen unser tiefstes Beileid aussprechen", übernahm Mrs Maggie nun das Wort und trat einen Schritt vor. Vielleicht erwartete sie, Eileen Burrows würde die Tür richtig öffnen und sie hereinbitten. Doch alles, was sie erreichte, war, dass man nun deutlich den schalen Bier- und Zigarettengeruch wahrnehmen konnte, der dem Hausflur entströmte. Die Hausherrin war im Türrahmen stehen geblieben und machte keinerlei Anstalten, die Besucher hereinzulassen. Stattdessen musterte sie die drei mit offener Feindseligkeit im Blick.

„Ach sieh an, der Herr Chef bemüht sich persönlich her. Wie rührend. Das können Sie sich sparen, hören Sie."

„Ich verstehe ja, dass Sie wütend sind", setzte Mrs Maggie erneut an. „Aber ..."

„Falls Sie irgendetwas brauchen ...", vollendete Arthur den Satz. „Wenn wir Ihnen irgendwie helfen können ..."

„Ich brauche nix von Ihnen", hub Eileen Burrows nun laut an zu keifen. „Nicht heute, nicht morgen und nicht irgendwann sonst. Er hat sich sein Leben lang von Ihnen ausnutzen lassen, mein Trottel von Ehemann. Die Firma hier, die Firma dort, als ob Sie nicht mal ein paar Tage ohne ihn zurechtgekommen wären. Die vermaledeite Firma und sein verfluchter Fußballverein, das war alles, was ihn interessierte. Für mich blieb nur das Geschnarche abends vorm Fernseher übrig. Tag für Tag, Jahr für Jahr. Und was bleibt mir jetzt? Ich sage

Ihnen: Falls Sie vorhaben, demnächst bei mir mit 'ner goldenen Uhr oder so was aufzukreuzen wegen Harrys glorreichem Firmenjubiläum, dann können Sie sich das Ding sonstwo hinstecken. Ich will's nicht. Und nun verschwinden Sie."

Die Tür fiel krachend ins Schloss. Arthur, Charlotte und Mrs Maggie blieb nichts weiter übrig, als kehrtzumachen und wieder in Arthurs alten Rover zu steigen. Der Mops Ruhterford, der dort auf sein Frauchen gewartet hatte, schaute als Einziger unbekümmert drein. Mrs Maggie brach als Erste das Schweigen.

„Du lieber Himmel", seufzte sie. „Ob die arme Frau es überhaupt fertigbringt, die Beerdigung zu organisieren? Sie scheint mir kaum in der Verfassung zu sein."

„Vielleicht ist es besser, ich fahre in ein paar Tagen nochmal allein hin und biete ihr Hilfe an", schlug Arthur vor. „Selbst auf die Gefahr hin, dass sie mich wieder rauswirft." Seine Mutter erhob keine Einwände. Ihr vielzitiertes weibliches Taktgefühl hatte diesmal ganz offensichtlich versagt.

„Auf jeden Fall steht Eileen Harrys Jubiläumsgratifikation zu, egal wie sie darüber denken mag. Aber ich kann ihr nicht einfach einen Scheck in die Hand drücken, oder?"

„Ich könnte eine Beileidskarte dazu schreiben", schlug Charlotte vor.

„Oh ja, tun Sie das. Schreiben Sie irgendwas Nettes."

Charlotte zermarterte sich einige Minuten lang das Hirn darüber, was sie Nettes über Harry Burrows schreiben könnte, ohne dass seine Witwe es als persönliche Beleidigung auffassen und Arthur an den Kragen gehen würde. Der übliche Jubiläumstext von wegen

„Dank für langjährige gute Zusammenarbeit" kam jedenfalls nicht infrage. Charlotte beschloss, weitere Überlegungen auf morgen zu verschieben. Ein anderes Problem kam ihr in den Sinn, das diesmal nichts mit Harry Burrows zu tun hatte.

„Könnten wir vielleicht kurz bei Ted's Garage reinschauen?", fragte sie zögernd. „Ich müsste Ted um einen Reservekanister bitten. Heute Morgen war ich so in Eile, dass ich es nicht mehr geschafft habe zu tanken.

Arthur fuhr den Umweg anstandslos, obwohl die Tankstelle mit angeschlossener Werkstatt fast mitten in der Stadt lag. Wie so oft am späten Nachmittag lungerten auf dem Parkplatz vor der Werkstatt ein paar Jugendliche mit ihren Mopeds herum. Unter ihnen erkannte Charlotte ihren Bruder Rory. Er winkte ihr von weitem zu, traute sich aber anscheinend nicht, näher zu kommen.

Vielleicht weil Charlotte aus dem Wagen ihres Chefs stieg. Womöglich fürchtete er auch, seine Schwester könnte immer noch sauer auf ihn sein. Doch die Auseinandersetzung am Morgen kam Charlotte eine Ewigkeit weit weg vor. Sie hatte geglaubt, einen schweren Tag vor sich zu haben – und dann nach Hause fahren zu können in der beruhigenden Gewissheit, dass sie ihr Bestes getan hatte. Und jetzt? Der Himmel mochte wissen, was in den nächsten Tagen und Wochen noch auf sie zukam! Sie zwang sich, kurz die Hand zu heben und den Gruß ihres Bruders zu erwidern. Der hatte es gut!

Ted, der ältliche, untersetzte Werkstattbesitzer, füllte einen Zehnliter-Reservekanister. Dann fragte er Charlotte mit vielsagendem Seitenblick auf Arthur und Mrs Maggie: „Möchten die Herrschaften noch etwas aus dem Kiosk? Etwas Süßes vielleicht oder einen starken Kaffee für die Nerven?"

Die Bemerkung ließ keinen Zweifel daran zu, dass Ted wusste, was passiert war. Höchstwahrscheinlich hatte er bereits zahlreiche Versionen der Geschichte gehört, eine haarsträubender als die andere, und brannte nun auf einen Bericht aus erster Hand. Doch Charlotte stand der Sinn nicht nach Tratsch. Sie schüttelte den Kopf und wollte gerade ihr Benzin bezahlen, da klingelte Arthurs Handy.

Arthur hörte eine Weile zu, brummte mehrmals etwas Zustimmendes, legte dann auf und stöhnte: „Ich nehme doch einen Kaffee, Ted."

„Arthur, du weißt genau, dass du kein Koffein verträgst. Dein Blutdruck ...", setzte Mrs Maggie zu einer Beschwerde an, verstummte jedoch, als sie den Gesichtsausdruck ihres Sohnes sah.

„Zum Mitnehmen bitte", bestimmte sie und lächelte Ted süßsauer an. Dann rief sie mit ungewöhnlich scharfer Stimme nach ihrem Liebling Rutherford, der dem Werkstattbesitzer hinter den Verkaufstresen gefolgt war, vermutlich in der Hoffnung, dass dort irgendein Leckerbissen für ihn abfallen würde. Falls es Ted enttäuschte, dass niemand bereit war, seine Neugier zu befriedigen, ließ er sich nichts anmerken. Er goss Kaffee in einen Pappbecher, zwinkerte Charlotte leutselig zu und schob eine kleine Tüte über den Verkaufstresen des Kiosks – Himbeerfudge, ihre Lieblingssorte.

„Der geht aufs Haus", sagte er, nahm das Benzingeld entgegen und warf dem Mops, der noch immer aufmerksam jede seiner Bewegungen verfolgte, aus einer geöffneten Packung einen Käsecracker zu.

„Danke! Ich gebe Rory den leeren Kanister, der kann ihn dir morgen vorbeibringen", sagte Charlotte.

„Ein tüchtiger Bursche, dein Bruder. Kann mal ein guter Mechaniker werden."

„Mhm", murmelte Charlotte unverbindlich und fügte in Gedanken hinzu: über Mums Leiche. Nein, ganz sorglos war das Leben selbst für Rory nicht.

Kapitel 5

„Das war Colin, er ist in Untersuchungshaft", ächzte Arthur, kaum dass er sich wieder hinterm Steuer seines Wagens niedergelassen hatte.

„Ach du Sch... ande", rutschte es Charlotte heraus. „Was ist passiert?"

„Offenbar haben sie Würgemale an Harrys Hals entdeckt. Da braucht man gar nicht auf den Obduktionsbericht zu warten, um ... Jedenfalls geht die Polizei jetzt von einem Tötungsdelikt aus. So nennt man das wohl. Aber Colin schwört, dass er's nicht war."

Dennoch hatte er gewusst – oder zumindest geahnt – dass eine freiwillige Zeugenaussage nicht genügen würde, um ihn aus seiner Klemme zu befreien, dachte Charlotte. Warum hätte er ihr sonst seinen Wohnungsschlüssel anvertraut?

„Dann werde ich mich wohl oder übel um Gwen kümmern müssen." Erst Arthurs und Mrs Maggies überraschte Blicke machten Charlotte klar, dass sie soeben laut gedacht hatte. Verflixt!

„Ist das die Freundin oder Familienangehörige des jungen Alderson?", wollte Mrs Maggie natürlich sofort wissen.

„Äh, nicht ganz. Nur ein Haustier."

Mehr verriet Charlotte lieber nicht. Die meisten Leute trauten tierlieben Menschen selten eine Gewalttat zu. Doch die Tatsache, dass Colin eine zahme Ratte hielt, würde Mrs Maggie wohl nicht zu seinem Vorteil auslegen.

„Dann haben Sie einen Schlüssel zu seiner Wohnung? Charlotte, das ist eine einmalige Gelegenheit! Sie müssen unbedingt die Augen offenhalten, ob Sie etwas Verdächtiges entdecken!"

„Mutter! Falls die Polizei es für nötig hält, was ich nicht hoffe, dann werden sie für die Wohnung einen Durchsuchungsbeschluss beantragen."

Auch diesmal bedachte Mrs Maggie den Einwand ihres Sohnes lediglich mit einem ungeduldigen Abwinken. „Schon Sherlock Holmes sagte, dass die kleinen Dinge am wichtigsten sind. Daher sollte man sich nie auf generelle Eindrücke verlassen, sondern immer auf die Details achten."

Charlotte versuchte erst gar nicht zu widersprechen. Wie sollte man vernünftig mit jemandem argumentieren, der fiktive Personen zitierte?

Auch Arthur schien es aufgegeben zu haben, mit seiner Mutter zu diskutieren, jedenfalls sagte er nichts mehr. Eine Weile fuhren Sie schweigend die Küstenstraße entlang. Bereits jetzt, am späten Nachmittag, war es merklich kühler geworden, und über dem Wasser lag ein leichter Dunstschleier. Am Abend würde die aus Granitblöcken aufgeschüttete Mole im Nebel liegen, wusste Charlotte. Sonniges Wetter hielt hier selten lange an.

„Kommen Sie zurecht?" fragte Arthur, als er auf den Zufahrtsweg zum Werksgelände einbog.

Charlotte nickte. „Klar, ich fülle nur rasch meinen Tank aus dem Kanister auf."

Auf dem Parkplatz waren noch immer Polizisten zugange, und gestreiftes Absperrband knisterte leise im aufkommenden Abendwind. Auch der Zugang zu einer der Werkshallen war inzwischen versperrt. Richtig, erinnerte sich Charlotte. Dort drinnen hatte Colin den toten Harry neben der neuen CNC-Drehmaschine gefunden.

Damit war die Halle nun offiziell ein Tatort.

Ausgerechnet, dachte Charlotte. Harry war die vollautomatische, per Computer programmierbare Maschine aus tiefster Seele zuwider gewesen. Immer wieder hatte er sich gegen den Kauf ausgesprochen, hatte bei jeder Gelegenheit versucht, Arthur umzustimmen. Dieses Mal jedoch hatte sein Chef nicht auf ihn gehört. Als die Maschine vorigen Monat geliefert worden war, hatte der Vorarbeiter sich zunächst sogar geweigert, beim Aufbau zu helfen oder sich sonst irgendwie mit dem chromblitzenden Ungetüm zu befassen. Vermutlich hatte nicht viel gefehlt und der alte Mann wäre, den Maschinenstürmern voriger Jahrhunderte gleich, mit Beil und Knüppel auf den seelenlosen Feind losgegangen. Was Harry letztendlich umgestimmt hatte, wusste Charlotte nicht. Vielleicht war es Arthur gelungen, den alten Arbeitskameraden zu besänftigen. Vielleicht war es sogar Colin gewesen. Oder hatte der alte Mann einfach nur resigniert, weil ihm nichts anderes übrigblieb? In den letzten Tagen jedenfalls schien Harry die Anwesenheit der Maschine zumindest stillschweigend geduldet zu haben.

Die Ingenieure und Jago Webster dagegen sangen wahre Loblieder auf dieses Wunderwerk der modernen Automatisierungstechnik. Arthur hatte sich von

ihrer Begeisterung anstecken lassen, und am Ende
hatte auch er förmlich darauf gebrannt, den Besuchern
aus Deutschland als Allererstes seine neueste Errungenschaft zu präsentieren. Dass er gleichzeitig seinen
ältesten und treuesten Mitarbeiter verlor, erschien wie
eine Ironie des Schicksals. Charlotte fühlte, wie sich die
Härchen auf ihren Unterarmen aufstellten.

Vielleicht hatte Harry gar nicht resigniert.

Hatte er nur so getan, als füge er sich in das Unver-
meidbare, um heimlich Rachepläne zu schmieden?
Wäre es möglich, dass er die Maschine hatte zerstören
wollen, und bei dem Versuch tödlich verletzt worden
war?

Charlotte näherte sich dem blauen Koloss, so weit das
Absperrband es zuließ. Äußerlich war kein Schaden, ja
nicht einmal ein Kratzer zu sehen. Außerdem hatten
sie die Maschine wie geplant den Besuchern von
Neumeier Gastechnik vorgeführt, und niemandem war
irgendein Fehler aufgefallen. Zu diesem Zeitpunkt jedoch musste Harry Burrows bereits tot gewesen sein.
Nein, die Theorie von Harry als heimlichem Maschi-
nenstürmer ergab keinen Sinn. Trotzdem, mochte Mrs
Maggies Krimi-Tick auch noch so überzogen wirken, in
einem musste Charlotte der alten Dame recht geben: Irgendetwas hatte Harrys Tod mit der Firma zu tun.

Also hatten sie als Kollegen auch die Pflicht, die
Wahrheit herauszufinden.

Oder zumindest die Polizei bei der Suche nach der
Wahrheit zu unterstützen, verbesserte Charlotte in Gedanken. Bevor sie nach Hause fuhr, würde sie Arthur
noch fragen, ob er in den letzten Tagen mit Harry über
die CNC-Maschine gesprochen hatte.

Doch sie war nicht die Einzige, die den Chef trotz der vorgerückten Stunde unbedingt sprechen wollte, stellte sie kurz darauf fest. Als sie nach einem kurzen Klopfzeichen vorsichtig die von innen gepolsterte Tür zu Arthurs Büro öffnete, traf sie dort nicht nur Arthur und Mrs Maggie an, sondern auch Jago. Die beiden Männer waren augenscheinlich in ein eindringliches Gespräch vertieft. Charlotte wollte sich unbemerkt zurückziehen und die Tür leise hinter sich schließen, aber Mrs Maggie hatte sie bemerkt und winkte sie heran. Inzwischen konnte Charlotte nicht anders, als die Mutter ihres Chefs zu bewundern. Während Arthur immer wieder unwillig brummte und schwer seufzte, als könne er nicht fassen, was geschehen war – was Charlotte ihm keinesfalls verdenken konnte – schien seine 80jährige Mutter keine Müdigkeit zu kennen. Selbst nach allen Strapazen dieses Tages waren ihre graubraunen Locken noch immer makellos frisiert, und das Hütchen mit den Kunstblumen wippte bei jeder Kopfbewegung energisch auf und ab. Charlotte dagegen war inzwischen so erschöpft, dass sie sich buchstäblich zu jeder Bewegung zwingen musste. Hinter ihrer Stirn braute sich ein bohrender Kopfschmerz zusammen, sodass sie Mühe hatte, dem Faden des Gesprächs zu folgen.

„… müssen an den Ruf unseres Unternehmens denken", hörte sie Jago auf Arthur einreden. „… Klatsch und Tratsch entgegentreten … uns proaktiv zeigen … unbedingt eine eigene Pressemitteilung verfassen, um unsere Sicht der Dinge darzulegen. … so bald wie möglich … haben uns nichts zuschulden kommen lassen und nichts zu verbergen ... künftige Zusammenarbeit mit Neumeier Gastechnik."

Irgendwann während Jagos energischen Monologs, dem Mrs Maggie dann und wann mit einem Nicken beipflichtete, musste Charlottes Verstand abgeschaltet haben. Erst als alle sie erwartungsvoll ansahen, wurde ihr klar, dass man eine Reaktion von ihr erwartete.

„Ich bin sicher, Sie werden uns behilflich sein, einen geeigneten Text zu formulieren, nicht wahr meine Liebe?", wiederholte Mrs Maggie die Frage. „Du musst wissen, lieber Jago, dass Charlotte nicht nur eine hervorragende Übersetzerin ist. Sie hat auch die erstaunliche Fähigkeit, nahezu jeden Gedanken, den man ausspricht, sofort in eine passende schriftliche Form zu bringen. Arthur wüsste manchmal wirklich nicht, was er ohne sie anfangen sollte."

Zu jeder anderen Zeit hätte Charlotte dieses überschwängliche Lob zwar in Verlegenheit gebracht, aber auch gefreut. Jetzt jedoch schien ihr Versuch, ein Lächeln zustande zu bringen, zu einer ziemlich schmerzverzerrten Grimasse geraten zu sein. Jedenfalls beeilte Mrs Maggie sich plötzlich zu versichern, das Ganze hätte natürlich auch bis morgen früh Zeit, und tätschelte ihr beruhigend die Schulter: „Gehen Sie erst mal nach Hause und ruhen sich aus. Am besten, Sie machen sich noch eine Tasse Tee, das wirkt Wunder. Morgen können Sie beide dann in Ruhe die Köpfe zusammenstecken, nicht wahr Jago?"

Erleichtert schloss Charlotte die Tür zu Arthurs Büro von draußen. Vermutlich hatte Mrs Maggie Recht, und die Welt würde morgen tatsächlich etwas freundlicher aussehen. Selbst bei der Aussicht auf die verantwortungsvollen Aufgaben, dem Rest der Welt in geeigneten Worten die traurige Nachricht von Harry Burrows' Tod zu überbringen, das geplante Sommerfest abzusagen und die diplomatischen Hürden zu meistern, die Annegret Gödeke ihr in den Weg legen würde. Vielleicht würde Charlotte sich zu diesem Zeitpunkt sogar wieder darüber freuen können, eine Weile Jago Websters ungeteilte Aufmerksamkeit zu genießen. Heute jedoch wollte sie nur noch allein sein und versuchen, irgendwie Ordnung in ihre wirren Gedanken zu bringen.

Vorher musste sie lediglich noch schnell an ihrem Schreibtisch vorbeischauen um sicherzugehen, dass das Licht gelöscht und der Computer ausgeschaltet war.

Die anderen Arbeitsplätze waren längst verwaist, doch als Charlotte ihr leeres Wasserglas in die Personalküche trug, begegnete sie Melvin Bradstone. Der Ingenieur fuhr zusammen, als er sie bemerkte. Anscheinend hatte er nicht damit gerechnet, dass außer ihm noch jemand hier war. Er sah genauso schlecht aus, wie sie sich fühlte, und ein Anflug der alten Zärtlichkeit stieg in Charlotte auf. Als Teenager hatte sie jahrelang heimlich für Melvin geschwärmt und bittere Tränen vergossen, während er und Nora Joslyn das Traumpaar der Schule gewesen waren. Irgendwann war ihre hoffnungslose Liebe verblasst, vermutlich ohne dass er davon jemals etwas mitbekommen hatte. Dann und wann verspürte Charlotte noch immer eine Art wehmütiger Zuneigung, wenn sie Melvin ansah. Vor allem, wenn er so niedergeschlagen wirkte wie jetzt.

„Dieser ganze Tag war die Hölle, oder?", sagte sie mitfühlend. „Aber jetzt habe ich von allerhöchster Stelle – sprich Mrs Marguerite Webster persönlich – die Erlaubnis, nach Hause zu gehen und eine Tasse Tee zu trinken. Das soll Wunder wirken, sagt sie. Vielleicht probierst du's auch mal, vorzugsweise mit was Hochprozentigem drinnen." Ihr zugegebenermaßen kläglicher Versuch, einen Witz zu machen, entlockte Melvin nur ein Zucken der Mundwinkel.

***

Als Charlotte an der Küste entlangfuhr, stieg, wie sie erwartet hatte, über dem Meer bereits Nebel auf. Obwohl es bis zum Dunkelwerden noch mehrere Stunden dauern würde, brannten in manchen Häusern schon die Lampen. Auch aus dem Küchenfenster von Hill Cottage fiel ein Lichtschein. Charlotte parkte den Wagen in der Einfahrt und blieb einige Augenblicke lang draußen stehen. Durchs Fenster sah sie ihre Mutter und die Brüder am Abendbrottisch sitzen. Sie spürte, wie die Anspannung der letzten Stunden langsam von ihr abzufallen begann und sich in Müdigkeit verwandelte. Außerdem hatte sie schrecklichen Hunger. Dennoch tat es ihr beinahe leid, jetzt die Küche zu betreten und den anderen den gemütlichen Abend zu verderben – denn das würde sie, wenn sie erst einmal zu erzählen begann. Sie dachte an Harry Burrows und dessen schmuddeliges Haus am Miner's End. Ob er sich jemals so wie sie aufs Nachhausekommen gefreut hatte? Vermutlich nicht.

75

„Charlie, da bist du ja endlich!", rief ihre Mutter, Elisabeth Cunningham, aus, als Charlotte die Küche betrat. Unauffällig sah sich Charlotte im Raum um. Nein, von der Beinahe-Katastrophe heute Morgen war nichts mehr zu sehen. Auch der Geruch war ganz normal in Anbetracht der Tatsache, dass auf dem Tisch eine Riesenportion Fish & Chips ausgebreitet lag. Rorys Idee, vermutete Charlotte. Entweder wollte er mit dem spendierten Essen Elliot bestechen, damit der der Mutter nichts von dem morgendlichen Zwischenfall verriet – oder Elisabeth hatte etwas bemerkt, sich fürchterlich aufgeregt, und das Abendessen war Rorys Versuch, den häuslichen Frieden wiederherzustellen. In jedem Fall waren knusprige Fischfilets und fette, salzige Fritten genau das, was Charlotte jetzt brauchte. Als eigenen Beitrag zu dem Feierabendschmaus stellte sie das Tütchen mit Teds Himbeerfudge auf den Tisch. Ihre Mutter war klug genug, sie einige Minuten lang in Ruhe Essen in sich hineinschaufeln zu lassen, bevor sie Fragen stellte.

„Ich hatte schon befürchtet, Arthur hätte sämtliche Mitarbeiter internieren lassen – jedenfalls diejenigen, die noch nicht im Knast gelandet sind. Was genau ist eigentlich bei euch los? Man hört ja die wildesten Gerüchte."

Charlotte lehnte sich auf ihrem Stuhl zurück und unterdrückte ein Gähnen. Natürlich hatte ihre Mutter bereits von dem Vorfall bei Webster Gas Valves gehört. Als Tierärztin kam sie täglich mit ebenso vielen Menschen wie Tieren zusammen, und man schätzte sie, ähnlich wie Ted den Werkstattbesitzer, allgemein als gute Zuhörerin. Charlotte konnte sich also auf das Wesentliche beschränken.

„Harry Burrows wurde heute Vormittag tot in der Firma aufgefunden", erklärte sie kurz und bündig. „Die Polizei geht inzwischen davon aus, dass er keines natürlichen Todes gestorben ist. Genaueres weiß noch niemand, doch Colin Alderson hat sich verdächtig gemacht. Anscheinend hat er zwar als Erster den Toten entdeckt, aber ... den Fund nicht gleich gemeldet."

Ein Klirren beendete Charlottes Erklärung. Rory hatte seine Gabel fallen gelassen und starrte sie über den Tisch hinweg mit offenem Mund an.

„Der alte Harry ist tot? Harry-Renn-doch? Und Colin soll was damit zu tun haben? Nein, das kann nicht sein! Menschenskind, haben doch erst gestern Abend ..." Energisch schüttelte Rory den Kopf mit den kurzgeschorenen Locken. Auf seinem offenen Gesicht mit dem rötlichen Bartflaum lag ein so ungläubiger Ausdruck, dass Charlotte froh war, keine Details genannt zu haben. Natürlich kannte Rory Colin, und offensichtlich mochte er ihn. Charlotte hatte sogar den leisen Verdacht, dass ihr Bruder den jungen Arbeiter als eine Art Vorbild ansah. Colin hatte schon vor Jahren sein klapperiges Moped gegen vierrädrige Fahrzeuge eingetauscht. Die waren allerdings in der Regel ebenso laut und schäbig. Dem abendlichen Treffpunkt der jugendlichen Bastler vor Teds Garage jedoch schien Colin treugeblieben zu sein. Offensichtlich war er nicht nur bei der Arbeit gut darin, andere anzuleiten, sondern auch während der Freizeit. Dass der Name Harry Burrows ihrem Bruder ebenfalls ein Begriff war, daran hatte Charlotte gar nicht gedacht.

„Nimm-die-Beine-in-die-Hand-Burrows?", rief nun auch Elliot aus. „Wie alt war der überhaupt? Irgendwie wirkte er ja schon damals uralt, als wir noch in den Verein gingen. Ich kann mir gar nicht vorstellen, wie sie ohne ihn zurechtkommen sollen. Wer soll jetzt die Jungs anschreien?"

Die Zeiträume, in denen Rory und Elliot jeweils für St. Petrocs Jugend-Fußballmannschaft gespielt hatten, waren kurz und soweit Charlotte sich erinnerte, von wenig Erfolg gekrönt gewesen. Harry Burrows als Trainer schien bei beiden einen bleibenden Eindruck hinterlassen zu haben.

„Renn doch Junge! So renn doch, Gottverdammich! Nimm die Beine in die Hand!", ahmte Elliot Harrys barsche Stimme derart treffsicher nach, dass sowohl Rory als auch Charlotte schmunzeln mussten. Die Heiterkeit währte jedoch nur einen Augenblick. Dann verwandelte sich Elliots fröhliche Miene in Betroffenheit, als ihm der Ernst des Todes langsam aufzugehen schien, und Rory schüttelte erneut den Kopf.

„Nicht zu fassen, dass irgendjemand Harry umgelegt haben soll. Zugegeben, der Alte hatte ungefähr soviel Charme wie ein altes Käsebrötchen, das jemand vor den Sommerferien in der Mannschaftsumkleide vergessen hat. Trotzdem ..."

Eine Weile hingen alle schweigend ihren Gedanken nach. Dann fragte Charlotte:

„Wusstet ihr eigentlich, dass er verheiratet war?"

„Nee, echt?" Erneut waren ihre Brüder verblüfft. Nach allen, was Charlotte vorhin von Eileen Burrows gehört hatte, wunderte es sie nicht, dass sich die Frau in dem

„verdammten Verein" ihres Mannes nie hatte blicken lassen.

„Arme Frau", entfuhr es Rory. „Mit Harry zusammenzuleben, war bestimmt nicht leicht."

„Rory! Wie redest du denn über einen Verstorbenen?", beendete Elisabeth entschieden die Debatte. „Noch dazu vor deinem jüngeren Bruder. Halte gefälligst dein vorlautes Mundwerk im Zaum. Räumt den Tisch ab, alle beide, und dann lasst uns endlich über etwas anderes sprechen als über Mord und Totschlag." Dass sie selbst es gewesen war, die als Erste das Thema angeschnitten hatte, schien sie vergessen zu haben. Im Vergleich zu den meisten anderen Müttern, die Charlotte kannte, hatte ihre eigene es mit Dingen wie Ordnung, Sauberkeit, festen Essens- oder Schlafenszeiten nie besonders genau genommen. Auch im Bezug auf Ernährung hatte Elisabeth immer die Ansicht vertreten, dass Essen vor allem sattmachen sollte. Außerdem kannte Charlotte niemanden außer ihrer Mutter, der es fertig gebracht hätte, sich am Abendbrottisch lang und breit über entzündete Euter bei Rindern, Huffäule bei Pferden oder Räude und Wurmbefall bei Hunden auszulassen. An einigen Grundsätzen hielt Elisabeth Cunningham jedoch unverrückbar fest.

Erstens: Man redete nicht hinterm Rücken schlecht über andere Menschen.

Zweitens: Man brachte nicht durch Unachtsamkeit sich und andere in Gefahr.

Drittens: Man tat immer sein Bestes, egal bei was. Pfuschen oder die-einfachste-Lösung-wählen kam nicht infrage.

Rory, der sich mit ungewohntem Eifer freiwillig erbot, die Spülmaschine einzuräumen, konnte dadurch nicht der mütterlichen Standpauke entrinnen, er solle sich gefälligst endlich um seine Bewerbungsunterlagen fürs College kümmern.

„Morgen, Mum. Gleich morgen mache ich alles fertig und bringe es zur Post", versprach er gottergeben.

„Das erzählst du mir schon seit dem letzten Schultag. Wenn du so weitermachst, verpasst du noch den Einsendeschluss! Aber glaub nicht, dass ich dich hier weiter durchfüttere, falls du ..."

Charlotte lauschte mit halbem Ohr den Ermahnungen ihrer Mutter. Sie fragte sich, ob Rory es vielleicht genau darauf anlegte, den Bewerbungsschluss fürs College zu verpassen und seine Mutter so vor vollendete Tatsachen zu stellen. Vermutlichen würde die nie verstehen, dass er, wenn er schon eine Leidenschaft für Motoren und Maschinen hatte, nicht wenigstens Ingenieurswissenschaft studieren, sondern einfach Mechaniker werden wollte.

Ob Charlotte versuchen sollte, bei der Mutter ein gutes Wort für Rory einzulegen?

Doch sie verwarf den Gedanken gleich wieder. Sie war sich nicht sicher, ob sie einer Diskussion mit ihrer Mutter gewachsen war. Vermutlich würde Elisabeth Cunningham ihr vorwerfen, sie hätte selbst die einfachste Lösung gewählt, als sie den Job bei Webster Gas Valves annahm – und vielleicht stimmte das sogar.

„An deiner Stelle würde ich mir das, was heute passiert ist, nicht zu sehr zu Herzen nehmen", wandte sich ihre Mutter gerade an sie. „Es mag hart klingen, aber das Ganze ist Arthur Websters Problem, nicht deines.

Also lass dich nicht ausnutzen. Nora Joslyn macht sich jedenfalls keine unnötigen Sorgen, das kannst du mir glauben. Als ich heute Nachmittag bei den Joslyns vorbeikam, um nach den Pferden zu sehen, saß sie schon wieder im Sattel. Sie kam nicht auf die Idee Überstunden zu schieben."

„Ach, und da hast du dir die Anfahrt gleich extra bezahlen lassen, weil die Joslyns sich das ja leisten können, wenn sie den Tierarzt kommen lassen, nicht wahr?", fragte Charlotte mit einer Mischung zwischen Spott und Resignation. „Denn du lässt dich natürlich nie ausnutzen." Charlotte wusste, dass ihre Mutter nur das Beste für sie wollte. Aber manchmal glichen ihre Ratschläge den Reklamespots von Süßigkeitenherstellern, die mit gesunder Ernährung warben.

„Schon gut, du hast ja Recht", seufzte Elisabeth und richtete dann einen strengen Blick auf Queen Victoria, die Perserkatze, die sich unbemerkt an das übriggebliebene, halbe Fischfilet herangepirscht hatte, das noch auf dem Tisch lag. „Vergiss es Queenie! Denk nicht mal dran!"

Sie streckte ihren Arm nach dem Teller mit dem Filet aus, als die Katze zum Sprung ansetze – und kam zu spät, wie so oft.

„Eure Majestät, Sie haben mich tief enttäuscht!", sagte Rory würdevoll, während die Katze mit ihrer Beute unter dem Tisch verschwand.

„Von wegen!" Charlotte widerstand dem plötzlichen Drang, laut loszulachen. „Du tust ja gerade so, als würde sich in diesem Haus jemals irgendwer an irgendwelche Regeln halten."

„Was soll das bitte heißen, Charlotte?"

„Nur Spaß, Mum. Ich geh noch mal raus", wich Charlotte einer Diskussion aus. „Ne kleine Runde laufen."

„Ist gut, aber pass auf dich auf. Der Nebel ist schon wieder ganz schön dicht."

***

Charlotte hatte die Strumpfhose abgestreift und schlüpfte mit bloßen Füßen in ihre Gummistiefel. Sie verspürte keine Lust, sich umzukleiden, und so zog sie lediglich ihre alte gelb-grüne Windjacke über Bluse und Rock. Um diese Zeit würde sie ohnehin niemandem begegnen. Die Müdigkeit zerrte an ihr, doch ein Teil von ihr fühlte sich zu rastlos um zu schlafen. Sie musste draußen sein und allein um in Ruhe nachzudenken.

„Charlie?" Kurz bevor sie die Haustür hinter sich schließen konnte, trat Rory neben sie. Sie blickte zu ihm auf und sah ernste Besorgnis in seiner Miene.

„Du glaubst doch nicht wirklich, dass Colin etwas mit Harrys Tod zu tun hat, oder?"

„Ich weiß nicht", seufzte sie. „Ich möchte es nicht glauben. Wahrscheinlich war er einfach im Stress. Wir alle waren im Stress wegen der Qualitätsprüfung."

„Ach ja, davon hattest du erzählt. Sollte das nicht heute sein? Oh Mann, und ich Idiot hätte heute Morgen auch noch fast die Küche abgefackelt. Tut mir echt Leid!" Rorys Gesicht überzog sich mit verlegener Röte.

„Schon gut."

„Wirst du versuchen, Colin zu helfen? Sergeant Arbuckle hasst ihn wegen irgendwelcher alten Geschich-
ten. Der fette Wichtigtuer wird bestimmt versuchen,
ihm was anzuhängen."

„Das ist doch Quatsch, Rory. Ich glaube, du hast zu
viele olle Western-Schinken gesehen. Die Kriminalpolizei aus Bodmin übernimmt den Fall, die werden niemandem irgendetwas anhängen ohne stichhaltige Be-
weise. Aber ja, ich werde ihm helfen, wenn ich kann."

***

Hill Cottage war das letzte Haus der Straße, die kurz
dahinter in einen steinigen Feldweg mündete. Dieser
führte noch etwa hundert Meter weiter in Richtung
Küste, bevor er sich schließlich ganz verlor. Hier fielen
schroffe Felsen steil zum Meer ab. Wer wie Charlotte
mit dem Gelände vertraut war und nichts dagegen
hatte, querfeldein zu gehen, konnte an der Steilküste
entlang zum Hafen gelangen, ohne die Stadt zu durch-
queren. Charlotte hätte den Weg im Schlaf gefunden,
und auch jetzt im dichten Abendnebel schritt sie sicher
voran. „Pass auf dich auf", hatte die Mutter gesagt, wie
sie es immer sagte, solange Charlotte zurückdenken
konnte. Bei all ihrer Nachgiebigkeit glaubte Elisabeth
Cunningham doch fest daran, dass ihr Nachwuchs wenigstens diese eine Vorsichtsregel beherzigen würde.
Sicher wäre sie hellauf entsetzt, wenn sie wüsste, was
ihre Kinder alles gemeinsam mit Schulkameraden im
Laufe der Jahre hier draußen getrieben hatten. Als
Charlotte vor beinahe dreizehn Jahren, kurz nach dem
Tod ihres Vaters, mit der Mutter und den Brüdern in

das kleine Küstenstädtchen gekommen war, hatten die geheimnisvollen Kräfte, die das Meer und das Klima an der Küste beherrschten, ihr zunächst Angst eingejagt. Das Wasser, das mal glatt wie ein Spiegel dalag und dann wieder tosend gegen die Felsen schlug. Die ewigen Schreie der Möwen und der Nebel, der selbst an einem sonnigen Tag plötzlich aufsteigen und innerhalb kürzester Zeit die Landschaft in gespenstisches, weißliches Licht hüllen konnte. Sogar die grauen Steinhäuser, die auf mystische Weise mit dem felsigen Boden verwachsen schienen – all das hatte Charlotte zunächst als fremd und bedrohlich empfunden. Doch es dauerte nicht lange, bis die Landschaft und die Geschichte Cornwalls ihre Phantasie gefangen nahm. Als Schülerin hatte sie mehrere Jahre lang einer Arbeitsgemeinschaft für Hobby-Archäologen angehört und beinahe jede freie Minute damit verbracht, Felder und Wiesen nach vorzeitlichen Steinformationen und den Resten alter Hügelgräber zu durchstreifen. Sie hatte sich selbst sogar einige Grundkenntnisse der alten kornischen Sprache Kernewek beigebracht. Um nichts in der Welt wollte sie für den Rest ihres Lebens als Zugereiste bezeichnet werden wie Richard Arbuckle.

Nein, sie wollte dazugehören.

Während ihres Au-Pair Jahres in Hamburg hatte sie sich nach Cornwall krankgesehnt, hatte sich spät abends am Hamburger Hafen herumgetrieben, um wenigstens am Wasser zu sein. Aber es war nie dasselbe gewesen, natürlich nicht. Ihre Mutter mochte der Meinung sein, Charlotte hätte zu schnell aufgegeben und somit die Chance verpasst, das Beste aus ihrer Begabung zu machen.

An manchen Tagen warf Charlotte sich selbst genau das vor. Jetzt jedoch fühlte sie sich geborgen im unwirklichen Dämmerlicht des aufsteigenden Nebels, der die Konturen der Landschaft verwischte und die Geräusche dämpfte. Irgendwo weit draußen in der Bucht tuckerte gleichmäßig der Motor eines Fischkutters, und ab und an drang der Schrei einer Möwe zu ihr hinauf. Früher hatten sie und ihre Brüder sich manchmal ganz außen an der Kante der Steilküste auf den Bauch gelegt und hinunter geschaut. Noch im letzten Herbst hatte Elliot sie überredet, sich neben ihn zu hocken und ihn an den Fußknöcheln festzuhalten, damit er mit Fotoapparat oder Fernglas bewaffnet die Vögel beobachten konnte, die die schroffen Felsen umkreisten und sich kreischend in die aufspritzende Gischt stürzten. Irgendwann war Elliot der Riemen der Digitalkamera über den Kopf geglitten, und sie war an den Felsen zerschellt. Charlotte und der Bruder hatten der Mutter nie die Wahrheit darüber verraten, was mit dem teuren Gerät passiert war.

Unten am Hafen zog Charlotte die Gummistiefel von den Füssen und balancierte barfuß über die feuchten Steine der Mole, die weit in die Bucht hinausreichte. Auch das hatte sie wohl tausende Male zuvor getan. Früher war es eine Mutprobe gewesen, und Charlotte hatte nicht aufgegeben, bevor sie es mit den Jungen aus ihrer Klasse aufnehmen konnte.

Nur Colin hatte sie nie schlagen können, wenn er scheinbar völlig unbekümmert über die glitschigen Steine spazierte, bis der dichte Nebel seine Gestalt verschluckte. Dann hatte sie nichts weiter tun können als auf einem der Steine hockenzubleiben und darauf zu warten, dass er irgendwann ebenso plötzlich wieder neben ihr auftauchte, wie er verschwunden war, ein siegessicheres Grinsen auf dem Gesicht.

Vielleicht würde er ja mit genau derselben triumphierenden Miene schon morgen wieder auf Arbeit erscheinen, nachdem er einmal mehr der drohenden Gefahr entronnen war? Würde über sie lachen, weil sie sich unnütz Sorgen gemacht hatte?

Doch Charlotte befürchtete, dass es diesmal nicht so sein würde.

Diesmal war es ernster. Am besten, sie fuhr gleich am nächsten Morgen zu Colins Haus und fütterte die Ratte, wie sie es versprochen hatte. Und wenn Maggie Webster ihr hinterher neugierige Fragen stellte, würde sie einfach behaupten, ihr wäre nichts Besonderes aufgefallen.

Kapitel 6

Colins Haus war ein ebenso winziges graues Reihenhäuschen wie das, was Harry Burrows mit seiner Frau bewohnt hatte. Auch hier war die Fassade schmucklos, und ein rostiger Briefkasten hing windschief neben dem Eingang. Beinahe mechanisch entfernte Charlotte den Stapel feuchten Papiers, der aus dem Briefschlitz quoll. Das meiste davon waren Werbeprospekte, nur ein einziger Brief war darunter. Die Absenderadresse stammte von einem Institut für Online-Weiterbildungen. Hatte Colin sich für einen Kurs angemeldet? Arthur ermunterte seine Ingenieure und Konstrukteure regelmäßig dazu, sich auf dem Laufenden zu halten, und Charlotte hatte schon so manche Kursgebühr für ihre Kollegen vom Firmenkonto abgebucht. Von einer Weiterbildung für Colin hatte sie allerdings nichts gewusst. Ob sie Arthur danach fragen sollte? Sie überflog die Prospekte, bevor sie sich entschied, die Mehrzahl davon sofort in die Mülltonne zu befördern. Nur einen etwas dickeren Werkzeug-Katalog hob sie auf. Den Rest würde Colin sicher nicht vermissen. Als sie den Deckel der Mülltonne öffnete, stutzte Charlotte ein weiteres Mal.

Es lagen Bücher darin, die ganz neu zu sein schienen. „Grundlagen der CNC-Programmierung", las Charlotte den Titel eines dicken Wälzers, angelte ihn heraus und schlug die erste Seite auf. Der Zeitpunkt der Herausgabe zeigte das aktuelle Jahr. Hatten die Bücher etwas mit dem Brief des Weiterbildungsinstitutes zu tun? Aber wieso sollte Colin Unterrichtsmaterialien wegwerfen, die sicherlich teuer gewesen waren? Es sei denn, er hätte den Kurs nicht bestanden und sich darüber so geärgert, dass er alles sofort entsorgte, was ihn an seine Niederlage erinnerte. Ähnlich sähe ihm das schon. Charlotte erinnerte sich an einige mit Rotstift-Korrekturen gespickte Zettel von Klassenarbeiten, die nach der Rückgabe durch den jeweiligen Lehrer sofort zu kleinen Kugeln zusammengeknüllt im Papierkorb des Klassenzimmers gelandet waren. Ebenso wie damals verspürte Charlotte auch jetzt wenig Lust, Colin auf ihren Fund anzusprechen. Er würde unter Garantie sauer reagieren.

„Aber zu dir ist er immer nett, oder Gwen?", murmelte Charlotte, als sie die Futterschale der Ratte mit Trockenfutter füllte. Der Käfig stand auf einer Anrichte unter dem Wohnzimmerfenster, und im Gegensatz zum Rest des kleinen Hauses schien er regelmäßig gereinigt zu werden. Ansonsten herrschte genau die Art von Unordnung, die man in der Wohnung eines alleinstehenden Technik-Nerds erwarten würde: An den Wänden hingen Auto- und Motorrad-Poster, von dicken Spinnweben flankiert. In der engen Küche türmte sich in der Spüle schmutziges Geschirr, und auf dem Küchentisch musste Charlotte ein paar leere Pizzakartons beiseiteschieben, bevor sie den Brief für Colin hinlegen konnte. Unter dem Tisch standen mehrere Kisten mit Werkzeug, welches jedoch im Gegensatz zu dem

Geschirr einen gepflegten Eindruck machte. Im Wohnzimmer lagen selbst auf dem Fußboden Stapel von Fachzeitschriften und dicken Nachschlagewerken herum. In Anbetracht der Tatsache, dass Colin eine halbe Fachbibliothek zu besitzen schien, kamen Charlotte die Bücher in der Mülltonne erst Recht merkwürdig vor.

Die weiße Ratte mit den braunen Flecken auf dem Rücken musterte sie aufmerksam aus ihren schwarzen Augen, während Charlotte die Wasserflasche abschraubte, die an den Querstäben des Käfigs befestigt war. Sobald die Flasche gefüllt und wieder aufgehängt war, begann das Tier ausgiebig daran zu nuckeln. Es sah possierlich aus, wie sich die winzige rosa Zunge wieder und wieder unter die runde Öffnung der Flasche schob.

„Du weißt gar nicht, wie gut du es hast, Kleine", sagte Charlotte zu der Ratte namens Gwen. „Ein Mensch zu sein ist kein Zuckerschlecken, das kannst du mir glauben." Sie seufzte. Was sagte die Tatsache, dass er eine Ratte besaß und sie nach der Frau des sagenumwobenen König Artus benannt hatte, über Colin aus? Was würde Gwen ihr wohl erzählen, wenn sie es könnte, was hatten diese wachsamen dunklen Augen gesehen? Charlotte wandte sich der zerkratzten Schreibtischplatte und dem verschlissenen Drehstuhl zu, die neben der Anrichte standen. Die Schreibtischplatte verschwand fast unter einem Haufen loser Papiere. Hatte Colin nach Feierabend hier gesessen und über dem Lernstoff gebrütet? Ja, Charlotte konnte ihn beinahe vor sich sehen, wie er konzentriert vor sich hinmurmelte und sich geistesabwesend mit der Hand durchs

Haar fuhr. Vielleicht hatte er, genau wie früher als Teenager, seine Ratte aus dem Käfig genommen, sodass sie auf seinen Schultern hin- und herspazieren konnte, während er arbeitete. Behutsam hob Charlotte einige der herumliegenden Seiten hoch und betrachtete sie. Es waren größtenteils technische Zeichnungen.

Ein paar zerknitterte Blätter im Papierkorb erregten ihre Aufmerksamkeit.

Diese Zeichnungen kamen ihr bekannt vor. Die Abbildungen und Skizzen, die sie bisher gesehen hatte, waren natürlich weniger detailliert als diese hier. Die Kaufangebote, die Charlotte für Arthur übersetzt hatte, sollten schließlich auch nur einen generellen Eindruck vermitteln. Trotzdem bestand kein Zweifel, dass es sich um die gleichen Maschinenteile handelte: In Colins Papierkorb lagen detailgenaue Abbildungen einer CNC-Drehmaschine wie die, die Webster Gas Valves erworben hatte. Vielleicht handelte es sich sogar um dieselbe Maschine, aber um das zu erkennen, reichte Charlottes Wissen nicht aus. Hier und da hatte Colin etwas mit Bleistift angestrichen und ein Frage- oder Ausrufungszeichen an den Rand eines Blattes gekritzelt. Aus seinen Notizen wurde Charlotte jedoch nicht schlau. Er war vor dem Kauf der Maschine bei keiner der entscheidenden Verhandlungen mit den Lieferanten dabei gewesen, was Charlotte im Nachhinein merkwürdig vorkam. Immerhin war er der Stellvertreter des Produktionsleiters Harry, und der hatte sich strikt geweigert, sich mit dem „neumodischen Kram" zu befassen. Colin dagegen schien sich intensiv mit der Materie beschäftigt zu haben – allerdings nicht zu seiner eigenen

Zufriedenheit, wie es aussah. Irgendetwas passte hier ganz und gar nicht zusammen.

„Oder Mrs Maggie hat mich mit ihrem Krimi-Fimmel angesteckt, und ich leide an Halluzinationen", brummte Charlotte. „Auf die Details achten, ha! So etwas kann sich auch nur ein Schriftsteller ausdenken, der sich nie mit der Frage herumschlagen muss, welche Details die wichtigen sind. Du kannst mir nicht zufällig erklären, was das alles zu bedeuten hat, oder Gwen? Dachte ich mir. Trotzdem danke. Na wunderbar, jetzt rede ich schon mit einer Ratte."

Ihren eigenen Worten zum Trotz fischte Charlotte ein Joghurt-Drops aus einer Schachtel mit Leckerlis für Nager und schob es durch die Stangen des Käfigs, wo Gwen sofort daran zu knabbern begann. Anscheinend war sie genauso versessen auf Joghurt-Drops wie Rorys Meerschweinchen. Somit hatte Charlotte immerhin ein Lebewesen glücklich gemacht. Obwohl sie noch immer nicht recht wusste wieso, nahm sie die zerknitterten Skizzenblätter aus dem Papierkorb, faltete sie notdürftig zusammen und schob sie in ihre Hosentasche.

***

„Arthur! Ich erwarte von dir, dass du diese Sache anpackst wie ein Mann!"

„Ja, Mutter."

Einen Augenblick lang fühlte Charlotte sich so sehr an den gestrigen Abend erinnert, dass sie sich fragte, ob sie sich alles, was seitdem geschehen war, vielleicht eingebildet hatte. Waren in Wirklichkeit nur ein paar

Augenblicke vergangen, seit sie das Arbeitszimmer ihres Chefs zuletzt verlassen hatte, und Arthur und seine Mutter hatten einfach ihre Diskussion fortgesetzt? Unauffällig tastete Charlotte nach den gefalteten Zetteln in ihrer Hosentasche. Sie waren noch da. Charlotte wusste nicht, was Mutter und Sohn, die sich bei ihrem Eintreten an Arthurs Schreibtisch gegenüberstanden, seit gestern getan hatten. Aber sie hoffte sehr, dass sie wenigstens zwischendurch zu Hause gewesen waren. Arthur sah nicht aus, als hätte er besonders viel Schlaf abbekommen, doch seine Mutter wirkte so putzmunter wie eh und je: „Dein Vater wusste sich in jeder Situation angemessen zu verhalten", hielt sie Arthur gerade vor.

„Darum geht es ja gerade, Mutter!", wandte Arthur ein. An dem mühsam beherrschten Unterton in seiner Stimme merkte Charlotte, dass er diesen Vorwurf nicht zum ersten Mal zu hören bekam. „Angemessenes Verhalten. Der arme Harry ist schließlich noch nicht mal unter der Erde, da können wir nicht einfach ..."

„Er wird auch vorläufig nicht unter die Erde kommen, bevor die Polizei den Leichnam nicht zur Bestattung freigibt." Mrs Maggie hätte sicher jederzeit die Aussage bestätigt, dass es unhöflich war, anderen ins Wort zu fallen. Jene allgemeingültige Regel brachte sie jedoch nicht dazu, zu warten, bis ihr Sohn den Satz beendet hatte.

„Und wann das geschieht, kann vorläufig noch niemand sagen. Sollen solange hier alle auf Zehenspitzen herumschleichen? Nein, sage ich. Das Leben muss weitergehen, Arthur. Die Produktion willst du schließlich auch so schnell wie möglich wieder anlaufen lassen, und alle werde sich sputen müssen, um die Liefertermine einzuhalten. Das hast du selbst gesagt. Warum also die Leute um ihr Fest bringen? Das haben sie sich redlich verdient. Nicht wahr Charlotte, da stimmen Sie mir doch zu?"

„Äh, ich ..." Genau wie am gestrigen Abend wusste Charlotte auch jetzt nichts zu sagen. Wenigstens ahnte sie diesmal, worum es ging: Anscheinend war Mrs Maggie nicht bereit, gegen die Firmentradition zu verstoßen und das Sommerfest abzusagen. Ihr verstorbener Mann, Firmengründer Eamonn Webster, pflegte jedes Jahr an einem Samstag im August für sämtliche Firmenangehörigen und Geschäftspartner ein großes Grillfest auf seinem Anwesen zu geben, um ihnen für die Zusammenarbeit zu danken und auf eine erfolgreiche Zukunft anzustoßen. Arthur hatte diese Tradition fortgeführt. Im Laufe der Zeit war das Sommerfest auf Webster Gardens – wohl vor allem aufgrund von Mrs Maggies sorgfältiger Planung – zu einem der wichtigsten gesellschaftlichen Ereignisse der Stadt geworden. Jeder, der etwas auf sich hielt, wollte eingeladen werden. Die Arbeiter genossen es, sich an diesem Abend einmal unter die Spitzen der Gesellschaft mischen zu dürfen.

Soweit jedenfalls die Theorie.

Charlotte hatte den leisen Verdacht, dass viele der Männer vor allem die saftigen Steaks und das gute Bier auf Firmenkosten genossen, während ihre Frauen diejenigen waren, die kamen, um gesehen zu werden: Frisch gelackt und frisiert, in nagelneuen Cocktailkleidern und Schuhen, die nicht selten den Abend nicht überlebten. Charlotte hatte nie die Notwendigkeit verstanden, sich für ein abends im Freien stattfindendes Ereignis dermaßen in Schale zu werfen. Für manchen Angestellten und dessen bessere Hälfte käme der Umstand, dass das Sommerfest ausfallen würde, sicher genau wie für Mrs Maggie einer Katastrophe gleich. Charlotte dagegen konnte im ersten Moment nicht sagen, was sie sich schlimmer vorstellte: Sich von der einen Seite Gejammer anhören zu müssen, weil das Fest ausfiel, oder von der anderen Vorwürfe einzustecken, wenn man das Ganze trotz des Trauerfalls durchzog. Egal was sie taten, irgendjemand würde immer etwas daran auszusetzen haben. In ihrer Eigenschaft als Rezeptionistin würde Charlotte garantiert die Erste sein, die es zu hören bekam.

„Harry mochte das Sommerfest", hörte sie sich selbst sagen. Das stimmte zumindest, wenn man unter „mögen" jene hingebungsvoll gemurmelten Flüche verstand, mit denen er bisher jedes Jahr den Grill und die Zapfanlage aufgebaut hatte. Außerdem hatte er die kleine Armee aus Hilfskräften, die er stets beim Ausschank von Essen und Getränken befehligte, mit ebensolchem Enthusiasmus angeschnauzt wie seine Fußballmannschaft. Doch wer sollte in Zukunft seinen Platz einnehmen?

„Das ist eine ausgezeichnete Idee. Guten Morgen Onkel, guten Morgen die Damen."

Wieder einmal fragte Charlotte sich, wie Jago es fertigbrachte. Irgendetwas hatte sein Lächeln an sich, das die Aufgaben, die Charlotte erwarteten, sofort weniger trostlos erscheinen ließ. Hatte sie tatsächlich gerade etwas gesagt, das es verdiente, eine gute Idee genannt zu werden? Selbst die Sorgenfalten auf Arthurs Stirn schienen sich unwillkürlich zu glätten.

„Morgen, Junge." Er nickte seinem Neffen zu. „Du meinst also auch, dass das Fest stattfinden sollte?"

„Wie Miss Cunningham schon sagte", erwiderte Jago galant. „Sollten wir dabei natürlich das Andenken des Verstorbenen hochhalten. Außerdem hast du völlig Recht, Tante: In der gegenwärtigen Situation ist es besonders wichtig, Gemeinschaftsgeist zu zeigen. Zusammenhalt. Glauben an die Zukunft. Das ist es, was unsere Leute brauchen."

Charlotte konnte förmlich zusehen, wie die Skepsis aus Arthurs Miene verschwand. Wenige Minuten später saß sie an ihrem Schreibtisch, um mit Jagos Hilfe die Einladungen für das Fest zu verfassen. Hatte Mrs Maggie tatsächlich gestern mit Charlottes rhetorischen Fähigkeiten geprahlt? Die waren hier absolut unnötig. Alles, was sie tun musste, war Wort für Wort das aufzuschreiben, was Jago ihr diktierte. Sie arbeiteten gut zusammen. Auch die gefürchtete Pressemitteilung ging sehr viel schneller von der Hand, als Charlotte gedacht hatte. Mit wachsendem Erstaunen las sie den Text Korrektur, den sie soeben niedergeschrieben hatte. Er klang weder gestelzt noch platt, nein er schien genau die richtige Mischung aus ehrlichem Bedauern und Zuversicht zu enthalten, um glaubhaft zu wirken.

Während Charlotte noch an der Korrektur arbeitete, war Jago bereits zu Noras Schreibtisch hinüber gegangen, schaute ihr über die Schulter und ließ sich von ihr einige Details zu den Bilanzen erklären. Ihre Stimme wirkte genauso ruhig und sachlich wie immer, doch dann sah Charlotte sie lächeln. Nora lächelte selten, und wenn sie es tat, wirkte es meist ebenso professionell wie ihre Stimme und ihr ganzes Auftreten. Sie schien ihre Gefühle stets eisern unter Kontrolle zu haben. Jetzt jedoch trug ihr ebenmäßiges Gesicht einen träumerischen Ausdruck, den Charlotte noch nie zuvor gesehen hatte. Charlotte schluckte. Die Freude, die sie eben noch empfunden hatte, war dahin. Sie ertappte sich dabei, wie sie immer wieder verstohlen zur Tür schielte. Ein Teil von ihr hoffte immer noch, dass jeden Moment Colin fröhlich pfeifend hereinkäme. Aber er kam nicht. Bedeutete dies, dass man ihn tatsächlich anklagen würde? Und was war mit Ferenc, dem Fahrer? Charlottes Unruhe wuchs von Minute zu Minute. Beinahe war es eine Erleichterung, als kurz darauf Neal ins Büro stürmte. Die Produktionsplanerin schäumte geradezu vor Wut.

„Dieser fette, aufgeblasene, kleine ...", stieß sie zwischen zusammengebissenen Zähnen hervor. „Mir reicht's Leute. Ich kann mir ebenso gut einen anderen Job suchen! Wenn Mrs Alles-hört-auf-mein-Kommando-sonst-knallt's-Gödeke das hier erfährt, sind wir raus aus dem Geschäft."

„Was ist los, Neal?", fragte Charlotte. Auch Jago horchte auf, und Noras Miene verriet nichts mehr außer einem leicht besorgten Stirnrunzeln.

„Arbuckle ist los", erwiderte Neal grimmig. „Der Kerl macht mich wahnsinnig! Dass die CID aus Bodmin die CNC-Maschine solange außer Betrieb lassen will, bis die Ergebnisse der Spurensicherung feststehen – damit müssen wir leben und können nur hoffen, dass unsere Kunden Verständnis für die verspäteten Lieferungen aufbringen werden. Aber unser selbsternannter

Dorfsheriff will allen Ernstes die ganze Halle abriegeln und verwehrt jedem den Zutritt. Nicht einmal Arthur kommt an ihm vorbei. Wir können NICHTS machen, solange dieser Idiot dort draußen herumsteht und sich aufspielt. Anscheinend hält er sich für den einzigen Menschen hier, der arbeitet."

„Beruhigen Sie sich, Miss O'Neal. Ich rede mit ihm." Jago lächelte sein unerschütterlich zuversichtliches Lächeln, doch Neal blieb skeptisch.

„Ach ja? Das will ich sehen", knurrte sie.

Selbst sie musste letztendlich zugeben, dass Jago etwas gelang, was niemand sonst geschafft hatte: Weder Neal und Melvin Bradstone mit vernünftigen Argumenten, noch Arthur mit einem ernsten Gespräch von Mann zu Mann. Nicht einmal Mrs Maggies verzweifelter Versuch, liebenswürdig zu sein und der Eitelkeit des Mannes zu schmeicheln, den sie im Grunde nicht ausstehen konnte, hatte Frucht getragen. Nein, Richard Arbuckle musste seine Pflicht tun und unbefugtes Eindringen verhindern. Der junge Constable, der danebenstand, schwieg und starrte peinlich berührt auf seine Schuhspitzen. Er wirkte richtiggehend erlöst, als er nach einer bemerkenswert kurzen Diskussion zwischen Arbuckle und Jago Webster endlich die Arbeiter einzeln hereinlassen durfte. Die „sorgfältige visuelle Kontrolle", die ihm sein Chef trotz allem einschärfte, bestand vor allem darin, jedem Vorbeipassierenden nervös zuzulächeln. Jago hatte es geschafft: Arbuckle zog befriedigt ab, in der Gewissheit, für Ordnung gesorgt zu haben. Er folgte Arthur in dessen Büro, wo er, wie Charlotte dem Verschwörerblick von Mrs Maggie zu entnehmen glaubte, am besten eine Weile festgehalten werden sollte, damit die Produktionsangestellten ungestört ihrer Arbeit nachgehen konnten. Charlotte erinnerte sich an einen Kasten teurer Trüffelpralinen, ein Geschenk von einem französischen Geschäftspartner, die im obersten Regalfach der Personalküche auf eine besondere Gelegenheit warteten, um serviert zu werden. Jetzt mussten sie wohl oder übel dem Gemeinwohl geopfert werden. Ein strahlendes Lächeln von Jago, als sie ins Büro kam und die Pralinen anbot, verriet ihr, dass sie die richtige Entscheidung getroffen hatte.

„Nichts für ungut, Sie wissen ja wie das ist mit der Pflicht", murmelte Arbuckle und schmatzte behaglich.

„Ach, machen Sie sich darum keine Gedanken, Richard", erwiderte Arthur. Man konnte ihm seine leutselige Stimmung fast abnehmen, solange man nicht zu genau hinsah. Sein Gesicht erinnerte Charlotte an eine der hölzernen, buntbemalten Nussknackerfiguren, die sie in Deutschland gesehen hatte. Beinahe konnte sie die Zähne hinter dem Lächeln mahlen hören. Dies war kaum der richtige Zeitpunkt, um ihn auszuhorchen, ob Colin und Ferenc sich noch immer in Untersuchungshaft befanden, oder welches Verhältnis Harry Burrows zu der neuen Drehmaschine gehabt hatte. Auch mit Colins technischen Zeichnungen wagte Charlotte nicht, sich an Arthur zu wenden. Also entfernte sie sich leise, doch ihr Abgang war nicht unbemerkt geblieben. Auf dem Korridor nahm Mrs Maggie sie beiseite und raunte ihr, ebenso verschwörerisch wie sie sie zuvor angesehen hatte, zu: „Sind Sie schon bei dem jungen Alderson gewesen?"

Charlotte nickte schwach.

„Was haben Sie entdeckt?" Eifrig beugte Mrs Maggie sich so weit zu ihr vor, dass eine vorwitzige Feder auf ihrem Hut – heute trug sie ein modisches türkisfarbenes Exemplar – Charlotte an der Nase kitzelte. Charlotte biss sich auf die Lippen, um ein Niesen zu unterdrücken. Was sollte sie sagen? Sie konnte unmöglich von ihrer Entdeckung erzählen. Allein der Gedanke, Colin Alderson könnte Arthur irgendetwas verschwiegen haben, würde ihn in Mrs Maggies Augen verdächtiger erscheinen lassen denn je. Nein, sie musste dichthalten.

„Äh nichts Besonderes, glaube ich", stotterte sie und setzte hinzu. „Außer dass er Werkzeugkataloge sammelt und gern Pizza isst, aber das hilft uns kaum weiter, oder?" Keine sehr überzeugende Lüge. Glücklicherweise trat in diesem Moment Neal auf den Korridor hinaus, sodass Mrs Maggie fürs Erste von Charlotte ablassen musste.

„Charlie? Kommst du mal? Es geht um die Liefertermine für Neumeier. Kannst du die neuen Daten an Mrs Gödeke weiterleiten? Zufrieden sein wird sie zwar nicht, aber es ist das Beste, was wir ihr bieten können. Vorausgesetzt, Arbuckle funkt uns nicht mehr ständig dazwischen. Lass dir irgendeine gute Erklärung einfallen."

„Äh... wir ... untersuchen gerade sämtliche Details des Produktionsprozesses erneut, um mögliche Fehlerquellen künftig auszuschalten?"

„Charlie, du bist ein Genie! Du und Mr Too-hot-to-handle-Jago sollten in die Politik gehen. Hätten wir euch die Brexit-Deal-Verhandlungen leiten lassen, hätte uns die EU am Ende dafür belohnt, dass wir austreten.“

Neal, dachte Charlotte. Während sie die Nachricht an Annegret Gödeke verfasste, ertappte sie sich mehrmals dabei, wie sie verstohlen zu der Kollegin hinübersah. Ob sie sie einweihen und ihr Colins Notizen zeigen sollte? Die Planerin würde in jedem Fall mehr mit den technischen Zeichnungen anzufangen wissen als Charlotte. Und sie dachte logisch genug, um kein vorschnelles Urteil zu fällen, auch wenn sie und Colin an jedem durchschnittlichen Arbeitstag im Halbstundentakt aneinandergerieten.

Kurz vor Feierabend ergab sich endlich die Gelegenheit. Glücklicherweise fragte Neal nicht weiter nach, woher Charlotte die Zeichnungen hatte. Stirnrunzelnd beugte sie sich über die zerknitterten Blätter, und eine Weile murmelte sie konzentriert Fachausdrücke vor sich hin. Dann bat sie Charlotte, die Kostenvoranschläge erneut auszudrucken, die sie vor dem Kauf der Maschine von verschiedenen Lieferanten erhalten hatte.

„So richtig werde ich aus Colins Gekritzel nicht schlau“, gab Neal zu. „Aber es sieht aus, als hätte er Zweifel an der Kaufentscheidung gehabt. Eigentlich merkwürdig, dass er sich damit nicht an Arthur gewandt hat. Immerhin war es seine Idee, überhaupt eine vollautomatische Drehmaschine anzuschaffen.“

„Im Ernst?“, verblüfft sah Charlotte ihre Kollegin an. „Das wusste ich nicht“

„Doch. Er hat Arthur auf die Fährte gesetzt, was so ein Ding alles kann, und daraufhin hat Arthur die Kostenvoranschläge angefordert. Die Kaufverhandlungen hat dann allerdings Melvin geführt. Und Jago natürlich, der hat bei dem Lieferanten garantiert nen guten Rabatt herausgeschlagen. Es wäre interessant, den Kaufvertrag einzusehen. Hast du den aufgesetzt?"

Charlotte verneinte. „Nicht mal zur Korrektur habe ich ihn bekommen, obwohl ich damit eigentlich gerechnet hatte. Ich habe nur die Angebote gesehen. Der Rest ging nachher ganz schnell. Du weißt ja wie Arthur ist, wenn er sich einmal etwas in den Kopf gesetzt hat. Aber das war mir nur Recht. Ich hatte den Schreibtisch voll mit anderen Sachen."

„Mhm", stimmte Neal zu. „Mir ging's genauso. Ich muss ehrlich zugeben, dass ich mich bisher nicht mit den technischen Details befasst habe. Für mich ist wichtig, wann das Wundermaschinchen wie viele fertig bearbeitete Werkstücke ausspuckt, die dann gereinigt, kontrolliert, zusammengesetzt und an die Kunden verschickt werden müssen. Ich habe mehr als genug damit zu tun, den Überblick über die Produktions- und Lieferzeiten zu behalten. Vielleicht solltest du lieber mit Melvin ..."

Charlottes spontanes Kopfschütteln ließ Neal mitten im Satz innehalten. Zwar kannte sie Colin Alderson und Melvin Bradstone längst nicht so gut wie Charlotte, aber dass die beiden nicht gerade Freunde waren, das war spätestens seit jener denkwürdigen Auseinandersetzung beim Sommerfest im vorletzten Jahr jedem in der Firma klar. Arthur mochte das Ganze als natürliches männliches Konkurrenzverhalten ansehen und es mit einem jovialen Lachen abtun. Welcher Chef fühlte sich nicht geschmeichelt, wenn die Mitarbeiter sich förmlich um seine Gunst prügelten, selbst wenn er ahnte, dass es dabei um mehr als um Anerkennung von seiner Seite ging? Wahrscheinlich war er der Meinung, dass ein gewisses Maß an Wettstreit die Produktivität der Firma förderte, solange sich alles in einem halbwegs zivilisierten Rahmen bewegte. Leider war Charlotte nicht davon überzeugt, dass es das tat. Wieder einmal fragte sie sich, was Nora von dem Ganzen hielt. Merkte die junge Finanzchefin überhaupt, wie sehr sowohl Colin als auch Melvin noch immer darauf bedacht waren, ihr zu gefallen? Vielleicht nicht. Alle liebten Nora, so war es immer gewesen, schon zu Schulzeiten. Sie stand im Mittelpunkt, ohne selbst etwas dafür zu tun, kannte es nicht anders und schien sich kaum darum zu kümmern. Für Charlotte jedoch stand fest, dass sie Melvin nicht um Hilfe bitten konnte. Er mochte der Ruhigere und Besonnenere der beiden Männer sein. Trotzdem würde er die Tatsache, dass Colin seine Kompetenz hinterfragt hatte, selbst wenn es nur im Stillen geschehen war, nicht einfach hinnehmen.

Abgesehen davon würde Colin selbst wahrscheinlich lieber im Gefängnis verrotten als zuzugeben, dass er schlicht und ergreifend eifersüchtig war.

„Kerle", murmelte Charlotte und schüttelte sich unwillkürlich.

„Ich schaue mir die Zeichnungen morgen genauer an, wenn ich ein bisschen Zeit habe, okay?", versprach Neal, und Charlotte nickte geistesabwesend. Was erhoffte sie sich eigentlich davon? Dass Colins Grübeleien und hingeschmierte Berechnungen irgendeine geheime Botschaft enthielten, die den Schlüssel zu Harry

Burrows' Tod bargen? Das war doch lächerlich. Wahrscheinlich sollte sie das Ganze lieber auf sich beruhen lassen und die Polizei ihre Arbeit machen lassen.

Kaum hatte Charlotte jedoch diesen Vorsatz gefasst und ihren Schreibtisch verlassen, da führten ihre Schritte sie wie von selbst in die Werkshalle. Zuerst suchte sie Ferencs Frau Ariane an ihrem Arbeitsplatz auf. Die noch immer vom Weinen geschwollenen Augen der jungen Ungarin verrieten ihr im Grunde genug, dennoch fragte sie nach. Nein, ihr Mann war noch immer nicht nach Hause gekommen, bestätigte die junge Frau Charlottes Befürchtung. Sie habe kurz mit Ferenc telefoniert, aber er habe ihr nicht verraten wollen, warum man ihn und Colin weiterhin festhielt. Arthur habe ihr angeboten, sich krankschreiben zu lassen, aber sie habe lieber zur Arbeit kommen wollen, als zu Hause vor Sorge verrückt zu werden. Während Charlotte Ariane die Hand auf die Schulter legte und einige beruhigende Worte murmelte, fragte sie sich gleichzeitig, ob die junge Frau ihr tatsächlich alles erzählte, was sie wusste. Sie wirkte schrecklich nervös und verängstigt. Natürlich ist sie nervös, schalt Charlotte sich gleich darauf für ihr Misstrauen. Wer wäre das nicht an ihrer Stelle? Charlotte durfte auf keinen Fall anfangen, überall Gespenster zu sehen.

Am anderen Ende der Halle stand die CNC-Maschine noch immer unberührt und glänzte makellos in Chrom und mattem Blau, während um sie herum hektische Aktivität herrschte.

„Schön, oder?" Arthur war unbemerkt hinter Charlotte getreten und betrachtete seine Neuerwerbung beinahe andächtig.

„Ja", erwiderte sie vorsichtig und ein wenig beklommen. Es stimmte. Selbst für einen Laien strahlte die Maschine eine Art kühle, ästhetische Schönheit aus.

„Das gute Stück hat uns aber auch eine Stange Geld gekostet. Ich will verdammt noch mal hoffen, dass die Spurensicherung sich beeilt, damit wir bald wieder in Gang kommen." Beinahe war es eine Erleichterung, als Arthur seine übliche, pragmatische Art wiederfand. „Nix für ungut, natürlich soll alles ans Licht kommen. Das sind wir Harry schuldig, aber ..."

„Ich verstehe, was Sie meinen", beeilte sich Charlotte zu versichern. „Und ich bin sicher, Harry hätte es auch verstanden." Vielleicht war jetzt der richtige Zeitpunkt, um ihrem Chef ein paar unauffällige Fragen zu stellen. Aber wie fing sie es am besten an?

„Die Maschine mochte er aber nicht besonders, oder?", begann sie vorsichtig.

„Harry? Nein, er hasste sie wie die Pest", erwiderte Arthur, doch die Tatsache schien ihm keinerlei Kopfzerbrechen zu bereiten. Im Gegenteil, er klang, als könnte er sich mit Mühe das Lachen verbeißen. „Der gute alte Harry."

„Wäre es nicht denkbar, dass er versucht haben könnte, sie zu ..." Charlotte brachte das Wort „zerstören" nicht über ihre Lippen. Nicht einmal „beschädigen" konnte sie aussprechen, es hätte sich an diesem Ort angefühlt wie ein Sakrileg. „Dabei geriet irgendetwas außer Kontrolle, und er ..."

Sie konnte nur hilflos mit den Schultern zucken. Arthur schien ihre Andeutungen dennoch zu verstehen. Einen Augenblick lang stand er wie vom Donner gerührt da, doch dann wehrte er energisch ab: „Nein,

Harry hätte nie etwas getan, was der Firma geschadet hätte. Ganz gleich ob er mit meinen Entscheidungen einverstanden war – letztendlich akzeptierte er sie, auch wenn es ihm nicht immer leichtfiel. Daran zweifelt selbst meine Mutter nicht. Sie sind ein vernünftiges Mädchen, Charlotte. Lassen Sie sich keinen Floh ins Ohr setzen.“

Beinahe sah es so aus, als wollte Arthur ihr väterlich den Kopf tätscheln. Dann überlegte er es sich jedoch anders und zog auf halbem Weg die Hand zurück. Eigentlich hätte Charlotte nichts dagegen gehabt. Sie mochte ihren Chef, der trotz seiner schnell aufbrausenden Art im Grunde ein unerschütterlicher Optimist war. Manchmal beneidete sie ihn darum.

„Was glauben Sie denn, was wirklich mit Harry passiert ist?“, konnte sie sich nicht verkneifen zu fragen.

„Ich weiß nicht. Vielleicht werden wir es nie erfahren“, erwiderte Arthur ernst.

„Dann denken Sie, dass es doch ein Fremder war? Ein Einbrecher, so wie im letzten Jahr?“

„Ich kann mir nichts anderes vorstellen“, erwiderte er. Charlotte brachte es nicht über sich, darauf hinzuweisen, dass die Polizei bisher nichts gefunden hatte, was auf einen Einbruch hindeutete.

„Und Colin?“, fragte sie stattdessen weiter. „Ihm bedeutet der Fortschritt sehr viel, nicht wahr?“

„Oh ja, der junge Alderson hat mich erst auf die Idee mit der Drehmaschine gebracht. Hat Köpfchen, der Junge. Viele gute Ideen, auch wenn ihm oft das nötige Fachwissen fehlt, sie selbst umzusetzen. Er sollte sich weiterbilden, vielleicht sogar studieren. Das Zeug dazu hätte er.“

Oje. Wenn Charlottes Vermutung stimmte und Colin bei der Weiterbildung durchgefallen war, hatte Arthur offensichtlich keine Ahnung davon. Ehrlich gesagt verstand Charlotte Colins Reaktion inzwischen sehr gut. Wer wollte schon einen Menschen enttäuschen, der solche Hoffnungen in einen setzte?

„Glauben Sie nicht, dass ihm das sehr schwerfiele?", wandte sie vorsichtig ein. „Lange stillsitzen konnte er noch nie."

„Mhm, vielleicht haben Sie Recht. Schreibtischarbeit ist nichts für ihn. Aber er gibt einen guten Vorarbeiter ab. Jetzt, wo Harry nicht mehr da ist, wird er die Hauptverantwortung zu tragen haben. Eigentlich wollte ich demnächst einen neuen Maschinenschlosser-Lehrling einstellen, den Mr Alderson anlernen kann. Wir können nur hoffen, dass wir ihn bald wieder auf dem Posten haben."

„Wenn die Polizei mitspielt. Colin und Ferenc sind noch immer in Untersuchungshaft in Bodmin, oder?", fragte Charlotte weiter und hielt unwillkürlich den Atem an. Würde ihr Chef ihr mehr über die Gründe verraten? Doch auch diese Situation schien Arthur weit weniger schlimm einzuschätzen als sie.

„Richie Arbuckle hat mir versprochen, dass er in Bodmin ein gutes Wort für uns einlegen wird", erklärte er.

„Ach tatsächlich?" Charlotte zog die Augenbrauen hoch. Sie konnte sich nicht vorstellen, dass Sergeant Arbuckle an irgendeiner höheren Stelle ein gutes Wort für Colin einlegen würde, im Gegenteil.

„Oh, Arbuckle ist eigentlich kein schlechter Kerl", versicherte Arthur ihr. „Zugegeben, manchmal kann er ei-

nen zur Weißglut treiben. Nimmt sich selbst ein bisschen zu wichtig, der Gute. Aber die Leute machen es
ihm auch nicht leicht. Lassen ihn immer noch spüren,
dass er nicht wirklich von hier stammt, und das ärgert
ihn. Mutter weiß mit ihm umzugehen: Wir wären ihm
wirklich zu ausgesprochenem Dank verpflichtet, wenn
er ... Und selbstverständlich ist er auf unserem Fest
herzlichst willkommen, wir würden uns alle viel sicherer fühlen ... Und so weiter und so fort. Er kriegt sein
Steak und seinen Drink und darf ein bisschen patrouil-
lieren, und alle sind zufrieden. Dann kehren hoffentlich bald wieder normale Zustände ein." Auch Charlotte
hoffte, dass Arthus Plan aufgehen würde.

Kapitel 7

„Einen wunderschönen guten Morgen, die Damen!"

Charlotte starrte Colin an wie einen Geist, als sie ihn am nächsten Morgen verschmitzt grinsend auf der Kante von Neals Schreibtisch hocken sah.

„Wo kommst du denn her?", entfuhr es ihr. Verdammt! Colin bräuchte nur einen kurzen Blick über die Schulter zu werfen, dann würde er seine eigenen weggeworfenen Notizen erkennen, die er gerade als Sitzunterlage benutzte. Es würde schwer werden, ihm das zu erklären.

„Heb deinen Arsch von meinem Schreibtisch, Alderson!" Neals Begrüßung fiel nicht freundlicher aus.

„Ich freue mich auch, dich zu sehen", entgegnete Colin ungerührt. „Na, ist mir die Überraschung gelungen? Oder freut ihr euch etwa gar nicht?"

„Natürlich!", beeilte sich Charlotte zu versichern. Gestern Vormittag noch hatte sie sich nichts sehnlicher gewünscht, als dass Colin wiederkäme. Aber jetzt? Das Timing hätte kaum schlechter sein können. „Oh Mann, Arthur wird ein Stein vom Herzen fallen", plapperte sie weiter, „aber du hättest ruhig vorher Bescheid geben können, ich komme gerade aus deiner Wohnung." Sie reichte ihm den Schlüssel.

„Danke Charlie, du bist ein Schatz. Ich hoffe, du bist mit Gwen zurechtgekommen?"

„Klar, die ist süß. Mein Bruder Elliot war richtiggehend enttäuscht, dass ich ihn nicht mitgenommen habe", redete Charlotte hektisch weiter. „Er lässt fragen, ob du deine Ratte nicht mal zu uns mitbringen willst, damit sie seine Meerschweinchen kennenlernen kann. Davon würde ich dir allerdings abraten. Elliots Meerschweinchen sind ne ziemlich üble Gang."

Colin machte noch immer keine Anstalten aufzustehen. Somit gab es keine Möglichkeit, die verräterischen Papiere schnell verschwinden zu lassen.

„Haben die Bullen dich rausgelassen, ja?", nahm Neal in bemüht lockerem Ton den Faden des Gesprächs auf und ließ eine Kaugummiblase platzen, während sie gleichzeitig Charlotte einen ratlosen Blick zuwarf. „Ich hoffe, sie haben sich das auch gründlich überlegt. Was ist mit Ferenc?"

„Der ist auch wieder hier", antwortete Colin. „Und ja, sie haben es sich gründlich überlegt." Ein Schatten fiel auf sein eben noch grinsendes Gesicht. „Die Spurensicherung hat bestätigt, dass Harry tatsächlich in der Nähe der CNC-Maschine verstorben ist und nicht in dem LKW, wo er später gefunden wurde. Aber für den ungefähren Todeszeitpunkt, den die Autopsie ergeben hat, haben Ferenc und ich trotzdem kein Alibi. Wir stehen also immer noch unter Verdacht. Der arme Harry war offenbar noch nicht lange tot, als wir ihn gefunden haben. Nicht lange genug, um auszuschließen, dass Ferenc oder ich es getan haben könnten, einer von uns oder beide gemeinsam. Die Werkshalle war ja ansonsten leer, niemand hat uns gesehen. Solange die Nachforschungen andauern, müssen wir uns jeden Tag bei unserem speziellen Freund Arbuckle auf der Dienststelle melden, und der gibt es dann nach Bodmin weiter. Damit sie sichergehen können, dass wir uns nicht absetzen. Aber was soll's. Irgendwie muss man die ganzen Beamten ja beschäftigen. Arbuckle, das alte Walross, ist sowieso nicht glücklich, wenn er sich nicht vor irgendwem aufspielen kann."

Charlotte hörte Colin deutlich an, dass die ganze Situation ihm gewaltig an die Nieren ging, obwohl er krampfhaft versuchte alles herunterzuspielen. Er tat ihr von Herzen leid. Dennoch hätte sie vor Erleichterung beinahe laut aufgeatmet, als er sich endlich erhob.

„Ich werde gleich mal bei Arthur reinschauen. Hey, was ist das denn?"

Nein, nein, nein!

Die Verblüffung, mit der Colin auf seine eigenen Notizen starrte, währte kaum eine Sekunde. Er schien den Zusammenhang sofort zu verstehen.

„Charlie, was soll das?"

„Ich äh … können wir vielleicht später darüber reden? Draußen?", flüsterte Charlotte verzweifelt und deutete auf Nora, die eben hereingekommen war und die beiden stirnrunzelnd musterte.

„Nein."

Er war wütend, daran bestand kein Zweifel. Und egal, was Charlotte sagte, sie würde es nur schlimmer machen.

„Charlie, ich will verdammt noch mal wissen, warum du die Schmierereien aus dem Papierkorb in meinem Wohnzimmer ausgräbst und jemand anderem auf den Tisch legst. Und zwar jetzt und hier."

Die Stapel mit Unterlagen auf Neals Schreibtisch erzitterten, als Colin voll mühsam unterdrückter Wut beide Fäuste auf die Schreibtischplatte stemmte. Er hob eine Hand, zupfte an ein paar blonden Ponyfransen, senkte die Hand wieder und starrte Charlotte an, die gottergeben die Augen schloss. Sie brachte es nicht fertig, seinem Blick standzuhalten.

„Du hast die Blätter bei ihm zu Hause mitgenommen?", fragte Neal halblaut. Wahrscheinlich hatte sie bisher angenommen, Charlotte hätte sie an Colins Arbeitsplatz aufgelesen – was schon schlimm genug gewesen wäre.

„Ups." Neal rettete ein paar Aktenordner vor dem jähen Absturz, bevor sie vorsichtig einige Schritte zurücktrat. Wahrscheinlich wäre sie am liebsten unter dem Schreibtisch in Deckung gegangen. Selbst Nora hielt offenbar den Zeitpunkt für gekommen, sich erst einmal in die Küche zu verziehen.

„Ich dachte, es wäre vielleicht wichtig ..." Was für eine lahme Ausrede! Charlotte hätte ebenso gut „ich war's nicht" sagen können. Aber wie sollte sie das Geschehene sonst erklären? Was genau hatte sie sich eigentlich dabei gedacht?

„Wichtig für wen, Charlie? Für die Bullen vielleicht? Warum hast du den Wisch nicht gleich Arbuckle unter die Nase gehalten? Ich fasse es nicht, was hier gerade läuft. Charlie, du hast ein verdammtes 10-seitiges Kapitel über die GDPR für unser Mitarbeiterhandbuch verfasst. Du hast auf dem beknackten Abteilungsleiter-Meeting im Frühjahr einen Vortrag zu dem Thema gehalten! Du ..."

„Col, ich wollte nur ..."

Colin ließ sie nicht ausreden. Er war so in Fahrt, dass er ihren verzweifelten Versuch, sich zu verteidigen, überhaupt nicht wahrnahm.

„Du warst diejenige, die uns arme Unwissende darauf hingewiesen hat, dass wir am Arbeitsplatz nicht mal aufs Klo gehen dürfen, ohne uns vorher auszuloggen, damit ja niemand sehen kann, in welchen Programmen wir arbeiten. Aber wenn du gegen jede Datenschutzregel auf diesem Planeten verstößt, dann ist das natürlich etwas anderes, denn das ist ja wichtig. Was hast du noch alles Wichtiges rausgekriegt: Dass ich meine Wäsche nicht oft genug wasche? Meinen Müll nicht richtig sortiere? Tja, Colin der alte Prollo hat's einfach nicht drauf!"

Sie hatte gedacht, es könnte nicht mehr schlimmer werden, aber offensichtlich hatte sie sich geirrt. Colin musste sie trotz allem genauer beobachtet haben, als sie glaubte. Musste gesehen haben, wie sie bei den letzten beiden Sätzen zusammenzuckte. Charlotte konnte zusehen, wie seine Augen schmal wurden und sich sämtliche Muskeln in seinem Körper anspannten.

„Okay, raus mit der Sprache: Wo hast du deine Nase noch reingesteckt?"

„Ich habe ganz zufällig ..." Charlotte schluckte. Es half alles nichts, jetzt konnte sie ebensogut die Karten auf den Tisch legen.

„Ich habe die Post aus deinem Briefkasten geholt und wollte ein paar Werbeblätter entsorgen", bemühte sie sich, ihre Stimme ruhig zu halten. „Da habe ich die ... Bücher in deiner Mülltonne gesehen und mich gewundert, wieso du … Ich meine, selbst wenn du bei der Weiterbildung Schwierigkeiten hattest, hättest du doch nicht gleich …“

„Charlie, wovon zur Hölle redest du?“, brauste Colin erneut auf. Diesmal hieb er mit der Faust auf Neals Schreibtischplatte und fegte dabei einen Stapel Zollformulare herunter. „Verdammt, ich habe dicht nicht darum gebeten, meine Post zu holen. Der Ratte Futter und Wasser geben habe ich gesagt, nichts weiter.“
„Ich wollte nur helfen.“

„Na danke, schöne Hilfe! Wenn ich das gewusst hätte, hätte ich dir nie meinen Schlüssel gegeben. Ich brauche keinen Babysitter, Charlie. Und wenn du schon herumschnüffeln willst, warum tust du's nicht mal bei deinem lieben Freund Melvin? Du würdest staunen!“

„Staunen, worüber? Colin?“ Doch der war bereits davongestürmt, ohne eine Antwort abzuwarten. Neals Papierkorb, der ihm im Weg stand, beförderte er mit einem Tritt in die Ecke. Charlotte blinzelte hektisch, um die aufsteigenden Tränen zu unterdrücken. Am liebsten hätte sie sich in ihren Stuhl sinken lassen, den Kopf auf die Tischplatte gelegt und hemmungslos geheult. Gleichzeitig jedoch regte sich ihr Widerspruchsgeist. Verdammt, was bildete sich der Kerl eigentlich ein? War das der Dank dafür, dass sie versucht hatte, seinen Arsch zu retten?

„Dann sieh doch zu, wie du allein zurechtkommst“, murmelte sie halblaut vor sich hin, während sie auf Knien auf dem Boden umherkroch, um Neals Papiere wieder einzusammeln und den verstreuten Inhalt des Papierkorbs zu beseitigen. „Von mir aus kannst du versumpfen in deinem … deinem Rattenloch von einer

Wohnung. Mir doch egal. Okay, sorry Gwen, nichts gegen dich. Ach, warum lasst ihr mich nicht alle in Ruhe?"

„Beruhige dich, Charlie." Neal legte ihr die Hand auf die Schulter. „Lass liegen, ich hebe das schon auf. Kann ich dir sonst irgendwie helfen?"

Charlotte schnitt eine Grimasse. „Die spezielle Flasche aus Arthurs Büroschrank ist keine Option, oder? Ich fürchte, dann ist mir nicht zu helfen. Das habe ich selbst verbockt."

„Hast du wirklich in seinen Sachen herumgewühlt? Du hättest dir doch denken können, dass das Ärger geben würde", mischte sich nun auch Nora ein. Die hatte gerade noch gefehlt!

„Liebe Nora, hinterher ist man immer schlauer." Neal lächelte die Buchhaltungschefin an und ersparte somit Charlotte die Antwort. Deren Erwiderung wäre weit weniger freundlich ausgefallen. Achselzuckend wandte Nora sich ihrem PC zu und ging ebenso ruhig und methodisch an ihre Arbeit wie jeden Morgen. Charlotte hatte sie nie so sehr beneidet wie in diesem Augenblick. Nora gehörte zu jenen Menschen, die stets und in jeder Situation genau zu wissen schienen, was zu tun war, und die sich immer an alle Regeln hielten. Fehler, Selbstzweifel und Reue waren für sie offenbar etwas, das nur anderen Leuten zustieß.

„Sag Bescheid, wenn ich irgendwas für dich tun kann, ja?" Neals tröstende Worte trieben Charlotte erneut die Tränen in die Augen. Sie konnte nur nicken.

***

Mit jemanden zerstritten zu sein, den man beinahe sein ganzes Leben lang kannte, fühlte sich an wie ein dumpfer, bohrender Zahnschmerz. In den nächsten Tagen versuchte Charlotte so gut es ging, sich auf die Arbeit zu konzentrieren. Zu tun gab es genug: Kunden beschwerten sich über Rückstände bei den Lieferzeiten, die Pressemitteilung, die Charlotte gemeinsam mit Jago herausgegeben hatte, schien mehr Fragen aufzuwerfen, als sie beantwortete, und zu allem Überfluss musste auch noch das Sommerfest organisiert werden. In manchen Augenblicken wünschte Charlotte sich acht Arme wie ein Krake, um ein halbes Dutzend Anrufe gleichzeitig annehmen zu können. Trotzdem hatte sie Arthurs Bitte, eine Beileidskarte für Harry Burrows' Witwe zu verfassen, nicht vergessen. Zugegeben, ein besonders erhebender Text fiel ihr nicht dazu ein. Doch Eileen Burrows schien sich ohnehin mehr für den Scheck zu interessieren, der dem Brief beigelegt war. Jedenfalls erzählte Arthur, die Witwe wäre zum Ende seines Besuches um etliches freundlicher zu ihm gewesen als am Anfang. Bald lief die Drehmaschine wieder an, offenbar waren die Untersuchungen der Spurensicherung beendet. Charlotte wusste, dass Mrs Maggie ihrer persönlichen Abneigung gegen Sergeant Arbuckle zum Trotz alles tat, um dem Polizisten so viele Informationen wie möglich zu entlocken. Die alte Dame hatte es sogar aufgegeben, ihn daran zu erinnern, dass ihr Name Marguerite lautete. Geduldig ließ sie es über sich ergehen, dass er sie ein ums andere Mal „meine liebe Margaret" nannte, auch wenn ihr Gesicht dabei einen Ausdruck annahm, als hätte sie in eine Zitrone gebissen. Arbuckle jedoch schien davon nichts zu bemerken.

Er ging weiterhin in der Fabrik ein und aus und genoss es sichtlich, vom Chef persönlich und dessen Mutter hofiert zu werden. Anscheinend hielt auch Arthur es für klug, sich mit dem Sergeant gut zu stellen – sehr zu Colins Erbitterung, der sich noch immer täglich zur Kontrolle auf der Wache melden musste. Beinahe wirkte es so, als sei etwas von Harry Burrows' mürrischem Wesen auf Colin übergegangen. Charlottes Hoffnung, der alte Schulfreund möge ihr schnell verzeihen, erfüllte sich jedenfalls nicht. Zwar ging Colin weiterhin seiner täglichen Arbeit nach, lief aber die meiste Zeit über mit finsterer Miene umher. Die Hände hatte er dabei tief in den Taschen seiner Arbeitskleidung vergraben und hielt den Kopf gesenkt, als brütete er über irgendetwas. Nur wenn es sich nicht vermeiden ließ, gab er mit unwirscher Stimme Anweisungen. Selbst Neal traute sich kaum ihn anzusprechen. Charlotte ignorierte er geflissentlich, wenn sie einander auf dem Werksgelände begegneten. Die finsteren Blicke, die er ihr zuwarf, bevor er demonstrativ die Richtung änderte, brachten Charlottes mühsam aufrechterhaltenes Gleichgewicht jedes Mal wieder ins Wanken, wenn es ihr tatsächlich für eine Weile gelungen war, den leidigen Streit zu verdrängen. Von dem Gedanken, Colin könnte ihr mehr über die Ergebnisse der Spurensicherung verraten oder über die Fragen, die die Polizisten ihm gestellt hatten, konnte sie sich jedenfalls verabschieden. Selbst wenn Colin irgendeinen Verdacht hatte, was in Wirklichkeit mit Harry geschehen war, wäre Charlotte vermutlich die Letzte, die davon erfahren würde. Ein paarmal versuchte sie, den Fahrer Ferenc allein anzutreffen, oder wenigstens seine Frau.

Doch beinahe schien es so, als wichen die beiden ihr ebenso mit Absicht aus, wie Colin es tat. Wollten sie nur mit Colin solidarisch sein – oder verschwiegen sie am Ende doch etwas? Charlotte fand sich in ihren eigenen wirren Gedanken nicht mehr zurecht.

Abends unternahm sie lange Spaziergänge durch die Umgebung. Ohne dass sie es bewusst geplant hätte, fand sie sich dabei ein ums andere Mal an den Orten wieder, an denen sie als Jugendliche gemeinsam mit Colin umhergestreift war: die Mole oder der schmale, von schroffen Felsen gesäumte Strand unterhalb der Steilküste. Bei Ebbe bildeten sich zwischen Höhlungen und Ausbuchtungen der großen Steine winzige Seen aus Restwasser, die vor Leben nur so wimmelten: Muscheln, Krebse und kleine Fische harrten hier aus und warteten auf die Rückkehr der Flut. Elliot, der schon als Kleinkind ein eifriger Naturforscher gewesen war, konnte stundenlang zwischen diesen Mikro-Biotopen hocken, um ihre Bewohner zu beobachten. Früher war Charlotte bei diesen Forschungsexpeditionen, mal mehr mal weniger freiwillig, seine feste Begleiterin gewesen. Zur gleichen Zeit hatten Colin und eine Gruppe gleichaltriger Kumpels oft mit ihren Mopeds die Gegend unsicher gemacht. Der Strand diente ihnen dabei als Teststrecke für waghalsige Manöver im losen Sand. Ab und an hatten sie ihre Maschinen abgestellt, die Hosenbeine hochgekrempelt und waren ins flache Wasser gewatet, um einander johlend mit Schlick und Tang zu bewerfen. Dann ging man ihnen besser in weitem Bogen aus dem Weg. Hatten Elliot und Charlotte jedoch Colin allein angetroffen, schien der nichts dagegen zu haben, sich von dem Dreikäsehoch Elliot eifrig am Hosenbein zerren zu lassen, weil der Kleine ihm unbedingt eine besonders schöne Muschel oder einen sehr großen Krebs zeigen wollte. Die Erinnerung daran ließ Charlotte wehmütig schmunzeln.

Wenn man den Strand und die Steilküste hinter sich ließ und sich landeinwärts wandte, lag inmitten eines kleinen Laubwäldchens ein vorzeitlicher Steinkreis und eine Quelle, die bereits in vorchristlichen Jahrhunderten als heilig verehrt worden war. Selbst in heutiger Zeit rankten sich Legenden um Maiden's Well. Auch Charlotte war einmal inmitten einer Gruppe aufgeregt tuschelnder Mädchen in der Dämmerung eines diesigen Maimorgens die unebenen Steinstufen zu dem gemauerten Brunnenbecken hinabgestiegen, das die Quelle umgab. Besuchte ein junges Mädchen am Morgen des 1. Mai die heilige Quelle und warf einen frischen Zweig in den Brunnen, so hieß es, dann würde ihr offenbart, wann sie einmal heiraten sollte. Auf Charlotte und ihre Freundinnen hatte damals jedoch eine unangenehme Überraschung gewartet: Colin und seine Moped-Gang hatten sie bei ihrem, wie sie glaubten, geheimen Unternehmen beobachtet und noch Monate später keine Gelegenheit ausgelassen, die Mädchen mit ihrem „okkulten Fimmel" aufzuziehen. Es war nutzlos gewesen, ihnen zu erklären, dass man natürlich nicht wirklich an die Weissagung des Maimorgens glaubte. Trotz allem hatte Charlottes nie daran gezweifelt, dass eine Art Zauber von diesem Ort ausging.

Jetzt im Spätsommer, wenn der Tau das Gras benetzte und die Weberknechte ihre filigranen Netze spannen, war es ihr, als verbargen sich hinter den wiegenden

Spinnweben die Opfergaben, die Menschen in längst vergangenen Zeiten hier hinterlassen hatten, um die Geister der Toten wohlgesonnen zu stimmen. Auch jetzt noch fanden sich in den Zweigen der Bäume, die den Abstieg zur Quelle säumten, manchmal geflochtene Schnüre oder dünnen Stoffstreifen, die jemand als Zeichen der Ehrerbietung dort festgebunden hatte.

Charlotte mochte die Tradition.

Ohne dass sie bewusst eine Entscheidung getroffen hätte, riss sie einen schmalen Streifen von dem blassgelben Futterstoff ihrer verschlissenen Windjacke und band ihn um einen niedrighängenden Zweig. Der Streifen fügte sich in die Farben der Umgebung, als gehöre er hierher.

„Gute Reise, alter Kollege", murmelte sie und dachte dabei, dass ihre Worte klangen wie etwas, das Arthur gesagt hätte. Das Knattern mehrere Mopedmotoren riss sie aus ihren Gedanken, die Fahrer mussten hier ganz in der Nähe sein. Einen kurzen, atemlosen Moment lang stellte sie sich vor, gleich Colin auf seiner Maschine durch das lichte Gehölz brechen zu sehen. Der Gedanke weckte Erschrecken und Hoffnung zugleich. Aber natürlich war es Unsinn, schalt sie sich gleich darauf. Soweit sie wusste, besaß Colin gar kein Moped mehr. Die Jugendlichen, die heute mit Getöse durch Port St. Petrocs Straßen und über die schmalen Wege der Umgebung düsten, waren allesamt jünger. Manchmal war Rory unter ihnen.

***

Charlotte hätte nicht sagen können, ob es Neals Worte waren oder Colins, die sie dazu bewegten, an einem Morgen ihren Widerwillen zu überwinden und das Archiv im Keller aufzusuchen. Vielleicht würde ihr der Kaufvertrag für die CNC-Maschine ja tatsächlich irgendeinen Anhaltspunkt liefern. Auch wenn sie nicht einmal hätte sagen können, wonach sie eigentlich suchte. Der niedrige, mir schweren Aktenschränken vollgestopfte Archivraum hatte etwas Beklemmendes. Kühle, muffige Luft schlug Charlotte entgegen, und wie immer brauchte die altertümliche Deckenbeleuchtung einen Moment, bis sie mit einem tiefen Brummton ansprang. Das Geräusch tat ein Übriges, um ein unbehagliches Gefühl in Charlotte wachzurufen. Sie hatte Bilder von Luftschutzbunkern gesehen, die so ähnlich aussahen. Hastig trat sie zwischen die Regale und öffnete den Schrank, in dem sich die Kaufverträge und Garantiescheine für sämtliches Inventar der Werkshallen befanden. Sie blätterte durch die Schubladen mit den alphabetisch sortierten Mappen. Doch den Namen der Firma, die die CNC-Maschine produziert hatte, konnte sie nirgendwo entdecken. Stand die Akte vielleicht unter C wie CNC-Verfahren. Oder unter D wie Drehmaschine? G wie Gewinde? Aber sosehr Charlotte sich auch bemühte, es gelang ihr nicht, die Unterlagen zu der Maschine zu finden.

„Der Kaufvertrag? Aber natürlich steht der im Archiv, wo soll er sonst sein?", erwiderte Arthur verblüfft, als sie ihn wenig später danach fragte. „Es sei denn, es gäbe noch juristische oder technische Einzelheiten zu klären. Vielleicht hat ihn auch Jago oder Mr Bradstone, warum fragen Sie nicht die beiden?"

Betroffen sah Charlotte sich in Melvin Bradstones leerem Büro um. Es war ihr bereits in der Woche vor der Qualitätsprüfung aufgefallen, als sie den schmalen Glastisch, der vor Melvins Schreibtisch stand, mit Kaffeetassen für die Teilnehmer einer wichtigen Besprechung gedeckt hatte: In dem hellen, modern ausgestatteten Raum herrschte nicht mehr die mustergültige Ordnung, die sie ansonsten von Melvin gewohnt war. Als sie ihn vor Monaten einmal damit aufgezogen hatte, ob er wohl seine Stifte der Länge nach sortierte, hatte er die Stirn gerunzelt, als verstünde er nicht, was sie daran komisch fand. Die Stapel von Zeichnungen, die sich bei ihrem letzten Besuch auf seinem Schreibtisch befunden hatten, sowie der Umstand, dass er am Morgen der Qualitätsprüfung hektisch nach Unterlagen gesucht hatte, hatte Charlotte auf den Stress geschoben. Sie war sich sicher gewesen, dass bald wieder die alte Ordnung einkehren würde, wenn die Prüfung erst einmal vorbei wäre. Doch dem Papierwust nach zu urteilen, der sich jetzt nicht mehr nur auf dem Schreibtisch, sondern auch auf dem Besuchertisch ausdehnte, musste sie sich langsam ernsthafte Sorgen um ihren Kollegen machen.

Ich sollte ihn besser nicht stören, dachte Charlotte und wollte das Büro schon unauffällig verlassen, als Melvin hereinkam. Dunkle Schatten lagen um seine Augen, und die Hand, mit der er seine Kaffeetasse geradezu umklammert hielt, zitterte.

„Suchst du etwas, Charlie?", fragte er.

„Oh, es ist eigentlich nicht so wichtig. Aber liegt der Kaufvertrag für die CNC-Maschine vielleicht bei dir?"

Ein dünnes Kaffeerinnsal tropfte auf den Boden. Charlotte beeilte sich, Melvin die Tasse fortzunehmen und auf der Tischplatte abzustellen.

„Keine Sorge, es eilt nicht", versicherte sie schuldbewusst, während sie ein Papiertaschentuch aus der Tasche zog und sich bückte, um den Kaffeefleck vom Boden aufzuwischen.

„Arthur sagte mir, dass du vielleicht noch irgendwelche Details überprüfen musst, das ist völlig in Ordnung. Könntest du das Original, wenn du fertig bist, wieder ins Archiv zurückbringen? Damit alles seine Ordnung hat, du weißt schon, wegen der Garantie und so."

„Klar."

„Super, dann will ich dich nicht weiter aufhalten." Charlotte hatte sich bereits zum Gehen gewandt, doch dann fiel ihr noch etwas ein. „Sag mal, nur aus Neugier: Wer ist eigentlich für das Programmieren der Maschine zuständig?"

„Für das Meiste hat der Hersteller gesorgt", erwiderte Melvin. „Den Rest mache ich."

„Dann hast du an der Schulung teilgenommen?"

Charlotte war sich sicher, dass sie in den Kaufangeboten aller Hersteller etwas über Einweisungen im Programmieren und Bedienen der Maschinen gelesen hatte. Dennoch sah es einen Augenblick lang so aus, als wüsste Melvin nicht, wovon sie sprach. Der arme Kerl schien wirklich überfordert zu sein. Endlich nickte er.

„Ja, natürlich. Schon vor einer Weile. Also sofort, nachdem die Maschine geliefert und montiert wurde."

„Oh, gut. Ich geh dann mal." Charlotte schenkte ihm ein aufmunterndes Lächeln.

Arthur müsste noch einen Techniker einstellen, dachte sie. Der Schlosser-Lehrling, von dem er gesprochen hatte, konnte Melvin keine Hilfe sein. Aber konnte sie ihrem Chef vorschlagen, einen zusätzlichen Mitarbeiter anzustellen, ohne dass er oder Melvin das als Einmischung auffassen würden? Im Nachhinein war sie jedenfalls froh, dass sie Melvin gegenüber nichts von den Notizen erwähnt hatte, die sie bei Colin gefunden hatte. Sie wusste nicht einmal, wo die zerknitterten Blätter hingekommen waren. Hatte Colin sie mitgenommen an dem Tag, als er wutentbrannt das Büro verlassen hatte? Waren sie längst vernichtet? Oder lagen sie noch immer auf Neals Schreibtisch, begraben unter Lieferlisten und sonstigen Unterlagen? Und selbst wenn sie sich noch im Büro befanden – hatten sie überhaupt etwas zu bedeuten? Abgesehen von der Tatsache, dass Colin offenbar darauf brannte, seinem Kollegen irgendeinen Fehler nachzuweisen. Gab es einen solchen Fehler? Verbarg Melvin tatsächlich etwas? Und wer noch? Wessen dunkles Geheimnis hatte Harry vielleicht aufgedeckt und dafür mit dem Leben bezahlt? Charlotte schüttelte sich bei dem Gedanken. Nein, die musste aufhören, sich etwas zusammenzureimen.

Durfte die giftige Atmosphäre von gegenseitigem Misstrauen, die sich mehr und mehr unter den Kollegen ausbreitete, nicht die Oberhand über ihr Denken gewinnen lassen.

Kapitel 8

„Meine Liebe, wir müssen uns unbedingt unter vier Augen zusammensetzen und unser Wissen auf den neuesten Stand bringen."

Charlotte hatte es befürchtet. Beinahe war sie dankbar gewesen für die Hartnäckigkeit, mit der Sergeant Arbuckle sich in den letzten Tagen an die Fersen der Websters geheftet hatte. Jetzt jedoch schien es kein Entrinnen zu geben. Wenn man einem Menschen wie Marguerite Webster die Datenschutzgrundverordnung Wort für Wort vorlas, würde sie höchstwahrscheinlich beifällig nicken und es sehr befürworten, dass alles seine Ordnung haben musste. Dass sie selbst gleichzeitig alles über jeden wissen wollte, stellte ihrer Meinung nach keinerlei Gegensatz dar, im Gegenteil. Für sie gehörte diese Tatsache einfach zur Bedeutung des Begriffes „Ordnung". Genau diese Ordnung schien sie nun mit Charlottes Hilfe herstellen zu wollen, und zwar im Konferenzraum neben Arthurs Büro.

Charlotte schwante Schlimmes, als Arthurs Mutter die Lesebrille aufsetzte, die sie normalerweise an einer Goldkette um den Hals trug. Mrs Maggie klappte den metallenen Ständer mit dem großen Skizzenblock auseinander, schlug eine leere Seite auf und begann, verschiedenfarbige Whiteboard-Marker zusammenzusuchen. Oh mein Gott, sie wollte doch nicht tatsächlich eine Mind-Map über Tatort und Täterprofil erstellen, wie das die Polizisten in den Krimiserien taten? Fehlte bloß noch, dass sie Fotos der Verdächtigen mit Stecknadeln ans Tafelbild pinnte. Rutherford der Mops war natürlich wie immer mit von der Partie. Er saß neben der Tafel und sah erwartungsvoll zu seinem Frauchen auf wie ein braver Schüler zur Lehrerin, während sie schrieb. Charlotte starrte auf den Namen „Colin Alderson", der sich mit roter Farbe in Mrs Maggies altmodischer Schreibschrift auf dem Papier formte und sorgfältig unterstrichen wurde.

„Ich fürchte das hier ist keine gute Idee", wandte Charlotte zögernd ein. „Genau genommen ist es strafbar, Personendaten zu erheben, die nicht zweckgebunden ..."

„Natürlich arbeiten wir zweckgebunden, meine Liebe", widersprach Mrs Maggie sofort. „Welchen höheren Zweck kann es geben als die Aufklärung eines Verbrechens?"

„Aber wir sind ..." Charlotte suchte fieberhaft nach den richtigen Worten. Begriffe wie „unbefugt" waren in Marguerite Websters Wortschatz etwas, das nur anderen Leuten zustieß. Aber man konnte nicht einfach seine Kollegen bespitzeln, das musste Charlotte der Mutter ihres Chefs irgendwie begreiflich machen.

„Colin ist ziemlich sauer auf mich, weil ich mich in seiner Wohnung umgesehen habe", gab sie zu. „Er sagt, er hat mir den Schlüssel nicht gegeben, damit ich herumschnüffele, und damit hat er Recht."

„Sagten Sie nicht, Sie hätten gar nichts gefunden? Mr Alderson hätte wohl kaum einen Grund, sich aufzuregen, wenn er nichts zu verbergen hätte."

Das war genau die Art von Argumentation, die Charlotte unbedingt vermeiden wollte.

„Ich habe lediglich herausgefunden, dass Colin sich offenbar weiterbilden wollte", erwiderte Charlotte. Das war nicht gelogen und machte hoffentlich selbst auf Mrs Maggie einen positiven Eindruck.

„Aha."

„Motiv: Unzufriedenheit", schrieb Mrs Maggie unter Colins Namen an die Tafel. Von wegen positiver Eindruck!

„Wir müssen natürlich auch in andere Richtungen ermitteln", wechselte Arthurs Mutter endlich das Thema. „Mr Arbuckle hat mir verraten – ganz im Vertrauen natürlich – dass seine Kollegen von der Kriminalpolizei bei der Auswertung des Videomaterials von den Kameras am Werkstor keine Spuren gefunden haben, die auf unbefugtes Eindringen hindeuten. Konzentrieren wir uns also auf Personen, die Zutritt zum Firmengelände haben oder sich diesen leicht verschaffen konnten."

Ein weiterer Name erschien auf der Liste der Verdächtigen: „Eileen Burrows. Motiv: Eheliche Differenzen. Finanzieller Vorteil."

„Ohne schlecht über jemanden reden zu wollen, aber es war wirklich äußerst verdächtig, wie freundlich Mrs Burrows plötzlich wurde, als Arthur mit dem Scheck herausrückte. Geradezu kriecherisch nenne ich das. Ich habe sie natürlich trotzdem zum Sommerfest eingeladen."

„Sie haben WAS?", keuchte Charlotte fassungslos. „Aber die Frau scheint ein ernstes Alkoho..."

„Natürlich werden wir ein Auge auf sie haben müssen, damit sie sich nicht gehenlässt. Aber ein paar Drinks könnten ganz nützlich sein. Kinder und Betrunkene sagen die Wahrheit, heißt es schließlich. Möglicherweise ist das unsere beste Gelegenheit, mehr über die Frau herauszufinden. Und Sie, Charlotte, müssen mich unbedingt unterstützen. Ich habe Gastgeberpflichten, außerdem kennt mich jeder. Sie dagegen haben die vielleicht einmalige Chance, sich unauffällig unter den Gästen umzuhören. Natürlich müssen Sie auch den jungen Alderson weiterhin beobachten. Richard Arbuckles Diensteifer in allen Ehren, ich bin sicher der Mann tut seine Pflicht. Doch er ist nicht besonders scharfsinnig.“

„Wie stellen Sie sich das vor?“ Charlotte unternahm einen weiteren, verzweifelten Vorstoß, um Mrs Maggies kriminalistischen Tatendrang zu bremsen. „Ich kann doch nicht den ganzen Abend herumlaufen und die Leute belauschen!“ Sie konnte sich gerade noch beherrschen, bevor ihr die Frage herausrutschte, ob sie vielleicht zu allem Überfluss ein Aufnahmegerät, ein verstecktes Mikrofon und ein Walkie-Talkie bei sich tragen sollte. Sarkasmus war in der jetzigen Situation allerdings alles andere als angebracht, erkannte sie noch rechtzeitig. Sie würde nur riskieren, dass Mrs Maggie die Bemerkung für bare Münze nahm und ihre gute Idee lobte.

„Befürchten Sie nicht, dass wir alles noch schlimmer machen, wenn wir uns einmischen?“, versuchte sie stattdessen an die Vernunft ihres Gegenübers zu appellieren. „Sehen Sie mich und Colin an: Ich habe wirklich mein Bestes getan, aber außer einem Haufen Ärger ist bisher nichts dabei herausgekommen."

„Manchmal ist es eben nicht genug, sein Bestes zu tun", dozierte Mrs Maggie mit erhobenem Zeigefinger. „Manchmal muss man einfach tun, was nötig ist."

„Ach, hat das etwa auch Sherlock Holmes gesagt?", fragte Charlotte bitter. Langsam hatte sie wirklich die Nase voll.

„Nein meine Liebe, das war Winston Churchill. Ich bin erstaunt, dass eine gebildete junge Frau wie Sie das nicht weiß. Unser Schulsystem ist auch nicht mehr, was es einmal war." Je länger dieses Gespräch andauerte, desto stärker verspürte Charlotte den Drang, entweder laut zu schreien oder ihre Stirn gegen die Wand zu hämmern. Am besten beides. Gab es nicht irgendeine Möglichkeit, Mrs Maggies Gedanken in andere Bahnen zu lenken? Melvin Bradstone fiel ihr ein. Ihn hatte Arthurs Mutter mehrmals als höflichen und zuverlässigen jungen Mann gelobt.

„Ich hätte da noch eine organisatorische Frage, bei der Sie mir vielleicht helfen können", begann Charlotte diplomatisch. Um Hilfe zu bitten, kam immer gut an. „Wissen Sie zufällig, ob Arthur vorhat, einen weiteren Techniker oder Ingenieur einzustellen? Ich fürchte, Mr Bradstone mutet sich auf die Dauer zu viel zu."

„Hat er etwas dergleichen verlauten lassen?", fragte Mrs Maggie erstaunt.

„Nein, aber ..."

„Oder gibt es etwa Gerede hinter seinem Rücken? Auf so etwas sollten Sie nichts geben, wissen Sie. Vor allem nicht, wenn ... Sagen Sie, hat etwa Mr Alderson das Thema Ihnen gegenüber angeschnitten? Er und Mr

Bradstone mögen einander nicht, das haben wir letztes Jahr deutlich genug erlebt."

Schon war Mrs Maggie wieder bei ihrem Lieblingsthema angelangt. Charlotte konnte förmlich das triumphierende Blitzen in ihren Augen sehen. Einen Augenblick später huschte erneut der rote Textmarker übers Papier.

„Eifersucht auf erfolgreicheren Kollegen", lautete ein weiterer Minuspunkt auf Colins Liste.

„Das stimmt", gab Charlotte zu. „Aber Mr Bradstone macht auf mich tatsächlich einen überarbeiteten Eindruck. Er wirkt zerstreut, hinterlässt Unordnung auf seinem Schreibtisch und verlegt ein wichtiges Dokument. Das sieht ihm gar nicht ähnlich."

„Hm." Mrs Maggie schürzte die sorgfältig geschminkten Lippen, ein seltenes Zeichen von Unsicherheit. Dann seufzte sie.

„Sie wissen selbst, dass unsere Auftragslage im Moment nicht die Beste ist", gab sie zu. „Ich weiß natürlich nicht genau Bescheid, Arthur bespricht selten geschäftliche Details mit mir. Trotzdem merke ich, dass er sich ernste Sorgen um die Zukunft macht. Die jüngsten Ereignisse haben nicht gerade zur Stärkung unserer Marktposition beigetragen, fürchte ich."

„Die zukünftige Zusammenarbeit mit Neumeier Gastechnik ist noch nicht gesichert, aber wir ..."

„... tun unser Bestes", hatte Charlotte sagen wollen, änderte aber in Anbetracht des eben gehörten Zitates den Satz in: „... arbeiten daran." Mrs Maggie hatte die Stirn gerunzelt und starrte gedankenverloren auf die von ihr verfasste Liste. Ob sie jetzt endlich zur Vernunft kam, dachte Charlotte. Einsah, dass das die wirkliche Welt ist mit echten Menschen und wahren Problemen, kein blöder Fernsehkrimi?

„Ich bin mir durchaus darüber im Klaren, dass das hier Ernst ist, Charlotte." Die alte Dame schien ihre Gedanken gelesen zu haben. Auf einmal klang ihre Stimme dünn und gepresst, ohne den üblichen gut gelaunten Enthusiasmus.

„Unsere Zukunft als Firma steht auf dem Spiel, und damit auch die finanzielle Existenz unserer Mitarbeiter. Mein Mann hat seine Verantwortung als Arbeitgeber immer sehr ernst genommen, und wir haben Arthur dazu erzogen, diese Verantwortung zu tragen. Wenn er versagt ... dann weiß ich wirklich nicht, was aus uns werden soll. Aber genau deshalb dürfen wir ihn jetzt nicht im Stich lassen. Wir müssen die Wahrheit herausfinden. Helfen Sie mir, Charlotte!"

Was sollte Charlotte auf eine solche Bitte antworten? Mochte sie von Mrs Maggies Amateurdetektiv-Methoden halten, was sie wollte. Das Verantwortungsbewusstsein, das dahinter lag, verstand und respektierte sie. Außerdem ... Wenn sie ganz ehrlich war, hasste sie das Gefühl, zur Untätigkeit verdammt zu sein. Vernunft hin oder her, sie wollte selbst etwas tun, anstatt darauf zu warten, dass andere den Fall lösten. Und sei es nur, um zu beweisen, dass Mrs Maggie sich irrte und Colin unschuldig war. Es wäre das Beste, was sie für ihn tun konnte. Immerhin hatte sie etwas gutzumachen.

„Ich glaube zwar, dass Sie sich in einen falschen Verdacht verrannt haben", sagte sie ehrlich. „Aber der einzige Weg, um das zu beweisen, ist die Wahrheit herauszufinden. Also ja, ich werde alles tun, was nötig ist. Egal ob laut Sherlock Holmes oder Churchill – Sie können sich auf mich verlassen. Warten Sie, ich helfe Ihnen."

Der geballte Tatendrang, den Mrs Maggie normalerweise ausstrahlte, ließ einen vergessen, wie klein die Frau in Wirklichkeit war. Selbst mit ihrem unvermeidlichen Hut reichte sie Charlotte gerade bis zum Kinn, und Charlotte war die Zierlichste unter ihren Kolleginnen. Jetzt reckte sich Mrs Maggie auf die Zehenspitzen, bis die Blockabsätze ihrer altmodischen Riemchensandalen vom Boden abhoben, aber noch immer gelang es ihr nicht, die Klammer zu lösen, mit der das Skizzenblatt an dem Klappständer befestigt war. Rutherford, der das Ganze wohl für ein neues Spiel hielt, begann auf und ab zu hüpfen und hechelte dabei hingebungsvoll. Bevor das plumpe Tier den gesamten Ständen umreißen konnte, beeilte Charlotte sich, vorsichtig das Blatt zu lösen und es Mrs Maggie zu reichen. Nachdenklich sah sie der kleinen Gestalt nach, die, das zusammengerollte Papier unter den Arm geklemmt, mit festen Schritten aus dem Raum und den Korridor hinabging. Der kleine Hund trippelte hinterdrein. Ein Gefühl der Verbundenheit stieg in Charlotte auf, gleichzeitig spürte sie das Kribbeln von neugieriger Vorfreude. Sie würde ihre Zeit nicht mehr mit nutzlosen Grübeleien verschwenden, sondern endlich den Dingen auf den Grund gehen. Einen Augenblick später fragte sie sich allerdings, ob sie noch alle Tassen im Schrank hatte.

Hatte sie sich tatsächlich soeben dazu bereit erklärt, beim Firmen-Sommerfest die verdeckte Ermittlerin zu spielen?

Sie musste den Verstand verloren haben!

Am nächsten Tag präsentierte Mrs Maggie Charlotte ihre neueste Errungenschaft: Sie, die sich seit Jahren steif und fest gegen Arthurs Bitte zur Wehr gesetzt hatte, sich endlich ein Handy anzuschaffen, öffnete nun die längliche Pappschachtel mit dem Firmenlogo des bekannten Elektronikherstellers mit der Miene eines Zeremonienmeisters, der eine wertvolle Reliquie enthüllt. Sie hatte sich ein Smartphone gekauft.

„Damit können Sie mich jederzeit erreichen, wenn Sie etwas Neues herausfinden", vertraute Sie Charlotte im Flüsterton an. Charlotte musste schmunzeln ob der beinahe ehrfürchtigen Geste, mit der Arthurs Mutter das Gerät nebst dem kleinen Begleitbuch aus der Schachtel hob, sich die Lesebrille auf die Nase rückte und begann, die Gebrauchsanleitung zu studieren. Dann jedoch wurde ihr mit einem Schlag die Bedeutung der Worte „jederzeit erreichen" klar. Wenn sie Mrs Maggie zu jeder Tageszeit anrufen konnte, galt das umgekehrt genauso. Theoretisch hätte sie vermutlich das Recht gehabt, die Herausgabe ihrer Handynummer zu verweigern. Praktisch jedoch wurde sie, gleich nach Arthur, die zweite Kontaktperson, die Mrs Maggie auf dem neuen Gerät speicherte. Auch Arthurs Begeisterung über den unerwarteten Sinneswandel seiner Mutter schien schnell abzukühlen. Jedenfalls knallte er noch am selben Vormittag seine Bürotür zu, drehte von innen den Schlüssel herum, was er sonst nie tat, und ließ Mrs Maggie auf dem Flur stehen. Charlotte hörte, wie sich das unverwechselbare Klacken von Mrs Maggies Sandalenabsätzen dem Großraumbüro näherte, und stöhnte. Dieses Geräusch konnte nur eins bedeuten: Sie war soeben zur technischen Beraterin aufgestiegen. Als ob sie nicht schon genug zu tun hätte. Nun musste sie auch noch der Mutter ihres Chefs die Grundlagen der modernen Online-Technik beibringen. Mrs Maggie wusste durchaus, dass es da draußen etwas gab, was sich Internet nannte, doch sie hatte bisher nur diffuse Vorstellungen davon. Ihre Erfahrung mit Computern bestand darin, zu Hause an einem ausgedienten Firmen-PC Patiencen zu legen. Jetzt jedoch wollte sie mit Riesenschritten vorwärts ins 21. Jahrhundert, um für den Kampf gegen das Verbrechen gerüstet zu sein. Charlotte blieb nichts anderes übrig, als mehr oder weniger geduldig alle Fragen zu beantworten. Immerhin gelang es ihr, nie in Anwesenheit ihrer eifrigen Schülerin die Beherrschung zu verlieren, wenn diese ihre jüngsten Suchergebnisse aus der großen, bunten Welt von Google kundtat wie eine Prophetin, die göttliche Wahrheiten verkündet. Doch sobald sich die Bürotür hinter Mrs Maggie schloss, fluchte Charlotte mit Neal um die Wette. Die Produktionsplanerin brütete über den Stücklisten aus der Produktionsabteilung, die trotz aller Bemühungen der letzten Tage nie mit den tatsächlichen Bestellungen überein zu stimmen schienen.

***

Schon war der große Abend des Sommerfestes da. Charlotte stand vor dem Spiegel, der auf der Innenseite der Kleiderschranktür in ihrem Zimmer angebracht war, und bemühte sich, trotz schlechter Beleuchtung, ihr Makeup aufzulegen. Die Hoffnung, vor der Abfahrt noch ins Badezimmer zu kommen, hatte sie beinahe aufgegeben. Rory hielt sich schon so lange dort auf, dass sie sich fragte, was um Himmels Willen er da drinnen tat. Normalerweise brauchte er zum Duschen und Rasieren kaum mehr als fünf Minuten, allerhöchstens zehn. Schraubte er etwa wieder einmal an irgendwelchen Motorenteilen herum und hatte sie zur Abwechslung in der Badewanne deponiert?

„Rory, bist du ins Klo gerutscht?" Inzwischen war Elliot derjenige, der ungeduldig an die Badezimmertür hämmerte. „Dann beame dich gefälligst aus dem Abflussrohr wieder nach oben, ich muss auch mal!"

„Ja Mann, mach halblang." Der Schlüssel drehte sich im Schloss, und Charlotte flitzte aus dem Zimmer, um ihrem jüngsten Bruder zuvorzukommen.

„Elliot, bitte lass mich zuerst, ich warte schon seit mindestens einer halben Stunde. Ich muss nur ganz kurz ... Wow!"

Bei Rorys Anblick, der soeben aus dem Bad trat, fielen sowohl Charlotte als auch Elliot buchstäblich die Kinnladen herunter. War das tatsächlich derselbe junge Mann, der zur feierlichen Ausgabe seines Reifezeugnisses in Jeans und T-Shirt erschienen war? Seine ausgediente Schuluniform hatte er dem jüngeren Bruder mit den Worten „Da, vielleicht kannst du das blöde Zeug noch gebrauchen" buchstäblich vor die Füße geworfen. Jetzt trug er eine schwarze Bügelfaltenhose und ein weißes Oberhemd mit schwarzer Fliege.

„Was'n mit dir los, willst du zum Zirkus?" Elliot fand als Erster seine Sprache wieder. „Und seit wann benutzt du Aftershave? Ich dachte immer, Motorenöl genügt dir. Hey, jetzt kapier ich's: Es steckt ein Mädchen dahinter! Ich frage mich nur eins: Wie viel musst du ihr bezahlen, damit sie mit dir ausgeht?"

„Halt's Maul, du kleiner …"

Charlotte drückte beide Hände gegen Rorys Brust, um ihn daran zu hindern, auf Elliot loszugehen. Der Kleine nutzte die günstige Gelegenheit, verschwand im Badezimmer und schloss blitzschnell die Tür hinter sich.

„Na toll", seufzte Charlotte. Sie gab es auf. Jetzt konnte sie sich ebenso gut auf den Weg machen. Außerdem war sie schon ein wenig neugierig, was Rory vorhatte. Seiner Reaktion auf Elliots Bemerkung nach zu urteilen musste der jüngere Bruder einen wunden Punkt getroffen haben.

„Wo steigt denn die Party?", fragte sie betont beiläufig. „Soll ich dich ein Stück mitnehmen?"

„Ja, das wäre nett."

Wo Rory hinwollte, fand sie jedoch erst heraus, als er sie bat, ihn abzusetzen – kurz vor dem langen, mit weißem Kies ausgelegten Zufahrtsweg, der zum Herrenhaus der Joslyns führte.

„Ah, ich verstehe: Heloise nutzt die sturmfreie Bude aus, während ihre Eltern und ihre Schwester bei unserem Sommerfest sind, stimmt's? Na dann viel Spaß."

„Mhm", brummte Rory nur. Charlotte musste sich ein Grinsen verkneifen, während sie der hochgewachsenen, schlaksigen Gestalt ihres Bruders nachsah, die mit langen Schritten in der Einfahrt verschwand. Ab und an blieb er stehen und nestelte an seiner ungewohnt steifen Kleidung, bevor er weiterging. Ob er sich, wenn er das majestätisch anmutende alte Haus betrat, ebenso unbehaglich fühlen würde wie Charlotte früher? Bei den wenigen Gelegenheiten, bei denen sie das

Herrenhaus betreten hatte, war sie sich jedes Mal wie ein Eindringling vorgekommen. Wenn der ältliche, mit schwarzem Anzug bekleidete Butler ihr verkündete, dass Miss Honora Joslyn bereit sei, sie zu empfangen, hatte sie sich gefühlt, als sei sie unversehens in einen alten Film geraten. Sie hatte sich nie recht vorstellen können, wie Nora diesen Ort als Zuhause bezeichnen konnte.

Heloise Joslyn, Noras jüngere Schwester, kannte Rory aus der Schule. Charlotte war dem jungen Mädchen bisher nur wenige Male begegnet. Auf den ersten Blick war Heloise fast ebenso hübsch wie Nora, doch ihr fehlte die ruhige Sicherheit ihrer Schwester. Stattdessen trug sie eine betont gelangweilte Miene zur Schau, die wohl Überlegenheit demonstrieren sollte. Charlottes Meinung nach zeugte sie jedoch eher von kindischem Schmollen. Rory behauptete, Heloise Joslyn trüge ihre Nase so hoch, dass sie bei Regen aufpassen müsste, nicht zu ertrinken. Doch Charlotte hegte schon längere Zeit den Verdacht, dass er Noras Schwester gegenüber nicht so gleichgültig war, wie er sich gab. Er hatte sich jedenfalls mächtig ins Zeug gelegt, um auf ihrer Party einen guten Eindruck zu machen. Ob es ihm gelingen würde, stand auf einem anderen Blatt. Charlotte nahm sich vor, ihn später unbedingt zu fragen, ob es den Butler noch gab. Sie selbst sollte heute Abend, zumindest wenn es nach Marguerite Webster ging, ebenso beflissen im Verborgenen wirken wie besagter Dienstbote. Sie konnte nur hoffen, dass es ihr tatsächlich gelingen würde, dabei an brauchbare Informationen zu kommen.

Kapitel 9

„Guten Abend, wie schön, dass Sie kommen konnten", begrüßte Charlotte zum gefühlten hunderten Mal einen Neuankömmling.

„Wir freuen uns so, Sie zu sehen. Bitte nehmen Sie sich doch etwas zu Trinken."

Sie war sich sicher, beinahe jeden der Partygäste persönlich begrüßt zu haben. Die meisten von ihnen nickten ihr kurz zu und antworteten mit ein paar Floskeln. Dann nahmen sie sich eines der Gläser mit dem vorbereiteten Willkommenstrunk von den Tabletts, die von Serviererinnen hin- und hergetragen wurden, und beachteten Charlotte nicht weiter. Soweit lief alles ganz nach Plan. Bald hatten sich die Gäste in kleinen Grüppchen zusammengefunden und plauderten zwanglos miteinander.

Es war ein lauer Spätsommerabend. Die Abendsonne spiegelte sich in den blinkenden Fensterscheiben von Webster Gardens, und zwischen den Blüten der üppigen Hortensienbüsche gaukelten Schmetterlinge hin und her. Ab und an mischte sich das durchdringende Zirpen einer Grille in das lebhafte Stimmengewirr. Verglichen mit dem prachtvollen Joslyn-Anwesen wäre das Webster-Haus, so großzügig es auch gebaut war, ein schmuckloser Kasten geblieben, wenn Mrs Marguerite in ihrem unermüdlichen Eifer nicht im Laufe der Jahre einen Garten um den nüchternen Bau ihres

Mannes herum angelegt hätte. Inzwischen war beinahe ein Park daraus geworden. Außerdem war die Lage einzigartig. Von Ferne war das gleichmäßige Rauschen der Wellen zu hören, die stetig aber nicht heftig gegen die Steilküste schlugen. Selbst die See war an diesem Abend ruhig. Es war eine friedliche Szene, und Charlotte hätte sie sicher sehr genossen – wenn sie es sich nicht gerade zur Aufgabe gemacht hätte, einen Mord zu untersuchen.

Unauffällig sah sie sich nach Sergeant Arbuckle um. Der biss soeben derart hingebungsvoll in ein Steak, dass sein voluminöser Schnauzbart auf und ab wippte. Selbst der chronisch nervöse junge Constable in seiner Begleitung schien heute weniger zappelig zu sein als sonst. Eileen Burrows, in High Heels und einem lila Cocktailkleid, das vor 30 Jahren einmal modern gewesen sein mochte, stand bei einer Gruppe junger Arbeiterinnen aus der Montageabteilung, zu der Charlotte sie unauffällig hingelotst hatte. Jetzt lachte sie sogar mit ihrer etwas rauen Stimme auf. Charlottes Hoffnung, die jungen Frauen könnten sich ein wenig um die Witwe kümmern und die Stimmung auflockern, schien sich zu erfüllen.

Eben kam Ferenc Holtai Arm in Arm mit seiner Frau Ariane auf sie zu. Die Ungarin hatte trotzig das Kinn vorgeschoben und schaute herausfordernd in die Runde:

„Kommt doch, wenn ihr euch traut!“, sagte dieser Blick. „Ich nehme es mit jedem auf, der es wagt, schlecht über meinen Mann zu reden.“

Charlotte lächelte der jungen Frau zu, und diese entspannte sich etwas. Sollte Charlotte die Gelegenheit nutzen und Ferenc um ein Gespräch unter vier Augen bitten?

Doch bevor sie dazu kam, den jungen Mann anzusprechen, wurden neben ihr Stimmen laut: „Dass du dich noch hertraust, du mieses kleines Flittchen!" Eileen Burrows hatte sich vor Ariane Holtai aufgebaut und musterte sie mit unverhohlener Abscheu. „Was musstest du machen, damit Harry das Geld rausrückte, he?", keifte sie. „Ihm auf dem Wohnzimmersofa schöne Augen machen, während dein eigener Schlappschwanz von einem Mann in der Küche das Bier kaltstellte?"

Im ersten Moment war Ariane einige Schritte zurückgewichen. Doch sie erholte sich schnell von ihrem Schrecken und ging nun ihrerseits auf Mrs Burrows zu, die Hände resolut in die Seiten gestemmt.

„Sie sind eine böse Frau. Ihr Mann war so ein hilfsbereiter Mensch, aber das werden Sie nie verstehen. Sie haben ihm das Leben zur Hölle gemacht. Und dann wundern sie sich, dass er seinen Feierabend lieber im Fußballclub verbrachte oder bei Ferenc und mir? Ein paar nette Worte und ein gutes Abendessen auf dem Tisch, mehr hat er nie gewollt. Aber Sie haben sich ja lieber in der Gegend herumgetrieben und sich mit Schnaps volllaufen lassen. Wenn jemand an Harrys Tod Schuld ist, dann Sie. Gott wird Sie strafen!"

Ariane Holtai hatte sich in Fahrt geredet, ihr ausgestreckter Zeigefinger bohrte sich beinahe in Eileen Burrows Brust. Bevor diese zum Gegenangriff ausholen konnte, drängte sich Charlotte zwischen die beiden Feindinnen und hakte Eileen unter.

„Kommen Sie Mrs Burrows, kann ich Ihnen etwas zu essen anbieten?", zwitscherte sie drauflos und hoffte, dass es ihr gelingen würde, die zwei Frauen zu trennen, bevor sie erneut aufeinander losgingen. Das Vorhaben schien zu glücken. Eileen Burrows begnügte sich damit, der jungen Ungarin noch einen bitterbösen Blick zuzuwerfen. Dabei murmelte sie halblaut vor sich hin: „Diese scheinheilige Ziege. Gottes Strafe, ha! Wenn ich meinen Mann hätte umbringen wollen, hätte ich's geschickter angestellt. Ich hätte ihm was ins Essen mischen können, und der Trottel hätte noch nicht einmal dann etwas gemerkt, wenn ich's ihm vorher angekündigt hätte. Er fragt: Was gibt's zu essen? Und ich sage: Hühnchen in Arsenik. Und er: Französisch, was? Warum kochst du immer diesen ausländischen Kram?" Die Frau lachte hart auf, doch es klang beinahe wie ein Schluchzen. Charlottes Anwesenheit schien sie ganz vergessen zu haben. Im Vorbeigehen griff sie sich ein Sektglas von einem Tablett und leerte es in einem Zug. Ein paar Drinks, hatte Mrs Maggie gesagt.

Ihr Plan, die Zunge der Dame mittels Alkohol zu lösen, schien aufzugehen. Aber wieviele waren ein paar, und wann sollte man besser eingreifen, um weitere peinliche Szenen zu verhindern? Stirnrunzelnd sah Charlotte Mrs Burrows hinterher, während sie über das nachdachte, was sie soeben von den beiden Frauen gehört hatte. Mrs Maggies Skizzenblatt mit den Namen der Verdächtigen tauchte vor ihrem inneren Auge auf. Anscheinend konnte man auch unter dem Namen Eileen Burrows Eifersucht als Motiv notieren. Aber wie wahrscheinlich war es, dass die Witwe tatsächlich zur Täterin geworden war? Konnte sie sich Zugang zum Firmengelände verschafft haben, um einen Streit mit ihrem Mann vom Zaun zu brechen und dann im Zorn auf ihn loszugehen? Das Temperament dazu schien sie zu haben – aber wäre ein solcher Streit nicht von anderen bemerkt worden? In jedem Fall wäre Mrs Burrows von den Videokameras am Werkstor aufgezeichnet worden, wenn sie tatsächlich das Gelände betreten hätte. Aber was war mit Ariane Holtai, überlegte Charlotte weiter. Eine Affäre zwischen der jungen Ungarin und Harry Burrows konnte sie sich zwar beim besten Willen nicht vorstellen, doch Eileen Burrows hatte auch von Geld gesprochen. Was hatte es damit auf sich?

Charlotte hielt erneut nach Ferenc Ausschau. Tatsächlich gelang es ihr wenig später, in allein anzutreffen, während seine Frau sich mit ein paar Kolleginnen unterhielt. Als Charlotte den Ungarn darauf ansprach, gab er sofort zu, sich fünftausend Pfund von Harry Burrows geborgt zu haben: „Für Umbau von unsere Haus, damit Platz haben für Kinderzimmer, wenn Baby kommt", erklärte er. Doch sein starker Akzent verriet seine Nervosität. „Ich habe schon alles bei Polizei gesagt. Wir haben Harry versprochen, wir zahlen alles zurück. Jeden Monat ein Teil. Und jetzt wir so machen mit seiner Frau. Sie darf nicht böse sein. Ich auch habe zu Ariane gesagt, sie muss sich entschuldigen, wir wollen keinen Streit." Der Mann sah Charlotte ebenso flehentlich an wie an jenem Tag, als sie Harrys Leiche in dem Lieferwagen gefunden hatten. Doch konnte sie ihm glauben? Charlotte würde mit Colin über das Ganze sprechen müssen, daran führte kein Weg vorbei. Aber er würde es ihr nicht leichtmachen.

Wenigstens Melvin Bradstone schien es besser zu gehen als in der vergangenen Woche. Er machte einen richtiggehend lebhaften Eindruck, wie Charlotte erleichtert im Vorübergehen feststellte, und sein dunkler Anzug saß heute Abend perfekt wie eh und je. Colin Alderson dagegen war der missgelaunteste Grillmeister, den man sich vorstellen konnte.

Zwar hatte er nicht verhindern können, dass Arthur ihm dieses verantwortungsvolle Amt übertrug, doch im Vergleich zu ihm war selbst Harry Burrows die Zuvorkommenheit in Person gewesen. Wie Colin so am Grill stand und den Gästen ihre Steaks auf die Teller klatschte, hätte er als verkörperte Karikatur eines notorisch unfreundlichen Frittenbuden-Besitzers durchgehen können. Beschwert hatte sich zwar noch niemand über ihn, doch die meisten Besucher hatten es auffallend eilig, mit ihren gefüllten Tellern aus seiner Nähe zu verschwinden.

Nur Primrose O'Neal wagte es, ihn anzusprechen. „Das soll ein Steak sein?", fragte sie in ihrer typisch unverblümten Art und deutete auf ihr reichlich dunkel geratenes Fleischstück. „Bist du sicher, dass du nicht aus Versehen ein Stück Kohle erwischt hast? Hey, schon gut, ich sag ja nichts mehr", fügte sie hastig hinzu, als sich Colins Miene weiter verdüsterte.

„Drama Queen ist nichts dagegen", raunte sie stattdessen Charlotte zu und deutete vielsagend auf Colin. „Der könnte sich ruhig wieder einkriegen, aber dann könnte ja irgendjemand auf die Idee kommen, er wäre freiwillig hier. Und das wäre natürlich ganz schrecklich. Da leidet er lieber weiter still vor sich hin."

Charlottes Plan, mit Colin ins Gespräch zu kommen, schien noch schwieriger zu werden, als sie gedacht hatte. Fürs Erste kam sie nicht einmal dazu ihn anzusprechen. Ein Violinakkord erklang, und die Streichergruppe, die die Websters für den Abend engagiert hatten, spielte eine Walzermelodie. Charlotte konnte Mrs Maggie an Jagos Arm vorübergleiten sehen, als die alte Dame mit ihrem Großneffen den Tanz eröffnete. Arthur hatte Nora aufgefordert, und vor Charlotte verneigte sich nun mit einem Räuspern der junge Constable. Charlotte brachte es nicht fertig, den armen Kerl abzuweisen, der sich heute endlich einmal aus dem Schatten seines Chefs heraustraute.

Wenige Minuten später wünschte sie sich allerdings, sie hätte höflich abgelehnt. Stattdessen musste sie sich krampfhaft bemühen, weiterhin zuversichtlich zu lächeln – selbst nach dem gefühlten hunderten Fußtritt mit Schuhgröße 46. Gerade als sie glaubte, die Tortur hinter sich zu haben und unauffällig wieder in Richtung Grill verschwinden zu können, holte Sergeant Arbuckle sie persönlich zum nächsten Tanz. Der trat sie zwar nicht, holte aber bei jedem zweiten Takt aus wie zum Stechschritt beim Marschieren, sodass Charlotte nur unter äußerster Mühe mithalten konnte.

„Darf ich bitten, Miss Cunningham?"

Charlotte lag ein entnervtes: „Nicht schon wieder!" auf den Lippen. Aber sie verbiss sich die Bemerkung hastig, als sie aufblickte und in Jagos lächelndes Gesicht sah. Dem amüsierten Zucken seiner Mundwinkel nach zu urteilen hatte er ihren Gedanken trotzdem erraten.

„Ich glaube, Sie haben mir gerade das Leben gerettet!", murmelte sie erleichtert, als Jago sie aus der Reichweite des Sergeants führte.

„Gibt es dafür eine Belohnung? Darf ich Charlotte sagen – oder vielleicht Charlie?"

„Ja, warum nicht? Jago." Charlotte hatte Mühe, ihre Antwort beiläufig klingen zu lassen. Was war schließlich dabei? Außer Arthur und Mrs Maggie nannte sie ohnehin fast jeder Charlie. Dennoch konnte sie nicht verhindern, dass ihr unter Jagos Blick die Röte ins Gesicht stieg. Beinahe trotzig legte sie den Kopf in den Nacken und lehnte sich in Jagos Arm. Endlich ein Mann, der so tanzte, dass sie sich ganz seiner Führung überlassen konnte! Seit sie als Achtzehnjährige dem Drängen ihrer Mutter nachgegeben und einen Tanzkurs absolviert hatte, sehnte Charlotte sich insgeheim danach, einmal so richtig übers Parkett zu schweben. Stattdessen beschränkte sich ihre praktische Erfahrung bisher auf den einen oder anderen ungeschickten Discofox auf einer Party und einige halsbrecherische Freestyle-Moves daheim in der Küche zusammen mit Rory. Dagegen war der Tanz mit Jago beinahe ein Traum. Warum also sollte sie ihn nicht genießen, bevor sie sich wieder ihrer Pflicht widmete und sich an Colin heranpirschte? Die Musiker gingen zu einem neuen Stück über, und noch immer hielt Jago sie im Arm.

„Du tanzt gut, Charlie."

„Danke." Ohne dass Charlotte es bemerkte, hatten Jago und sie sich in dem weitläufigen Gelände der Websters von den anderen Gästen entfernt. Als sie jetzt aufblickte, waren die kleinen Grüppchen der Partygäste nur noch als Farbtupfer im Grün der Gartenanlage zu erkennen. Die Musik war schwächer geworden, dafür war das Meeresrauschen jetzt deutlicher zu hören. Sie mussten ganz nahe an der Steilküste sein.

„Hast du dir den Park eigentlich schon einmal genauer angeschaut?", fragte Jago. „Wenn du möchtest, können wir einen Spaziergang machen."

„Ja, gern." Nebeneinander gingen sie über das leicht ansteigende Gelände, vorbei an einigen Baumgruppen, bis zu den rundgeschliffenen Felsen, die den höchsten Punkt des Webster-Anwesens markierten. Charlotte hatte ganz vergessen, wie wunderbar die Aussicht hier war: Auf der einen Seite lag das Meer; auf der anderen konnte man den Garten und das Haus überblicken, dahinter das Fabrikgelände und die Zufahrt bis hin zur tiefergelegenen Landstraße. Der alte Mr Eamonn hatte den Bauort für sein Anwesen mit Bedacht gewählt, allen Protesten der Lokalbevölkerung zum Trotz. Anfangs hatten sich vor allem die noch lebenden Angehörigen der Minenarbeiter, die 1919 hier ganz in der Nähe verunglückt waren, mit Händen und Füßen dagegen gewehrt, dass die Stadtverwaltung das Land oberhalb der Mine an einen Privateigentümer verkaufte. Doch letzten Endes hatte Eamonn Webster gesiegt. Charlotte konnte sich vorstellen, dass er manchmal am Abend genauso hier gestanden und über seinen Besitz hinweggeblickt hatte wie sie jetzt.

Vielleicht tat Arthur dasselbe.

Sie selbst betrat normalerweise nur den Teil des Gartens, der von der Einfahrt zum Hintereingang führte. Meist durchquerte sie ihn eilig, um irgendwelche wichtigen Unterlagen zu holen, die Arthur in der Fabrik benötigte. Bei früheren Betriebsfeiern war sie natürlich auch schon hier gewesen, aber sogar da hatte stets die Pflicht überwogen. Nur einmal hatte Mrs Maggie ihr stolz die schönsten Blumenstauden vorgeführt, die in den üppigen Beeten hinter dem Haus wuchsen. Bis zum hinteren Teil des Geländes dagegen war sie selten vorgedrungen. Als Kinder hatten sie und Rory sich ein paarmal ganz am Rand der Steilküste entlanggewagt, waren aber immer rechtzeitig umgekehrt aus Angst, von Mr Eamonn beim Betreten seines Grundstücks erwischt zu werden. Dessen cholerisches Gemüt war damals noch gefürchteter gewesen, als Arthurs es heute war.

Aber das war lange her. Inzwischen war Charlotte sich ziemlich sicher, dass Eamonn Webster sie damals nicht wegen ihrer Streifzüge gescholten hätte. Wahrscheinlich hätte er sie höchstens ermahnt, das Andenken der Verstorbenen in Ehren zu halten. Sein Versprechen den Angehörigen der Bergleute gegenüber hatte er stets ernst genommen, und so erinnerte noch heute eine am Felsen angebrachte kleine Messingplatte an das Unglück von damals.

„Liegt nicht hier ganz in der Nähe der Eingang zur alten Kupfermine?", fragte Charlotte Jago, der neben ihr stehengeblieben war und auf das Meer hinabblickte. Tief unter ihnen ragten kleinere Klippenblöcke aus dem Wasser auf, umgeben von der weißen Gischt der sich brechenden Wellen. Charlotte wusste, dass man von unten, wenn man an dem schmalen steinigen Strand stand und den Hang hinaufblickte, unter einem Felsüberhang den alten Mineneingang sehen konnte. Die breiten Holzplanken, die ihn versperrten, waren im Laufe der Jahre vom Alter fast schwarz geworden. Vor Jahren hatten Charlotte und Rory ein paarmal versucht, vom öffentlich zugänglichen Strand aus hinaufzusteigen und den Gang auszukundschaften. Doch immer waren sie am Hang auf losem Geröll abgerutscht, waren inmitten von kleinen Lawinen wieder unten am Strand angekommen und mit aufgeschürften Händen und Knien und zerrissenen Sachen heimgekehrt. Als ihre Mutter schließlich dahinterkam, was sie trieben, war sie fuchsteufelswild geworden. Sie hatten schwören müssen, sich niemals wieder auch nur in die Nähe des Mineneingangs zu wagen.

„Ja", bestätigte Jago Charlottes Frage. „Früher gab es hier vom höchsten Punkt aus eine Treppe hinunter zum Eingang, aber davon sind nur noch einzelne Stufen übrig. Das meiste ist längst eingestürzt."

„Schade", erwiderte Charlotte.

„Du bist gern auf Abenteuer aus, stimmt's Charlie."

Sie blickte sich zu Jago um. Der aufkommende Wind zauste sein dunkles Haar, und das Lachen gab seinen Zügen einen verwegenen Ausdruck. In früheren Jahrhunderten wäre ein Mann wie er vielleicht Kapitän geworden und zur Entdeckung ferner Länder aufgebrochen.

„Stimmt", sagte Charlotte und musste ebenfalls lachen.

„Wenn du willst, können wir einmal zusammen hinuntergehen, aber das muss bei Tageslicht sein. Jetzt ist es zu gefährlich. Außerdem wäre es ein unverzeihlicher Fehler meiner Tante gegenüber, ihr Fest vorzeitig zu verlassen." Wieder lachte Jago, und Charlotte mit ihm. Sie war sich nicht sicher, ob seine Einladung ernst gemeint war oder nur der Laune des Augenblicks entsprang. Aber das war auch nicht wichtig. Hier und jetzt, während die Sonne tief über dem Horizont stand, orange-goldenes Licht auf dem Wasser glitzerte und durch die Zweige der Bäume fiel, die vereinzelt am Rand des Steilhangs standen, fühlte Charlotte sich frei. Die Sorgen, die sie noch vor wenigen Minuten niedergedrückt hatten, schienen weit weg, und nicht einmal der Gedanke an Harry Burrows bekümmerte sie. Sie breitete die Arme aus, legte den Kopf in den Nacken und fühlte, wie der aufkommende Wind an ihrer Kleidung zerrte.

„Frierst du nicht? Hier, nimm meine Jacke." Jago war hinter sie getreten und legte sein Jackett um ihre Schultern. Sie roch den Duft seines Aftershaves, spürte den warmen Druck seiner Hände und lehnte sich einen Moment lang an ihn. Dann wandte sie sich wie unter Zwang zu ihm um und sah auf in sein Gesicht. Wie so oft spielte ein rätselhaftes Lächeln um seine Mundwinkel, von dem sie nicht wusste, ob es fröhlich oder spöttisch war. Langsam hob er die Hand und zeichnete mit seinem schlanken Zeigefinger spielerisch die geschwungene Linie ihrer Lippen nach. Charlotte stand wie elektrisiert, schloss die Augen genoss die sanfte Berührung, während ihr das Herz bis zum Hals schlug. Würde er sich gleich zu ihr hinunterbeugen und sie küssen? Was würde es ihm bedeuten, wenn er es tat? Wahrscheinlich nicht viel, aber spielte das eine Rolle? Charlotte war des Grübelns müde. Warum sollte sie nicht auch einmal unvernünftig sein?

Vielleicht hätte er sie tatsächlich geküsst – wäre Charlotte nicht genau in diesem Moment durch ein Geräusch ganz in ihrer Nähe aufgeschreckt worden. Der Bann war gebrochen, und ein Sekundenbruchteil später trat eine Gestalt hinter einer Baumgruppe hervor.

Charlotte erkannte die Näherkommende an ihrer Kleidung, die selbst in der Dämmerung auffiel.

Es war Eileen Burrows.

Sie schien Mühe zu haben, auf ihren hochhackigen Schuhen das Gleichgewicht zu halten.

„Na, w...wollt ihr auch f...rische Luft sch...schnappen?", fragte sie und kicherte zweideutig. Charlotte seufzte. Sie war wieder im Dienst. Wenn sie verhindern wollte, dass es heute Abend zu einem weiteren tragischen Todesfall kam, sollte sie besser dafür sorgen, dass Mrs Burrows in sicherer Entfernung zu den Felsen blieb. „Kommen Sie, lassen Sie uns zurückgehen." Sie hakte Mrs Burrows unter.

Charlotte taumelte unter dem Gewicht der Angetrunkenen, die bei jedem zweiten Schritt gegen ihre Schulter prallte. Schließlich musste Jago Mrs Burrows ebenfalls seinen Arm bieten, um sie zu stützen. Falls ihn der Verlauf der Ereignisse enttäuschte, ließ er sich jedenfalls nichts anmerken. Seine Miene war unergründlich.

„Jago, wo steckst du denn? Ich habe dich überall gesucht!" Nora kam auf sie zu.

„Die Damen entschuldigen mich?", sagte Jago und wandte sich ab.

Charlotte starrte Nora hinterher, die wie selbstverständlich Jagos Hand genommen hatte und ihn mit sich zu den anderen Gästen zog. Was hatte das zu bedeuten? Am liebsten hätte Charlotte sich selbst in den Arm gekniffen, um Ordnung in ihre verwirrten Gedanken zu bringen. Was konnte Nora von Jago wollen? Ein helles Klirren ertönte, als Mrs Maggie mit einem Löffel leicht an ihr Weinglas schlug.

„Meine lieben Gäste, darf ich um Ihre Aufmerksamkeit bitten? Wir haben Ihnen allen etwas Wichtiges mitzuteilen. Arthur?"

Charlottes Chef räusperte sich derart umständlich, dass sie trotz ihrer Verwirrung schmunzeln musste. Er hasste es, öffentliche Reden zu halten, und das wusste seine Mutter genau. Trotzdem konnte sie es nicht lassen, ihn bei jeder sich bietenden Gelegenheit dazu aufzufordern. Offenbar fand sie, dass sich das für einen Mann in seiner Position gehörte.

„Zunächst einmal möchte ich an dieser Stelle unseres lieben, kürzlich verstorbenen Kollegen Harry Burrows gedenken", begann Arthur endlich. „Wir werden seinen unermüdlichen Einsatz nie vergessen." Es folgte eine kurze Stille, nur unterbrochen von Eileen Burrows' lautstarkem Schniefen. Charlotte war sich nicht sicher, ob die Frau versuchte, ein Schluchzen zu unterdrücken, oder ob das Geräusch eher ein verächtliches Schnauben war. Sie befürchtete Letzteres. Glücklicherweise schien niemand sonst an dem Verhalten der Witwe etwas Merkwürdiges zu finden.

„Aber ich habe Ihnen allen auch eine frohe Mitteilung zu machen: Meinen Großneffen Jago werden die meisten von Ihnen inzwischen sicher kennen. Und auch unsere Buchhaltungschefin Miss Honora Joslyn ist Ihnen bestimmt bekannt. Ich darf sagen, dass es mir immer wieder aufs Neue ein Vergnügen ist, mit so tüchtigen jungen Leuten zusammenzuarbeiten. Umso mehr freut es mich, dass sich die beiden auch privat zusammengefunden haben, und ich möchte ihnen hiermit von ganzem Herzen zur Verlobung gratulieren."

Verlobung?

Charlotte schnappte nach Luft.

Um sie herum war höflicher Applaus zu hören. Arthur schüttelte mit seiner kräftigen Rechten als Erster Noras schmale Hand und klopfte gleichzeitig seinem Neffen mit der Linken wohlwollend auf die Schulter. Jago lächelte strahlend wie immer. Charlotte dagegen fühlte sich, als hätte sie einen Boxhieb in die Magengrube erhalten. Der Umstand, dass dies Jagos Verlobungstag war, hinderte ihn offenbar nicht daran, andere Frauen zu romantischen Spaziergängen einzuladen. Anscheinend fand er nichts dabei. Genau genommen war ja auch nichts passiert – außer dass Charlotte sich wie eine dumme Pute verhalten hatte. Sie biss die Zähne zusammen.

Irgendwie gelang es ihr, sich in die Schlange der Gratulanten einzureihen und dem jungen Paar ihren Glückwunsch auszusprechen. Nur den beiden ins Gesicht zu schauen, wagte sie nicht. Stattdessen blieb sie in der Nähe stehen und beobachtete die Szene verstohlen aus den Augenwinkeln. Sah so ein Liebespaar aus? Fast nichts hatte in den vergangenen Wochen darauf hingedeutet, dass Nora und Jago zusammen waren. Hatten sie sich absichtlich nichts anmerken lassen, um den Kollegen keine Gelegenheit zum Tratschen zu geben? Oder spielten, wenn Geld zu Geld kam, Gefühle keine große Rolle? Die zwei waren ein strahlendes Paar, keine Frage: schön, intelligent und erfolgreich. In ihrem hellen Hosenanzug mit dem raffiniert am Rücken geschnürten Oberteil sah Nora beinahe heute schon wie eine Braut aus. Charlotte kannte keine andere Frau, die es wie ihre Kollegin verstand, zweckmäßige Kleidung mit Eleganz zu verbinden. Neben den beiden wirkten Arthurs untersetzte und Mrs Maggies zierliche Gestalt beinahe komisch. Noras Eltern hingegen machten eine ebenso distinguierte Figur wie ihre Tochter und ihr Schwiegersohn in spe. Mrs Delemza Joslyn, die Charlotte als Kind im Stillen die Schneekönigin genannt hatte und deren makellose Schönheit ihr noch heute beinahe unheimlich war, beugte sich ab und an diskret zu einem der Gratulanten vor und raunte dem oder der Auserwählten etwas zu. Auch Charlotte hatte zu jenen gehört, die die geheime Botschaft erhielten: „Gesellen Sie doch am nächsten Wochenende zur Verlobungsfeier zu uns, Miss Cunningham – im kleinen Kreis …"

Charlotte hatte mechanisch genickt. Ein kurzer Blick zu Marguerite Webster verriet ihr, dass diese von der bevorstehenden exklusiven Feier „im kleinen Kreis" bei den Joslyns offenbar wenig hielt, auch wenn sie ihre Missbilligung gut verbarg. Man musste sie recht genau kennen, um die kleine senkrechte Falte zwischen ihren Brauen zu bemerken, die nicht ganz zu dem überströmend freundlichen Lächeln passen wollte. Charlotte verspürte einen Anflug von Schadenfreude darüber, dass jemand es wagte, Mrs Marguerites Pläne zu durchkreuzen. Aber die „füürnehme" Mrs Joslyn hatte sicher keine Ahnung, dass ihr verwöhntes jüngstes Töchterlein soeben in ihrem eigenen Haus eine Party schmiss, und zwar absolut nicht im kleinen Kreis.

Eigentlich erstaunlich, dass Heloise der Verlobungsfeier ihrer Schwester fernbleiben durfte. Wie hatte sie das erreicht, hatte sie sich krank gestellt? Ha, das geschah ihrer ach-so-perfekten Mutter ganz Recht, dachte Charlotte. Egal ob Joslyn oder Webster, sollten die feinen Pinkel sich doch zum Teufel scheren!

Warum hatten weder Arthur noch seine Mutter es für nötig gehalten, Charlotte über die bevorstehende Verlobung zu informieren, obwohl sie ihre Hilfe angeblich so sehr brauchten? Als Mädchen für alles, dem man ungeliebte Aufgaben zuschieben konnte, war sie gut genug. Ach ja, und als geheime Möchtegern-Agentin natürlich, oder als Babysitterin für betrunkene Gäste. Aber nicht mit ihr! Charlotte hatte endgültig die Nase voll. Sie würde jetzt nach Hause fahren, sich ein heißes Bad einlassen und danach den Rest des Abends mit der Katze auf dem Sofa verbringen. Vorzugsweise mit einem Glas Wein und einer Packung Fudge in Reichweite. Vielleicht sollte sie auf dem Rückweg an der Tankstelle halten und ihre Vorräte ergänzen.

Die Streicher spielten erneut zum Tanz auf, aber Charlotte drehte ihnen den Rücken zu. Auch für die bunten Lampions, die kunstfertig in Bäumen und Sträuchern drapiert in der Abenddämmerung aufzuleuchten begannen, hatte sie keinen Blick übrig.

„Hoppla. Nanu, du hast es aber eilig Charlie!"

Noch nie war ihr Melvin Bradstone so ungelegen gekommen wie jetzt. Dabei hätte sie ihm eigentlich dankbar sein müssen. Wenn er sie nicht genau im richtigen Moment am Arm festgehalten hätte, wäre sie vermutlich auf der Nase gelandet. Nahm ihre Pechsträhne heute Abend kein Ende? Sie zwang sich zu einem Lächeln.

„Ich wollte eigentlich nach Hause, ich bin ziemlich ... müde."

„Keine Zeit mehr für einen Tanz? Nicht einmal zu Ehren des glücklichen Paares?“ Charlotte war sich nicht sicher, ob Melvins Bemerkung ironisch gemeint war, oder ob er genau wie sie einfach nur versuchte, irgendwie mit der überraschenden Situation fertigzuwerden. Ironie passte nicht zu ihm, und sein Lächeln fiel reichlich steif aus. Schade, er schien sich gerade erst vom Stress der letzten Wochen erholt zu haben.

„Na gut, zu Ehren des Paares“, ließ sie sich überreden und hoffte, dass ihre Stimme halbwegs natürlich klang. „Aber nur einen Tanz, dann winkt mein Bettzipfel.“

Damals im Tanzkurs hatte sie den wenigen Malen, bei denen Melvin ihr als Partner zugeteilt worden war, förmlich entgegen gefiebert. Er jedoch hatte sie damals kaum wahrgenommen – und auch jetzt wusste sie genau, dass er an jemand anderen dachte.

„Danke, Charlie.“

„Ebenfalls.“ Sie schien nie recht zu wissen, was sie zu ihm sagen sollte. Eine Mitleidsbekundung wäre ebenso fehl am Platz gewesen wie übertriebene Fröhlichkeit. So schwiegen sie beide und nickten einander nur kurz zu, als der Tanz zu Ende war.

„Sieh an, sieh an. Die Verschmähten trösten sich gegenseitig.“ Colin grinste derart unverschämt, dass Charlotte ihm am liebsten irgendetwas über den Schädel gehauen hätte. Vorzugsweise etwas Schweres. Entweder hatte der Anblick fremden Elends seine Laune schlagartig gebessert, oder er suchte ein Ventil, um seine Aggressionen loszuwerden. Vermutlich sollte sie froh darüber sein, dass Melvin sich bereits einige Schritte entfernt hatte, sonst wäre bald wieder eine Prügelei im Gange. Nein, dachte Charlotte, die Kerle waren es wahrhaftig nicht wert, dass sie sich ihretwegen aufopferte!

„Wie ist es, wollen wir uns zu den tragischen Helden gesellen?", wandte sich Colin nun an die neben ihm stehende Neal und begann mit übertriebenem Pathos, die bekannte irische Ballade zu deklamieren: „Oh my dark Rosaleen, do not sigh, do not weep ..." Offenbar ein weiterer Brocken aus dem Unterricht der Oberstufe, den er aus irgendeinem Grund der Aufmerksamkeit für wert befunden hatte.

„Halt die Klappe, Alderson!" Vielleicht tat Neal Charlotte ja den Gefallen und drehte dem Kerl den Hals um.

„Nur dass du, im Gegensatz zu Charlie und sämtlichen anderen anwesenden Damen, nicht um den schönen Jago weinst, nicht wahr Rosie", stänkerte Colin weiter – im Flüsterton zwar, aber für Charlotte trotzdem deutlich vernehmbar. „Wenn du stille Tränen vergießt dann eher wegen der Braut."

„Klappe, sage ich!", fauchte Neal, zuckte dann aber schicksalsergeben die Achseln und grinste Charlotte schief an.

„Mach den Mund zu, Charlie, sonst wird's Herzchen kalt. Der lange Lulatsch hat leider recht, ich stehe nicht auf Kerle."

„A.... a ... aber No...", presste Charlotte mühsam hervor, während ihr Gehirn noch versuchte, das eben Gehörte irgendwie zu verarbeiten.

„Ich weiß. Unser allerliebstes Noralein ist so hetero, wie man nur sein kann. Aber was soll ich sagen: Einen schönen Menschen sieht man trotzdem gern an. So, das reicht jetzt als offizielles Coming-Out. Slainté, allerseits!" Sie hob ihr halb gefülltes Glas, leerte es in einem

Zug und boxte den immer noch feixenden Colin gegen den Arm.

„Also gut Alderson, genug dummes Zeug gelabert. Wenn du tanzen willst, tanzen wir. Aber mach es anständig!" Sie versank in einem Hofknicks und streckte Colin hoheitsvoll ihre Hand entgegen.

Charlotte konnte nicht anders als zu schmunzeln, während sie den beiden nachsah. Sie war immer noch der Meinung, dass Colins loses Mundwerk verboten gehörte, aber wenigstens verkroch er sich nicht mehr in seinem Schmollwinkel. War das nicht ein Fortschritt? Außerdem sollte es sie vermutlich nicht wundern, dass sogar Neal ein Auge auf Nora geworfen hatte. Jeder liebte Nora, hatte sie das nicht oft genug festgestellt? Darüber hinaus hatte sie heute Abend zweierlei herausgefunden: Dass die Holtais Harry Burrows Geld schuldeten, und dass Ariane obendrein mit der Witwe des Verstorbenen spinnefeind war. Im Prinzip hatte sie also ihre Mission erfüllt, auch wenn das ihre Stimmung nicht besserte. Vielleicht sollte sie es Neal und Colin gleichtun und sich ein bisschen gute Laune antrinken.

Doch Charlotte kam nicht mehr dazu, diesen Vorsatz in die Tat umzusetzen.

Sie stand noch immer etwas außerhalb des Geschehens und beobachtete die Tänzer, als jemand sie am Ärmel zupfte:

„Gott sei Dank, dass ich dich gefunden habe, Charlie! Bitte, du musst unbedingt mitkommen. Sie braucht dringend Hilfe!"

Kapitel 10

Charlie starrte ihren Bruder an.

Rory musste den ganzen Weg von den Joslyns hierher gerannt sein. Er atmete keuchend und stoßweise, die Augen weit aufgerissen und vor Angst fast schwarz in dem blassen Gesicht. Das ehemals weiße Hemd hing fleckig und zerknittert aus seiner Hose.

„Wer braucht Hilfe?", fragte Charlotte mechanisch obwohl sie die Antwort bereits ahnte. „Heloise? Was ist mit ihr?"

Ihr Bruder antwortete nicht gleich, sondern kaute nervös an seiner Unterlippe, den Blick gesenkt. Ungeduldig packte Charlotte ihn an der Schulter und suchte seinen flackernden Blick. „Rory, wenn ihr etwas Ernstes zugestoßen ist, warum kommst du dann zu mir? Warum habt ihr keinen Krankenwagen gerufen?" Doch auch auf diese Frage schien Rorys Verhalten ihr bereits einen Hinweis zu geben. „Ist es, weil ihr zu viel getrunken habt? Weil sie nicht will, dass ihre Eltern davon erfahren? Rory, rede mit mir! Verdammt, was denkst du denn, was ich da tun kann?"

„Mein Handy ist weg, Charlie. Ich wusste einfach nicht, was ich machen soll!", platzte es endlich aus Rory heraus. Während er sprach, setzte Charlotte sich bereits in Bewegung in Richtung Parkplatz. Im ersten Moment hatte sie daran gedacht, sofort Mr und Mrs Joslyn anzusprechen, doch die waren noch immer von Gratulanten umringt. Es gab keine Chance, unbemerkt an sie heranzutreten. Im Gegenteil, Rorys panisches Gestammel würde unter den Partygästen vermutlich einschlagen wie eine Bombe, und ein Massenaufruhr würde niemandem weiterhelfen. Nein, am besten sie fuhr erst einmal zum Anwesen der Joslyns hinüber und sah sich die Bescherung an. Falls tatsächlich ärztliche Hilfe gebraucht wurde, würde sie den Notruf wählen. Der Bruder folgte ihr, noch immer schweratmend. Während der kurzen Fahrt gelang es ihr, ihm zumindest ein paar Informationen zu entlocken. „Es ... war nicht nur Alkohol, Charlie", gab er zu. Einige Augenblicke lang rutschte er stumm und unbehaglich auf dem Beifahrersitz hin und her, doch dann sprudelten die Worte geradezu aus ihm heraus. „Ich habe nicht mehr als ein paar Bier getrunken, ich schwör's, aber ein paar von den anderen haben irgendwas genommen. Keine Ahnung, was es war, aber die hochnäsigen Zicken aus Heloises Clique sind auf einmal voll abgedreht. Erst haben sie geschrien vor Lachen, dann sind sie plötzlich auf allen vieren herumgekrochen. Ich wollte mich schon davonmachen, weil mir der ganze Zirkus total unheimlich war. Einige andere waren ohnehin schon gegangen. Aber Heloise wurde plötzlich völlig hysterisch. Sie zitterte, fing an zu heulen und hat mich angefleht, sie nicht alleine zu lassen. Sie hat sich an mich geklammert, mich mit diesen riesigen Augen angesehen und immer wieder gesagt, entweder würden ihre Eltern sie umbringen, wenn sie alles erführen, oder sie käme ins Gefängnis. Ich musste schwören, dass ich niemandem was verrate. Gehen durfte ich nicht, aber telefonisch

Hilfe herbeirufen durfte ich auch nicht. Ihr Handy wollte sie mir nicht geben. Meins konnte ich in dem ganzen Chaos nicht mehr finden, und ob's in dem Riesenkasten von Haus auch irgendwo Festnetz gibt, konnte oder wollte mir keiner sagen. Ehrlich Charlie, es war die Hölle. Irgendwann habe ich mich von Heloise losgerissen und bin einfach rausgerannt. Zuerst dachte ich, ich laufe zu Doktor Ross und klingele ihn aus dem Bett. Aber der wohnt unten im Stadtzentrum, und ich wollte keine Zeit verlieren, also ..."

„Es ist okay, du hast getan, was du konntest", murmelte Charlotte beruhigend, obwohl sie selbst sich alles andere als ruhig fühlte. Sie hatte genug zu tun mit dem Versuch, seiner hektischen Erklärung zu folgen und sich gleichzeitig auf die schmale, kurvenreiche Straße zu konzentrieren. Zum Glück dauerte die Fahrt nur wenige Minuten.

Von außen wirkte das Haus der Joslyns genauso makellos gepflegt, wie Charlotte es in Erinnerung hatte. Der weiße Kies leuchtete gespenstisch in der Dämmerung und knirschte bei jedem Schritt. Charlotte verfluchte die Stille. Stimmengewirr und dröhnende Musikboxen wären ihr jetzt wesentlich lieber gewesen, Hauptsache irgendein Zeichen von Leben. Die Spuren der Verwüstung begannen bereits auf dem Marmorboden der Eingangshalle. Zerbrochene Flaschen und Gläser lagen inmitten von umgekippten Blumentöpfen und Vasen. Wer auch immer später mit Aufräumen und Putzen beauftragt werden würde, bekam genug zu tun, das stand fest. Bisher fehlte vom Hauspersonal jede Spur. Entweder hatten die dienstbaren Geister das sinkende Schiff aus Protest verlassen, oder Heloise hatte sie schon vor der Party nach Hause geschickt, damit niemand sie bei ihren Eltern verpetzen konnte. Doch egal, was Heloise sich im Voraus ausgedacht oder was Rory ihr in ihrer Not versprochen haben mochte – die Ereignisse der letzten Stunden würde sich auf gar keinen Fall geheim halten lassen. Nachdem Charlotte, dicht gefolgt von Rory, mit bang klopfendem Herzen mehrere der mit dicken Teppichböden ausgelegten Räume durchquert hatte, begegneten sie endlich dem ersten Menschen.

Es war ein Junge, etwa in Rorys Alter, der sich schwankend vorwärts bewegte. Er sagte kein Wort und schien geradewegs durch sie hindurch zu sehen. Sein Anblick erinnerte Charlotte an einen billigen Grusel-Schocker über Zombies. WAS genau war hier passiert? Kurz darauf stießen Rory und sie auf ein paar Mädchen, die auf dem Boden hockten und teilnahmslos vor sich hin starrten. Wenigstens eine von ihnen schien Charlotte zu bemerken, sie hob kurz den Kopf. Da erkannte Charlotte eine weitere Gestalt, die zusammengekrümmt und reglos auf dem roséfarbenen Teppich lag. Für einen Moment war es ihr, als würde ihr Herzschlag aussetzen. Verdammt! Mit einem Sprung hatte sie das Mädchen erreicht und rüttelte es an der Schulter.

„Heloise, Heloise kannst du mich hören?"

Es kam keine Antwort, und der zierliche Körper fühlte sich unter ihren Händen so schlaff an wie eine Stoffpuppe. Atmete die Kleine überhaupt?

Als die Gestalt im nächsten Moment einen langgezogenen Jammerlaut ausstieß, erschrak Charlotte so sehr, dass sie einen Schritt rückwärts stolperte und sich gegen die Wand lehnen musste. Vor Schreck und Erleichterung schienen die Beine unter ihr nachgeben zu wollen. Sie kniete sich neben das Mädchen, dessen Körper nun von trockenem Schluchzen geschüttelt wurde. Das Gesicht unter der wirren blonden Haarmähne war totenbleich, und ein schmaler Blutstreifen rann aus der Nase bis über die Lippen hinab.

Charlotte bettete Heloises Kopf auf ihren Schoß und versuchte, das Mädchen zum ruhigeren Atmen zu bewegen, jedoch ohne Erfolg. Noras Schwester warf sich unruhig hin und her, und Charlotte war sich nicht sicher, ob Heloise sie überhaupt wahrnahm. Die Kleine brauchte in jedem Fall einen Arzt. Wie alt war sie eigentlich, war sie überhaupt schon volljährig? Sie wirkte zerbrechlich wie ein Kind.

„Rory, hilf mir mal!"

Der Bruder kniete nun ebenfalls nieder und tätschelte unbeholfen Heloises Schulter, während Charlotte sich aufrichtete und nach dem Handy in ihrer Rocktasche griff. Zuerst rief sie den ärztlichen Bereitschaftsdienst an.

„Feier mit Jugendlichen ... vermutlich Drogenkonsum ... Anzahl der Fälle? Ich bin mir nicht sicher, bisher habe ich ein halbes Dutzend junge Leute gezählt ... Ja, alle bei Bewusstsein aber sehr desorientiert."

Sie gab die Adresse durch.

Vermutlich würde auch die Polizei hinzugezogen werden. War Sergeant Arbuckle heute Abend noch in der Lage, seinen Dienst zu versehen? Wer würde sonst kommen, wenn nicht er? Charlotte hätte nie gedacht, dass sie die plumpe Gestalt des altgedienten Beamten einmal förmlich herbeisehnen würde. Ihn kannte sie wenigstens, genau wie jeder andere hier. Für die Joslyns würde die Angelegenheit trotzdem ein fürchterlicher Schock werden – und das alles am Abend von Noras Verlobung. Wer würde die Familie benachrichtigen? Vielleicht war es besser, sie erfuhren es von ihr als von jemand anderem, dachte Charlotte. Sie wählte Noras Handynummer, doch es meldete sich nur die Mailbox. Klar, Nora hatte Wichtigeres zu tun. Vermutlich hörte sie das Klingeln bei Musik und Menschengewirr ohnehin nicht. Ob Charlotte überhaupt irgendjemanden erreichen würde? Sie versuchte es mit Mrs Maggies nagelneuem Handy. Tatsächlich meldete Arthurs Mutter sich nach dem zweiten Klingelzeichen, als habe sie nur darauf gewartet.

„Charlotte? Charlotte, sind Sie das?", schnatterte sie aufgeregt in das Gerät. „Wo sind Sie denn? Haben Sie eine Entdeckung gemacht?"

„Das kann man wohl sagen", seufzte Charlotte.

„Was sagen Sie? Ich verstehe kein Wort! Warten Sie, gleich sind wir ungestört. Ich bin ganz Ohr." Mrs Maggies Stimme wurde zu einem verschwörerischen Raunen. Aber die Nachricht, die Charlotte sie bitten musste zu übermitteln, war wohl kaum eine heiße Spur im Mordfall Harry Burrows.

„Können Sie die Joslyns bitten, so schnell wie möglich nach Hause zu kommen? Ich fürchte, es gibt da ein Problem."

***

Dem Notarzt, der wenig später in Begleitung mehrerer Notfallsanitäter erschien, wäre Charlotte am liebsten vor Erleichterung um den Hals gefallen. Doch sie war kaum beiseitegetreten, damit der Mediziner Heloise untersuchen konnte, da stürzte auch schon Mrs Joslyn herein, dicht gefolgt von ihrem Mann. Die sonst so beherrschte Frau fiel mit einem Aufschrei neben ihrer Tochter auf die Knie und begann, das noch immer stöhnende und jammernde Mädchen mit Fragen zu überschütten:

„Wer hat das getan, mein Liebling? Sag mir, wer dir das angetan hat?" Dem Arzt schenkte sie keinerlei Beachtung, obwohl er sich mehrmals vernehmlich räusperte.

„Madam? Madam, ich verstehe ja, dass Sie außer sich sind. Aber ich muss Sie bitten, zur Seite zu treten."

„Mutter?" Auch Nora war jetzt zu sehen und Jago, der tröstend seinen Arm um ihre Schulter gelegt hatte. Nora war blass, aber gefasst. „Mutter, bitte. Du kannst ihr jetzt nicht helfen, lass das den Arzt machen."

Jago gelang es schließlich, die schluchzende Mrs Joslyn in die entgegengesetzte Ecke des Raumes zu führen.

Gerade dachte Charlotte daran, ob sie und Rory sich entfernen sollten. Für heute, fand sie, hatte sie mehr als genug getan. Doch ein flehender Blick von Nora hielt sie zurück.

„Wie hast du sie gefunden?", fragte die Kollegin.

„Mein Bruder war zu der Party eingeladen, die Heloise hier veranstaltet hat", erwiderte sie. „Erst hat er selbst versucht, ihr zu helfen, aber dann wusste er sich keinen Rat mehr und kam zu mir."

„Glaubst du, sie muss ins Krankenhaus? Sie wird doch wieder ganz gesund, oder?“

Himmel, woher soll ich denn das wissen, dachte Charlotte. Warum fragte Nora nicht den Arzt? Was hatte Charlotte nur an sich, dass jeder sie ständig um Hilfe bat? Jetzt auch noch Nora, ausgerechnet.

„Bestimmt.“ Charlotte zwang sich zu einem aufmunternden Kopfnicken und hoffte, dass sie rechtbehalten würde.

„Miss Joslyn, ich versichere Ihnen, dass Ihre Schwester jede nötige Behandlung sofort bekommt“, ließ sich nun auch Sergeant Arbuckles Bassstimme vernehmen. Vielleicht war der Sergeant gar nicht so übel. In diesem Moment strahlte er jedenfalls etwas Väterliches aus, und Charlotte verzieh ihm seine großtuerische Art.

„Miss Cunningham? Ich muss Sie und Ihren Bruder bitten, am Montag aufs Revier zu kommen und ein paar Fragen zu beantworten. Es sieht so aus, als müsste ich meinen Kollegen von der Kriminalpolizei Meldung machen wegen Verstoßes gegen das Betäubungsmittelgesetz.“

Hatte Charlotte eben wirklich gedacht, die Gegenwart des Sergeants würde ihr die Situation erleichtern? Fehlanzeige! Sie hätte es besser wissen müssen.

„Tut mir leid, dass ich dich da reingezogen habe“, murmelte Rory zerknirscht.

„Ist schon in Ordnung“, seufzte Charlotte. „Natürlich kommen wir, Mr Arbuckle.“

Konnten sie jetzt gehen? Zögernd bewegte Charlotte sich in Richtung Zimmertür und spähte auf den langen Korridor hinaus. Auch hier wies der dicke Teppichbelag mehrere Flecke auf, über derer Ursprung sie lieber nichts Genaueres wissen wollte. Ansonsten schien die Luft rein zu sein. Doch gerade als Charlotte das Zimmer verlassen wollte, kam eine wohlbekannte zierliche Gestalt mit energischen Schritten auf sie zu – Mrs Maggie. Herrgott, wer war denn noch alles gekommen? Hatten sich die Partygäste der Websters im geschlossenen Pulk hinüber zum Joslyn-Anwesen bewegt, um ja den neuesten Skandal nicht zu verpassen?

„Ist Arthur etwa auch hier?", fragte Charlotte vorsichtig.

„Aber nein", widersprach Mrs Maggie. „Er muss sich um seine Gäste kümmern. Ich bin natürlich mitgekommen, um der armen Demelza Joslyn eine Stütze zu sein. Die Ärmste ist völlig in Panik geraten, als sie den Krankenwagen hörte. Wie gut, dass Sie so schnell reagiert haben, Charlotte. Die Joslyns stehen tief in Ihrer Schuld."

„Das ... war doch selbstverständlich", wehrte Charlotte ab. Das Letzte, wonach ihr jetzt der Sinn stand, war, dass man eine Heldin aus ihr machte. Sie wollte einfach nach Hause. Als sie einen vorsichtigen Blick über die Schulter riskierte, kam Heloise Joslyn langsam zu sich. Sie sah zwar noch immer wie ein Häuflein Elend aus, hatte sich aber immerhin aufgesetzt, gestützt von Nora. Ihre Mutter eilte erneut herbei, und diesmal schien Heloise ihre Fragen zu verstehen. Zumindest murmelte sie als Antwort irgendetwas, das Charlotte nicht genau hörte. Es ging sie ja auch nichts an. Herauszufinden, was die Jugendlichen konsumiert hatten, und woher der Stoff stammte, würde Aufgabe der Polizei sein.

„Was ist denn hier passiert?“

Woher hatte Colin nur diese Angewohnheit, immer im absolut ungünstigsten Moment aufzutauchen? Er konnte sich kaum damit rechtfertigen, dass er „den armen Joslyns eine Stütze sein wollte“, oder? Wenigstens schien er in diesem Moment seinen Groll gegen Charlotte vergessen zu haben.

„Ich habe Eileen Burrows nach Hause gefahren, die hatte ganz schön getankt“, berichtete er. „Aber kaum dass wir das Werksgelände verlassen hatten, kam uns auf der Küstenstraße der Krankenwagen entgegen. Ich hatte befürchtet, dass vielleicht einem unserer Gäste etwas passiert sein könnte. Deshalb bin ich zurückgekommen um nachzusehen.“

„Das hier hat nichts mit der Firmen-Feier zu tun“, erklärte Charlotte. „Höchstens in dem Sinne, dass Noras Schwester die günstige Gelegenheit ausgenutzt hat, um ihre eigene Party zu schmeißen. Und die scheint ziemlich aus dem Ruder gelaufen zu sein.“

In kurzen Sätzen erzählte Charlotte, was vorgefallen war, unterstützt von Rory, der sich zu ihnen gesellt hatte.

„Mensch Junge, pass bloß auf“, raunte Colin Rory zu, nachdem er einen vorsichtigen Blick vom Flur ins Zimmer riskiert hatte. „Lass dir nichts unterstellen, hörst du? Du wolltest nur helfen, und am Ende stellen sie dich als Sündenbock hin, der ihre arme, unschuldige Tochter ins Verderben geführt hat. Das könnte den feinen Pinkeln so passen.“

„Meinst du?“, Rory starrte Colin an. Charlotte konnte sehen, wie sich die Panik auf seinem Gesicht breitmachte. „Aber wir sind schon für übermorgen als Zeugen aufs Revier geladen. Kann man die Aussage auch verweigern? Ich muss doch nichts sagen, oder?"

„Warum solltest du nicht sagen, was du weißt? Du hast nichts zu verbergen. Alles andere ist Blödsinn", sagte Charlotte mit Nachdruck und warf Colin einen warnenden Blick zu. Dass der im Moment auf die Polizei nicht sonderlich gut zu sprechen war, konnte sie verstehen. Aber er sollte sich unterstehen, andere in seine persönliche Fehde mit Sergeant Arbuckle hineinzuziehen. „Komm, lass uns nach Hause fahren."

Sie kamen nicht weit.

Bereits nach wenigen Schritten ließen lauter werdende Stimmen Charlotte innehalten und sich umsehen. Vielleicht hätte sie das Geschehen ignorieren sollen, dachte sie später. Hätte es etwas geändert, wenn Colin nicht mit ihr umgekehrt wäre? Wenn er nicht genau in dem Moment in der offenen Zimmertür gestanden hätte, in dem Heloise mit schriller, sich überschlagender Stimme ihre Schwester anschrie:

„Warum fragst du nicht deinen lieben Kollegen, Nora? Warum fragst du nicht den, der immer so unschuldig tut?"

Zunächst wollte Colin Heloises Ausbruch achselzuckend abtun und weitergehen. Selbst als sich alle Blicke im Raum ihm zuwandten, als Mrs Maggie auf ihn zuschoss, ihren Zeigefinger wie eine Pfeilspitze in seine Brust rammte und mit ebenso spitzer Stimme fragte: „Mister Alderson, was haben Sie dazu zu sagen?", schaute Colin nur verdattert auf sie herab und fragte mit gerunzelter Stirn:

„Ich? Was soll ich dazu sagen? Die Kleine läuft völlig neben der Spur, aber das wird der Arzt ja wohl besser wissen als ich.“

Sergeant Arbuckle räusperte sich bedeutungsvoll.

„Sie kennen das Mädchen also nicht, Mister Alderson? Und dieses Haus? Haben Sie dieses Haus schon früher betreten? Sie scheinen sich hier ja bemerkenswert gut auszukennen.“

„Wie bitte? Natürlich bin ich schon mal hiergewesen. Zuletzt, als ich ungefähr sechzehn Jahre alt war. Sie wissen ganz genau, dass Nora Joslyn und ich gemeinsam zur Schule gegangen sind.“ Colins Verblüffung schlug blitzschnell in Wut um, und er machte keinen Versuch, sie zu verbergen:

„Glauben Sie allen Ernstes, ich hätte nichts Besseres zu tun, als der minderjährigen Schwester meiner Kollegin Drogen zu verkaufen? Nachdem ich erst Harry Burrows aus dem Weg geräumt habe, versteht sich. Jaa, jetzt haben Sie ihr Motiv: Ein lokaler Drogenkrieg, und der alte Harry war mein ärgster Konkurrent. Wer weiß, vielleicht habe ich seine Frau auch auf dem Gewissen. Schließlich ist sie vorhin in mein Auto gestiegen. Sie sollten schnellstens nachsehen, ob sie noch lebt!“ Er schnaubte verächtlich und wollte dem Polizisten den Rücken zukehren, doch Sergeant Arbuckle vertrat ihm den Weg. Sarkasmus war etwas, was Richard Arbuckle auf den Tod nicht vertragen konnte. Sein rundes Vollmondgesicht hatte sich bedenklich gerötet, und sein ausladender Schnurrbart zitterte, als er Colin mit erhobenem Zeigefinger drohte: „Junger Mann, ich warne Sie! Ich verbitte mir Ihre respektlosen ...“

„Ach, leckt mich doch alle am Arsch!“, unterbrach Colin ihn grob. Ohne Umschweife stieß er den Sergeant zur Seite, sodass dieser stolperte und nur mit Mühe einen Frontalzusammenstoß mit Mrs Maggie verhindern konnte.

„Ich kündige!“, war Colins Abschiedssalut an sie, bevor er mit Riesenschritten in Richtung Eingangshalle davonstürmte. „Das können Sie am Montag schriftlich haben. Soll Arthur doch zusehen, wie er seinen Drecksladen alleine schmeißt.“

„Col? Colin, hey warte gefälligst!“

Charlotte sprintete ihm nach.

Hinter sich hörte sie Schritte. Vielleicht war es Rory, vielleicht auch Sergeant Arbuckle, der die Verfolgung aufgenommen hatte. Bei ihrem Glück würde sie demnächst als Colins mutmaßliche Komplizin unter Verdacht stehen, doch das war ihr in diesem Moment egal. Als sie die Freitreppe vor dem Haus hinabrannte, hörte sie, wie Colin den Motor seines Wagens anließ. Sie schlitterte über den Kies, kam knapp vor dem Auto zum Stehen und stemmte die Hände auf die Motorhaube. Colin ließ den Motor aufheulen, legte den Rückwärtsgang ein, schoss einige Meter in die entgegengesetzte Richtung, dass der Kies nach allen Seiten spritzte. Dann jedoch musste er scharf bremsen, um nicht gegen eine der steinernen Blumenschalen zu prallen, die den Eingang säumten. Schon stand Charlotte erneut vor dem Wagen, und diesmal konnte er nicht mehr ausweichen. Wutentbrannt ließ er die Seitenscheibe herunter und streckte den Kopf heraus.

„Was soll das Charlie? Geh zur Seite.“

„Nein.“

„Ich warne dich! Ich fahre so oder so."

„Nein, tust du nicht. Du willst nicht zum Mörder werden."

„Wer sagt denn, dass ich nicht schon einer bin? Das denken eh alle. Rory, deine Schwester ist lebensmüde. Schieb sie zur Seite."

„Rory, du bewegst dich nicht vom Fleck!", befahl Charlotte ihrem Bruder, der das Geschehen aus ein paar Metern Entfernung verfolgte. Sein Gesicht war kalkweiß im scharfen Licht der überdimensionalen Außenscheinwerfer, die sich automatisch eingeschaltet hatten, als die drei das Haus verließen.

Bestimmt war er zum zweiten Mal an diesem Abend zu Tode erschrocken. Rory tat Charlotte leid, aber sie konnte jetzt keine Rücksicht auf ihn nehmen.

„Verdammt Charlie, was willst du eigentlich?", brüllte Colin sie an. „Mich hier festhalten, damit der fette alte Witzbold Arbuckle mich erwischen kann?"

„Mach dich nicht lächerlich!", fauchte Charlotte zurück. Sie war es leid, den sturen Kerl in Schutz zu nehmen und sich zum Dank seine Launen gefallen zu lassen.

„Ach, tue ich das?", fragte Colin spöttisch. „Dann sollen wir vielleicht alle Frieden schließen und uns wieder vertragen, ist es das? Soll ich reumütig zurückkommen und um Verzeihung bitten? Vergiss es, eher friert die Hölle zu!"

„Col, das verlange ich doch gar nicht. Alles, was ich will, ist, dass du endlich Klartext mit mir redest. Und mit Arthur. Du kannst nicht erst mit irgendwelchen Andeutungen um dich werfen und dann einfach abhauen. Das ist nicht fair. Wie sollen wir jemals herausfinden, was hier Sache ist, wenn du uns nicht sagst, was du weißt?"

„Du glaubst also, dass ich etwas weiß? Vielleicht rede ich einfach Blödsinn, wie unsere liebe Miss O'Neal schon richtig erkannt hat? Das soll vorkommen bei so ner hohlen Nuss wie mir. Mit der Schule hatte ich es ja nie so, wie du dich erinnerst. Ich bin sicher, Noras perfekter Gentleman kann euch alles viel besser erklären."

Ja, Neal hatte Recht, dachte Charlotte bitter. Colin war tatsächlich eine verdammte Drama-Queen. Erst war er eifersüchtig auf Melvin, dann auf Jago. Zugegeben: Niemand ließ es sich widerspruchslos gefallen, dass man ihn ungerechterweise eines Verbrechens verdächtigte. Aber musste Colin unbedingt seine Wut an jedem auslassen, der das Pech hatte, in seine Nähe zu geraten? Kerle und ihr Ego-Trip! Inzwischen war Charlotte sich nicht einmal mehr sicher, ob Colin tatsächlich irgendetwas wusste, das ihr helfen konnte, Licht in diese ganze Kette von unglücklichen Umständen zu bringen. Vielleicht würde er nur versuchen, die anderen Männer vor ihr und Arthur schlecht zu machen, um selbst besser dazustehen? Nein, wenn er das wagte, würde sie ihm seine Allüren ganz schnell austreiben! Und falls er danach für den Rest seines Lebens schmollen und nie wieder ein Wort mit ihr reden wollte, sollte es ihr nur recht sein.

„Colin Alderson, hör endlich auf zu jammern und dich selbst zu bemitleiden!", fuhr sie ihn an. „Rede mit mir! Wieso nennst du die Firma auf einmal einen Drecksladen? Worüber würde ich staunen, wenn ich es wüsste? Mach den Mund auf, verdammt!"

Kapitel 11

Eines der Dinge, die Charlotte tatsächlich in dem Trubel der ganzen letzten Tage nicht mitbekommen hatte, war, dass Arthur offensichtlich auf dem Fest einige der Produktionsangestellten gebeten hatte, am Sonntagnachmittag eine zusätzliche Schicht einzulegen. Natürlich auf freiwilliger Basis für die, die Zeit hatten, und nur gegen Überstundenzulage. Trotzdem musste sie Colin recht geben, dass das Ganze einen bitteren Beigeschmack hinterließ. Konnte man nein sagen, ohne als unkameradschaftlich zu gelten? Besonders unter den altgedienten Arbeitern sagte sich sicher mancher im Stillen, dass es so etwas unter dem alten Mr Eamonn nicht gegeben hatte, schwierige Zeiten hin oder her. Man lud seine Angestellten nicht an dem einen Tag zum Feiern ein und bestellte sie am nächsten zur Extraarbeit – noch dazu am Sonntag, den der Herrgott zur Ruhe und Einkehr bestimmt hatte. Früher hatte sich Colin über die Mischung aus Aberglauben und pietistische Frömmigkeit lustig gemacht, an der viele der älteren Einwohner Cornwalls bis heute festhielten. Inzwischen jedoch verteidigte er sie. Wenigstens einen Tag in der Woche sollte jeder das verdammte Recht haben, zu tun und zu lassen, was er verflucht noch mal wollte.

„Amen dazu!", stimmte Charlotte seiner geharnischten Rede zu und unterdrückte ein Gähnen. Gleichzeitig hätte sie vor lauter Erleichterung beinahe laut aufgelacht. Auch wenn sich die alten Methodistenprediger, die einst in ganz Cornwall für eine wahre Erweckungswelle gesorgt hatten, bei Colins Wortwahl in ihren Gräbern herumgedreht hätten – im Grunde hätten sie ihm sicher recht gegeben. Und doch war Colin zur Arbeit in die Fabrik gekommen, ebenso wie Charlotte, obwohl er gestern noch damit gedroht hatte, alles hinzuschmeißen. Charlotte wusste nicht, ob es ihre Worte waren, die letztendlich Eindruck auf ihn gemacht hatten, oder ob er es einfach leid gewesen war, auf dem Parkplatz vor dem Haus der Joslyns herumzustehen und sie anzuschreien. Irgendwie, sie wusste selbst nicht mehr genau wie, hatten sie sich jedenfalls darauf geeinigt, sich am Sonntag in der Firma zu treffen, um in Ruhe über alles zu reden. Charlotte war mit dem schweigsamen, sichtlich schockierten Rory nach Hause gefahren und hatte pflichtschuldigst Mrs Maggie angerufen, um ihr Bericht zu erstatten. Sie hoffte, dass es ihr gelungen war, die Wirkung von Colins dramatischem Abgang etwas abzuschwächen. Trotzdem hatte sie danach den größten Teil der Nacht unruhig in ihrem Bett hin und her gewälzt, während sich ihre Gedanken im Kreis drehten. Was würde sie morgen herausfinden? Würden die Websters Colin überhaupt aufs Werksgelände lassen, nachdem er im Beisein mehrerer Zeugen seine Kündigung ausgesprochen hatte? Was sollte sie tun, falls er gar nicht auftauchte? Vielleicht hatte er ja nur zum Schein nachgegeben, damit sie ihn in Ruhe ließ. Und was war mit Ferenc und Ariane? Wusste Colin von dem Geld, das die beiden geliehen hatten? Deckte er sie womöglich? War es ihm in seiner Wut und Enttäuschung längst gleichgültig, was mit der Firma geschah, und ob die Ursache von Harry Burrows' Tod jemals aufgeklärt würde?

Am Sonntag jedoch trafen Colin und Charlotte fast gleichzeitig auf dem Parkplatz am Werk ein.

Das Tor war offen, beinahe wie an einem ganz normalen Arbeitstag. Colin war aus seinem Auto gestiegen und sprach mit einem der Arbeiter, als wäre es das Selbstverständlichste der Welt. Er wirkte genauso unausgeschlafen wie Charlotte und kaum besser gelaunt als gestern. Er wetterte und schimpfte, aber er war da. Nicht nur Charlotte schien darüber froh zu sein. Sie trafen Arthur an der Eingangstür zum Verwaltungsgebäude. Einen Augenblick lang wirkte er überrascht, sie zu sehen. Dann jedoch nickte er ihnen zu, legte für einen Moment seine Hand auf Colins Schulter und fragte ungewöhnlich leise: „Alles in Ordnung bei Ihnen, Alderson?"

Colin nickte knapp zurück. Charlotte sah Arthur nach, wie er den Korridor zu seiner Bürotür entlangschlurfte. Es war der müde Gang eines alten Mannes. Sie wusste nicht, was seine Mutter ihm über Colins gestrigen Wutanfall erzählt hatte. Das Vernünftigste wäre gewesen, gar nichts zu sagen und die angedrohte Kündigung stillschweigend zu übergehen, doch darauf konnte man sich bei Marguerite Websters Temperament nicht verlassen. Aber ganz gleich was seine Mutter davon hielt, Arthur jedenfalls schien erleichtert darüber, Colin nach wie vor an seiner Seite zu haben. Doch kaum hatte Colin nach Charlotte den Korridor betreten, packte er erneut den Griff der Eingangstür und machte Anstalten, auf dem Absatz kehrtzumachen. Er hatte Mrs Marguerite aus Arthurs Büro kommen sehen.

„Col?", fragte Charlotte halblaut. „Verliere jetzt um Himmels Willen nicht die Nerven, hörst du. Am besten, du hältst ihr die Tür auf."

„Ich soll was?", zischte Colin.

„Der Dame die Tür aufhalten", nuschelte Charlotte zwischen zusammengebissenen Zähnen, während sie gleichzeitig versuchte, Mrs Maggie zuzulächeln. „Höflichkeit, schon mal davon gehört?"

„Das kann sie sich sonstwohin ..."

„Klappe!" Charlotte trat ihm gegen das Schienenbein.

„Guten Morgen, Charlotte." Mrs Marguerite schritt hoheitsvoll an ihnen vorbei und musterte Colin mit scharfem Blick, der mit eingefrorener Miene die Tür offenhielt. Sie sprach ihn jedoch nicht an. Kaum dass Mrs Maggie außer Hörweite war, ließ Colin die Tür los und fauchte erbost:

„Für wen hält mich diese alte Schachtel eigentlich? Für ihren Leibdiener, den sie nach Belieben als Fußabtreter benutzen kann? Nenn mir einen Grund, warum ich mir das gefallen lassen soll! Wenn du nicht aufpasst, Charlie, dann bist du für ihre Majestät Queen *Mar-guer-i-té* bald die Privatsekretärin, die Gesellschafterin, die Hundesitterin und der Pflegedienst in einer Person!"

„Und die Ermittlungsgehilfin nicht zu vergessen", ergänzte Charlotte. „Nenn mich einfach Frau Doktor Watson."

„Was?" Colin starrte sie verständnislos an.

„Ach nichts, vergiss es. Übrigens …", Charlotte zögerte. Wie konnte sie Ferenc und Ariane Holtai zur Sprache bringen, ohne dass Colin erneut auffahren würde?

„Was ich dich gestern noch fragen wollte: Du hast doch Eileen Burrows nach Hause gebracht", begann sie. „Hat Mrs Burrows noch irgendetwas über Ariane gesagt? Ich meine, immerhin hätten die beiden sich fast geprügelt."

„Ach das", Colin zuckte die Achseln. „Das war eine kleine Reiberei, nichts Weltbewegendes."

„Na, klein sah das für mich nicht gerade aus", widersprach Charlotte.

„Eileen ist verbittert darüber, dass Harry seine Freizeit – sein Geld - lieber mit seinen Kollegen geteilt hat als mit ihr", gab Colin zu. „Ariane ihrerseits trägt es Eileen nach, dass die nicht besser für ihren Mann gesorgt hat. Im Gegensatz zu unserer lieben Neal hat die katholische Erziehung bei Ariane gefruchtet, jedenfalls nimmt sie ihre Pflichten als Ehefrau sehr ernst. Aus ihrer Sicht kann eine schlechte Hausfrau einfach kein guter Mensch sein. So traurig es klingen mag, aber derartige Konflikte sind ziemlich alltäglich."

„Also wusstest du, dass die Holtais sich von Harry Geld geliehen hatten?", hakte Charlotte nach.

„Natürlich." Colin klang genervt. „Charlie, bitte fang du nicht auch noch an, daraus ein Mordmotiv zu drechseln, okay? Das hat die Polizei bereits zur Genüge getan. Ich wusste davon, weil ich den beiden angeboten hatte, ihnen bei dem geplanten Ausbau ihres Hauses zu helfen. Schon um mich für all die Male zu revanchieren, wo Ariane mir Essen mitgebracht hat, weil ich armer

Junggeselle ja niemanden habe, der für mich kocht. Trotzdem hätte ich nie ein solches Angebot gemacht, wenn ich mir nicht sicher wäre, dass die zwei absolut zuverlässig sind. Die würden sich eher kaputtschuften, als jemandem etwas schuldig zu bleiben."

Charlotte sah zu Colin auf. In seiner Miene las sie nichts als ehrliche Anteilnahme.

„Hör zu Charlie: In dieser Firma gibt es einiges, was nicht mit rechten Dingen zugeht, doch ich garantiere dir, das hat nichts mit der Familie Holtai zu tun."

Langsam nickte Charlotte. „Das sollten wir wohl besser nicht zwischen Tür und Angel ausdiskutieren. Gehen wir endlich ins Büro?"

Doch sie kamen auch diesmal nicht dazu, weil einer der Arbeiter nach Colin rief:

„Colin, bist du da drinnen? Kommst du mal schnell? Wir wissen nicht, was wir noch tun sollen. Jetzt macht die Maschine völlig dicht."

„Fuck! Ich hab's geahnt. Komme sofort!"

Dass die allgemeinen Regeln der Höflichkeit gegenüber einer Dame auch für Charlotte gelten könnten, kam Colin offenbar nicht in den Sinn. Sie konnte sich gerade so vor der schwungvoll aufgerissen Bogentür in Sicherheit bringen und starrte ihrem davoneilenden Kollegen nach. Sollte sie ihm in die Werkshalle folgen?

Sie beschloss, erst einmal an ihren Schreibtisch zu gehen. Zu ihrer Überraschung traf sie Neal ebenfalls an ihrem Arbeitsplatz an. Nur Nora war nicht da, aber das konnte nach den gestrigen Ereignissen auch niemand von ihr verlangen. Ob ihre Schwester ins Krankenhaus eingeliefert worden war? Vielleicht sollte sie sie später anrufen und sich nach Heloise erkundigen.

„Oh, du auch hier?", grüßte Neal kurz und beugte sich
dann wieder über ihre Stücklisten. Charlotte betrachtete die Produktionsplanerin verstohlen. Sie wirkte
blass und hatte wieder einmal ein halbes Dutzend Kaugummis auf einmal im Mund. Darauf kaute sie mit der
Vehemenz eines Boxers, der einen Trainingssack bear-
beitet.

„Gibt's Probleme?"

„Dasch kanschttu laut schagen", nuschelte Neal.
Dann gähnte sie herzhaft, schüttelte sich und spuckte
ihre Kaugummis in den Papierkorb. „Es ist hoffnungs-
los, die Anzahl passt hinten und vorne nicht. Du hast
nicht zufällig noch ein paar gute Ausreden für Mrs
Gödeke auf Lager?"

„Ich lasse mir was einfallen", versprach Charlotte.

„Was war eigentlich gestern los?", fragte Neal weiter.
„Auf einmal wart ihr alle weg, aber Arthur wollte nichts
verraten. Hat sich das künftige Flitterpaar etwa schon
gezofft?"

Ihr Tonfall war betont beiläufig, und doch ließ er
Charlotte innehalten. Zu jedem anderen Zeitpunkt
hätte sie über die Bemerkung geschmunzelt, jetzt jedoch erkannte sie die winzige Spur von Sehnsucht, die
darin mitschwang. Auch wenn Neal das sicher niemals
zugegeben hätte.

„Schlimmer, fürchte ich", erwiderte Charlotte und berichtete so knapp wie möglich, was am gestrigen Abend
bei den Joslyns vorgefallen war.

„Scheiße!", entfuhr es Neal. „Was haben die Kids denn
genommen, Koks oder Ecstasy oder so?"

„Keine Ahnung. Das müssen die Ärzte herauszufinden."

„Und Noras Schwester hat tatsächlich behauptet, jemand hier aus der Firma hätte ihr das Zeug besorgt?"

Charlotte zuckte die Achseln. „Zumindest war das der einzige vollständige Satz, der zu dem Zeitpunkt aus ihr herauszubekommen war: Dass Nora ihren Kollegen fragen sollte. Was auch immer damit gemeint war."

„Arbuckle denkt, dass sie auf Colin angespielt hat?"

„Scheint so. Vielleicht haben aber einfach alle überreagiert. Wer weiß, ob Heloise Joslyn nicht heute was ganz anderes erzählt, wenn sie wieder halbwegs klar im Kopf ist."

„Das wollen wir verdammt noch mal hoffen", knurrte Neal. „Denn eins sage ich dir: Wenn Col hier die Segel streicht und abhaut, sind wir geliefert. Dann sind wir so was von am Arsch ..."

„Keine Sorge, er ist bereits auf dem Posten", beruhigte Charlotte sie. „Eben war er kaum aus dem Auto gestiegen, schon hat ihn jemand um Rat gefragt, und dann gab es ein Problem in Halle 1. Irgendeine Maschine ist dicht ..."

„Nein!" Neal war von ihrem Stuhl aufgesprungen. „Wenn es das ist, was ich denke, dann ... oh nein!"

Schon stürmte auch sie davon und hinterließ eine Spur aus losen Papieren, die von ihrem Schreibtisch aufgewirbelt wurden wie Blätter in einem Herbststurm. Charlotte bückte sich und erkannte die Zeichnungen wieder, die sie vor einigen Tagen aus Colins Papierkorb stibitzt hatte.

Waren sie nach dem folgenschweren Streit in dem allgemeinen Chaos auf Neals Schreibtisch untergegangen und dort vergessen worden, oder hatte die Planerin sich noch einmal damit beschäftigt? Eher nicht, vermutete Charlotte. Schließlich gab es genug anderes zu tun. Trotzdem, irgendetwas musste an diesen Skizzen wichtig sein. So wichtig, das Colin seinen Feierabend geopfert hatte, um sich mit ihnen zu beschäftigen. Würde er ihr verraten, was es war? Bisher schien es auch an diesem Sonntag kaum eine Gelegenheit zu geben, in Ruhe miteinander zu reden, wie sie es eigentlich vorgehabt hatten. Nachdenklich strich Charlotte die Blätter glatt und legte sie zurück auf Neals Schreibtischplatte, bevor sie der Kollegin in die Werkshalle folgte.

Arthurs ganzer Stolz, die neue CNC-Maschine, strahlte noch immer Erhabenheit aus. Aber sie schwieg. Colins verbissene Flüche waren beinahe das einzige Geräusch weit und breit, und sie ließen die Stille ringsum noch bedrückter wirken. Die Produktionsangestellten, von denen Charlotte annahm, dass sie die Maschine heute Morgen bedient hatten, standen in einigen Metern Entfernung unschlüssig da. Sie schienen nicht recht zu wissen, was sie tun sollten. Ab und an schaute einer von ihnen vorsichtig zu Colin hinüber, aber niemand wagte sich näher heran. Charlotte fing einen scheuen Blick von Ariane auf und wand sich innerlich. Ich habe das Richtige getan, als ich Colin nach den Geldproblemen der Holtais gefragt habe, verteidigte sie sich vor sich selbst. Egal wie sympathisch die beiden ihr erschienen, sie durfte trotzdem keine Möglichkeit ausschließen.

Außer Colin waren Charlotte und Neal die Einzigen, die sich der Maschine genähert hatten.

„Was ist los? Hat sich etwas verklemmt oder so?", fragte Charlotte unsicher. Ihr technisches Verständnis beschränkte sich darauf, zu Hause in Bad oder Küche ab und an einen verstopften Abfluss zu reinigen.

„Gut geraten." Neal verzog ihr Gesicht zu etwas, das unter anderen Umständen vielleicht ein Grinsen gewesen wäre. „Das es beim Bearbeiten der Gewinde zu Fehlern oder Ungenauigkeiten kommt, kann passieren. Gröbere Fehler sollte die Maschine schon an den Maßen und am Gewicht der Werkstücke selbst erkennen und die fehlerhaften Stücke aussondern. Da hinein." Neal wies auf eine rote Kiste am Ende des Förderbandes. „Im Zweifelsfall ist die Maschine darauf programmiert, anzuhalten, damit falls nötig alle Werkstücke vom Band entfernt und erneut geprüft werden. Wir wollen ja nicht eine ganze Serie Ausschuss produzieren. Doch die Stoppzeit muss so kurz wie möglich bleiben. Sobald die Maschine leer ist, sollte man sie wieder starten können. Aber unsere Blue Lady scheine echte Primadonna zu sein und macht Zicken. Die Fehlerquote ist die ganze Zeit schon zu hoch, und jetzt ..."
Neal wies vielsagend auf die bewegungslos dastehende Maschine. Ein einsames Lämpchen blinkte rot, und Colin machte sich schwitzend und unterdrückte Flüche vor sich hinmurmelnd an dem erstarrten Förderband zu schaffen.

„Ähh, entschuldige die dumme Frage, aber sollte es das hier tun?", erkundigte Charlotte sich erneut. „Das sieht gefährlich aus. Sollen wir nicht lieber einen Experten rufen? In den Kostenvoranschlägen, die ich gelesen habe, stand immer etwas von Garantieleistungen."

„Wem sagst du das?", seufzte Neal. „Wenn es nach mir ginge, hätten wir längst beim Hersteller angerufen.

Hast du Melvin heute schon gesehen? Vielleicht können wir ihn nach der Kundenservice-Nummer fragen."

Charlotte schüttelte den Kopf.

„Mist. Dann ist er wohl nicht hier. Seinen freien Sonntag hat er sich auch redlich verdient, so wie er in letzter Zeit geackert hat. Aber den Lieferrückstand zumindest etwas aufzuholen, können wir dann heute vergessen. Wahrscheinlich würde der Techniker sonntags ohnehin nicht kommen – mal abgesehen davon, dass Col mir den Kopf abreißen würde, wenn er mitkriegt, dass ich Melvin gefragt habe. Er will das Baby unbedingt selbst versorgen."

„Das Baby? Die Lady? Die Primadonna? Sagt mal, geht's noch?" Sowohl Charlotte als auch Neal schraken zusammen, als Colin grimmig wie ein Schachtelteufelchen neben ihnen auftauchte. Anscheinend hatte er ihre Unterhaltung schon eine ganze Weile mitgehört.

„Es ist eine Maschine. Eine verfluchtes Stück Metall, also hört gefälligst auf, von ihr zu reden, als hätte sie Gefühle oder so. Wenn ihr meine Meinung hören wollt, ist das Ding ein Haufen Schrott, überpinselt mit blauer Farbe. Ausschuss. Reif für die Tonne."

„Was? Wie kannst du so etwas sagen! Du wolltest doch selbst unbedingt eine vollautomatische Drehmaschine haben." Neals Stimme hatte sich zu einem Wispern gesenkt, und auch Charlotte fühlte sich unbehaglich. Die ausgeklügelten Konstruktionen und langen Förderbänder in den Werkshallen, die sich wie von Zauberhand ganz allein zu bewegen schienen, hatten ihr schon immer einen Heidenrespekt eingeflößt. Lange Zeit hatte sie gedacht, das läge vor allem daran, dass sie von der Funktionsweise der Maschinen so gut wie nichts verstand – und das obwohl sie alle nötigen Fachausdrücke beherrschte, um Produktbeschreibungen und Bedienungsanleitungen zu übersetzen. Manchmal, wenn sie die Produktionshallen betrat, war sie sich dabei wie eine Betrügerin vorgekommen, die sich in eine Welt einschlich, in der sie nichts verloren hatte. Jetzt jedoch merkte sie, dass sogar die Arbeiter, die die Maschinen täglich bedienten, von derselben Scheu ergriffen zu sein schienen. Doch Colin hatte für das Zögern seiner Kollegen nur Verachtung übrig.

„Was ist, traut ihr euch nicht näher ran?", rief er den Arbeitern zu. „Wollt ihr nicht herkommen, auf die Knie fallen und das blaue Kalb anbeten? Oder habt ihr Angst, dass ich Unglück heraufbeschwöre, wenn ich etwas Negatives sage? Schlechtes Karma, oder was auch immer? Herrgott, in welchem Jahrhundert lebt ihr eigentlich? Ja, ich wollte unsere Produktionsprozesse modernisieren. Aber nicht so. Ich habe es schon mal gesagt, und ich sag's wieder: Arthur hat sich billigen Scheiß andrehen la..."

Beinahe schien es so, als wolle die Maschine Colins Worte Lügen strafen. Mit einem Ruck begann sich das Förderband zu bewegen. Das rote Lämpchen war erloschen. Charlotte reckte den Kopf, und neben ihr tat Neal dasselbe. Nur Colin war groß genug, dass er, ohne sich strecken zu müssen, beobachten konnte, wie die ersten Ventilrohlinge in der Einführungsöffnung der Maschine verschwanden. Einige Augenblicke lang schienen alle, auch die Arbeiter, den Atem anzuhalten. In gespanntem Schweigen sahen sie der Bewegung des Bandes zu.

„Naja, vielleicht haben wir noch mal Glück“, brach Colin schließlich die Stille. Er atmete ebenso erleichtert auf wie alle anderen. „Jetzt können wir bloß hoffen, dass bei der Bearbeitung alles soweit glatt läuft, und dass am Ende die Qualität sti…“

Erneut ging ein Beben von der Maschine aus und pflanzte sich durch das Förderband fort, bis dieses ruckartig zum Stillstand kam.

„Vorsicht!“ Colins Warnruf ließ Charlotte unwillkürlich den Kopf heben. Doch bevor sie sehen konnte, was er meinte, prallte er auch schon gegen sie und riss sie zu Boden. Die Wucht des Aufpralls auf dem Betonboden nahm ihr für einen Moment den Atem. Sie sah nichts, spürte nur das Gewicht von Colins Körper über sich und hörte das Poltern eines metallenen Gegenstandes auf dem Beton.

Die Stille, die dem Geräusch folgte, wirkte ohrenbetäubend. Schließlich rappelte Colin sich auf.

Charlotte fühlte sich noch immer benommen. Sie blinzelte im plötzlichen scharfen Lichtschein der Neonlampen und versuchte, sich auf den Kreis der besorgten Gesichter zu konzentrieren, die über ihr aufgetaucht waren. Wenige Sekunden später sah sie wieder scharf, und es gelang ihr, sich aufzusetzen.

„Alles in Ordnung bei dir, Charlie?“, fragte Colin rau. Sicher hatte er sich genauso erschrocken wie sie. Wenn er nicht so schnell reagiert hätte … Auch Ariane und die anderen Arbeiter waren näher getreten. In allen Gesichtern las sie Besorgnis. Derart im Zentrum der Aufmerksamkeit zu stehen, ließ Charlotte verlegen werden.

„Danke. Ich glaube, ich bin okay", murmelte sie und versuchte, beruhigend zu lächeln. Schnell ließ sie sich von Colin und Neal, die ihr beinahe gleichzeitig die Hände entgegengestreckt hatten, auf die Beine helfen und klopfte sich den Staub von Hose und Jacke. Mit wenigen Worten entließ Colin die Arbeiter in den Sonntagnachmittag.

„Wir machen morgen weiter", hörte sie ihn sagen.

Irgendwie schaffte er es sogar, dabei zuversichtlich zu wirken, obwohl seine Stimme eben noch gezittert hatte. Ob die anderen ihm seine Sicherheit abnahmen? Charlotte hoffte es. Ein Teil von ihr wollte selbst daran glauben, dass – irgendwie – alles gut werden würde.

„Was ist eigentlich passiert?", fragte sie und sah sich auf dem Boden um, nachdem alle anderen bis auf Neal und Colin die Halle verlassen hatten. Wenige Meter von ihr entfernt lag einer der Ventilrohlinge.

„Jap, der war's", bestätigte Neal. „Als das Band ins Stottern geriet, kam das Teil plötzlich rückwärts wieder aus der Einführungsöffnung geschossen und flog über die Sicherheitsabsperrung des Bandes. Verflucht, das Ding hätte dich ..." Sie sprach den Satz nicht zu Ende, aber das musste sie auch nicht.n Charlotte wusste, was sie meinte: Es hätte dich umbringen können. Einen Moment lang musste sie gegen die Schwäche in ihren Knien und das Summen in ihren Ohren ankämpfen, als sich der Gedanke in ihrem Kopf wie von selbst weiterspann:

Vielleicht hatte es schon jemanden umgebracht.

Kapitel 12

„Könnte es das sein, was mit Harry passiert ist?", sprach Neal wenige Augenblicke später zögernd dieselbe Vermutung aus. „Ihr habt ihn hier gefunden, oder Col? Mit einer Kopfverletzung. Er könnte also genau so gestorben sein. Ein tragischer Arbeitsunfall, das dachten im ersten Moment ja auch alle."

„Nein." Zögernd schüttelte Charlotte den Kopf. Irgendetwas passte nicht ins Bild, aber sie kam nicht sofort darauf, was es war. Wie war der Mordverdacht aufgekommen?

„Würgemale." Diesmal war es Colin, der Charlottes Gedanken laut aussprach, noch bevor sie ihn zu Ende gedacht hatte. „Außer der Kopfwunde hatte er noch Würgemale am Hals, sagte die Polizei. Als das klar wurde, haben sie mir keine Ruhe mehr gelassen. Nachts habe ich kein Auge zugetan, sondern bin in dieser verdammten Arrestzelle auf und ab marschiert und habe mir das Hirn zermartert, wie zur Hölle das alles passiert sein könnte. Später, als die Maschine dann anfing, Zicken zu machen, habe ich im ersten Moment sogar darüber nachgedacht, ob Harry vielleicht heimlich an ihr herumgeschraubt hat. Entweder, weil er das Ding hasste, oder weil er helfen wollte."

„Der Gedanke ist mir auch schon gekommen", gab Charlotte zu. „Aber Arthur meinte, so etwas hätte Harry nie hinter seinem Rücken getan. Er war immer loyal.

Und selbst wenn nicht, ändert das nichts an der Tatsache, dass irgendjemand ihm an die Gurgel gegangen sein muss. Vielleicht hat er ja doch einen Dieb überrascht. Vielleicht wollte jemand die Maschine stehlen, oder Teile davon, und hat sie dabei beschädigt."

„Das könnte doch sein, oder?", fragte Neal. „Auch wenn es keine sichtbaren Spuren gibt."

Aber Colin schüttelte erneut den Kopf, zunächst langsam, dann entschieden.

„Mit der Maschine stimmte schon vorher etwas nicht. Es ist, wie ich gesagt habe: Arthur hat sich übers Ohr hauen lassen. Das ist nicht ganz einfach zu erklären, und ich bin kein Ingenieur, aber ..."

„Die Zeichnungen", erinnerte sich Charlotte jetzt. „Die Skizzen mit deinen Anmerkungen, sie liegen immer noch drüben auf Neals Schreibtisch." Sie biss sich auf die Lippen und sah unsicher Colin an. „Ich weiß, ich hatte kein Recht, sie ohne Erlaubnis aus deiner Wohnung zu holen. Aber ich wollte einfach wissen, was es damit auf sich hat. Erklärst du es uns?"

„Okay", erwiderte Colin knapp. „Gehen wir rüber. Hier drinnen können wir heute ohnehin nichts mehr ausrichten."

Als sie einen letzten Blick auf das verräterische, blau glänzende Gehäuse der Maschine warf, fiel Charlotte plötzlich etwas anderes auf. Warum hatte sie das nicht früher bemerkt? Sie war doch so oft an der Maschine vorbeigegangen. Und die anderen, die jeden Tag hier gearbeitet hatten? Niemand hatte etwas gesagt, nicht einmal Arthur und auch nicht die unbestechliche Annegret Gödeke. War es wirklich möglich, dass ... Charlotte trat näher an die stillstehende Maschine heran und ließ die Fingerspitzen über das kleine Messingschild am Gehäuse gleiten, auf dem ein rotes Warndreieck abgebildet war. Doch die Aufschrift mit der Warnung bestand nur aus Schriftzeichen, die sie nicht entziffern konnte. Es mochten chinesische sein oder japanische.

„Gibt es noch mehr solcher Schilder?", fragte sie.

Colin nickte zerstreut. Offensichtlich war er in Gedanken bereits bei seiner Erklärung.

„Ja, klar. Überall dort, wo man während des Betriebs nicht anfassen soll, schätze ich. Das ist halt so üblich."

„Schätzt du. Aber kannst du irgendeines davon tatsächlich lesen?", hakte Charlotte nach.

„Äh ... darauf habe ich noch nie geachtet." Jetzt wirkte Colin ehrlich überrascht. „Es wird überall das Gleiche drauf stehen, oder? Wie an allen unseren anderen Maschinen auch."

„Das ist nicht der Punkt", widersprach Charlotte. „Es muss auf Englisch dastehen. Genau wie die ausführliche Arbeitsschritte-Beschreibung, die ich für die Angestellten der Montageabteilung verfassen und über jedem Arbeitsplatz aufhängen musste, obwohl sie wahrscheinlich nie irgendjemand liest. Aber so sind die Vorschriften. In den Kostenvoranschlägen der Maschinenhersteller, die ich gelesen habe, war die Übersetzung der Hinweisschilder immer als Extrapunkt aufgeführt. Daran erinnere ich mich ganz sicher."

„Siehst du? Ich hab's gewusst! Ich hab's verdammt noch mal gewusst!" Colins Verblüffung war in erneute Aufregung umgeschlagen. „Sogar du hast gemerkt, dass hier gepfuscht wurde."

Wenig später saßen sie zu dritt an Neals Schreibtisch. Colin und Neal waren eifrig über die Zeichnungen gebeugt. Charlotte hatte ihren eigenen Schreibtischstuhl zu ihnen herangeschoben, lauschte konzentriert und versuchte, dem Fachlatein der beiden zu folgen. Colin mochte kein Ingenieur sein, aber er redete wie einer. Der Gedanke, dass er bei einem CNC-Lehrgang durchgefallen sein sollte, kam Charlotte mit einem Mal lächerlich vor. Wie hatte sie so überheblich sein können, das einfach anzunehmen? Wenn Colin tatsächlich einen solchen Kurs begonnen und dann hingeschmissen hatte, musste es einen anderen Grund dafür geben.

„Es stimmt, die einzelnen Komponenten passen wirklich nicht zueinander", fasste Neal gerade seine Erkenntnisse zusammen.

„Ihr meint, die haben das ganze Ding aus Resten zusammengeflickt und uns als neu verkauft?", fragte Charlotte.

„So sieht's aus", bestätigte Neal. „Du bringst die Sache auf den Punkt, Charlie. Arthur und Mrs Maggie haben Recht, deine Sprachbegabung ist wirklich einmalig."

Neal grinste schief, doch Charlotte war nicht nach Scherzen zumute. Stattdessen senkte sich die Erkenntnis schwer wie ein Stein auf ihre Brust: Arthur. Sie mussten ihrem Chef reinen Wein einschenken. Wie würde er es verkraften, dass sich sein stolzes Flaggschiff als Fehlkauf entpuppte? Und Melvin und Jago, wie würden die reagieren? Ahnte Melvin etwas, war er vielleicht deswegen in letzter Zeit noch gestresster gewesen als alle anderen?

„Col, ich weiß ja, dass du und Melvin euch nicht grün seid", begann Charlotte vorsichtig. „Aber du musst mit ihm über alles reden." „Ach nee, was du nicht sagst!" Sofort entflammte Colins Zorn erneut, und er sprang von seinem Stuhl auf. Als Charlotte und Neal auf ihren Rollensesseln beinahe synchron in entgegengesetzte Richtungen zurückwichen, ließ er sich wieder auf den Sitz plumpsen und beschränkte sich darauf, sich ein paarmal energisch mit der Hand durchs Haar zu fahren und durch die Nase zu schnauben. Die Kolleginnen betrachteten ihn schweigend. Sie ahnten beide, wie er mit sich ringen musste, um nicht schon wieder die Beherrschung zu verlieren.

„Denkst du, das hätte ich nicht längst versucht?", knurrte er schließlich. „Schon als die Maschine geliefert wurde und ich beim Aufbau zusah, kamen mir ein paar Sachen merkwürdig vor. Zugegeben: Zuerst war ich einfach angepisst und schadenfroh und dachte, „Jetzt haben sie den Salat, sollen sie doch sehen, wie sie damit klarkommen." Ich habe es Mr Ober-Klugscheißer-Bradstone und Sunnyboy-alles-easy Webster Junior sowas von gegönnt, dass sie mal so richtig auf die Schnauze fallen. Die Anschaffung der Maschine war meine Idee. Aber die beiden haben mich schon bei den Kaufverhandlungen dermaßen ausgebootet, dass ich keinen vollständigen Satz sagen konnte, ohne dass einer von ihnen mich unterbrochen hat und das genaue Gegenteil behauptete. Die haben mich dastehen lassen wie den letzten Idioten, und Arthur hat sie machen lassen. Das war das Schlimmste. Am Ende habe ich mich einfach ausgeklinkt. Ich habe den CNC-Kurs abgesagt, für den ich mich schon angemeldet hatte, und die Lehrbücher in die Tonne gehauen. Als die Maschine dann dastand, konnte ich meine Bedenken aber nicht für mich behalten. Ich habe versucht, mit Harry zu reden, aber der wollte von dem ganzen Ärger nichts wissen. Er meinte nur, er wäre zu alt, um sich noch mit so etwas zu befassen. Aber ich sollte Arthur nicht hängenlassen, das hätte der nicht verdient. Also habe ich meinen Stolz runtergeschluckt und versucht, unter vier Augen mit Arthur zu sprechen. Was so gut wie unmöglich war, weil dieser Schleimer von Jago dauernd um ihn herumscharwenzelte. Der Typ hat mich abgekanzelt wie einen Bittsteller. Und dann legte Arthur so gönnerhaft wie ein oller Patriarch seine Hand auf meine Schulter und sagte, ich wäre ein guter Junge, aber ich müsste mich noch in Geduld üben. Das war der Punkt, an dem ich am liebsten meinen Job hingeschmissen hätte. Mit der Maschine schien anfangs aber doch alles gut zu gehen, und ich habe mich noch mal aufgerafft. Als die Qualitätsprüfung näherrückte, freute ich mich sogar irgendwie darauf, unsere Gäste durch die Produktion zu führen. Trotz allem war ich stolz auf das, was wir erreicht hatten. Aber dann passierte die Sache mit Harry. Arbuckle und Konsorten hatten nichts Eiligeres zu tun, als mir einen Mord anzuhängen. Ich konnte den Gedanken nicht ertragen, dass Arthur mich vielleicht auch für schuldig hält. Und als sogar Charlie hinter meinem Rücken ... das hat mir den Rest gegeben."

„Es tut mir leid, Col. Ich habe dich nie verdächtigt, bitte glaube mir das. Auch wenn Mrs Maggie mich am liebsten zu ihrer persönlichen Kriminalassistentin machen will."

„Ach, das meintest du vorhin mit *Frau Doktor Watson.*" Colin lachte auf, doch es klang freudlos. Vornübergebeugt und mit hängenden Schultern hockte er auf seinem Stuhl. Charlotte hatte ihn noch nie so mutlos erlebt. Der Colin, den sie kannte, war entweder voller Tatendrang und steckte alle mit seiner Energie an, oder er war vor Wut dermaßen geladen, dass er geradezu Funken sprühte und mit dem Kopf durch die Wände wollte. Jetzt jedoch wirkte er einfach nur traurig. Er sah aus wie ein verlassener kleiner Junge.

Genau wie sie selbst hatte Colin seinen Vater früh verloren, erinnerte Charlotte sich, und das Verhältnis zu seiner Mutter schien stets problematisch gewesen zu sein. Man hatte Nachbarn und Bekannte munkeln hören, dass sie eine Trinkerin war. Vielleicht hatte Colin, so unglaublich es klang, mit dem brummigen alten Harry eine Vaterfigur verloren. Dazu auch noch Arthurs Vertrauen einzubüßen, musste ihn schwer getroffen haben. Aber Colin Alderson war niemand, der sich bemitleiden ließ. Bereits während Charlotte ihn betroffen musterte, begann sich sein Trotz zu regen, und in seinen blauen Augen blitzte es spöttisch auf. Sie ahnte die bissige Bemerkung voraus, bevor er sie aussprach.

„Na was ist, Charlie? Habe ich mich deines Mitleids genauso würdig erwiesen wie der arme, überarbeitete Melvin Bradstone? Holst du mir jetzt zum Trost nen Keks und ein Stück französisches Konfekt? Es müsste noch ein Rest in der Küche sein."

„Du bist ein Arsch mit Ohren, Alderson", schoss Neal prompt zurück. „Kalten Kaffee kannst du kriegen, direkt aus meiner Tasse über den Schädel gekippt."

Gegen ihren Willen musste Charlotte schmunzeln. Doch sie konnte nicht verbergen, dass sie sich von Colins Spott getroffen fühlte und rot geworden war.

„Ich gehe noch mal in Melvins Büro nachschauen, ob ich nicht doch den Kaufvertrag für die Maschine finde", erklärte sie hastig. „Im Archiv war der nämlich nicht, aber Arthur sagte, dass sicher Melvin ihn hat. Vielleicht sucht er ja bereits nach Möglichkeiten, den Hersteller für die Fehler haftbar zu machen."

Charlotte floh beinahe aus dem Büro. Gleichzeitig ärgerte sie sich über sich selbst. Warum ließ sie sich ständig von Colin aus dem Konzept bringen? Sollte der doch lästern, soviel er wollte. Wenn er mal wieder in der Klemme steckte, wäre sie trotzdem die Erste, die er um Rat fragen würde.

Als sie über den Korridor eilte, hörte sie noch, wie Colin ihr nachrief: „Ich hoffe, Bradstone geht vor Angst der Arsch auf Grundeis! Wenn er tatsächlich von den Fehlern wusste und nichts unternommen hat, um die Maschine zu stoppen, dann breche ich ihm sämtliche Knochen, das schwöre ich!"

***

Vorsichtig lugte Charlotte durch den Türspalt in das Büro des ersten Ingenieurs. Melvin schien tatsächlich nicht da zu sein, obwohl auf seinem Schreibtisch noch immer ein abenteuerliches Durcheinander herrschte. Charlotte schlüpfte in den Raum und begann, so behutsam wie möglich die Papierstapel zu durchforsten, ohne dabei Spuren zu hinterlassen. Vielleicht steckte ja hinter alldem irgendein ausgeklügeltes System, das sie nicht durchschaute? Sie fand die Ausdrucke der neuesten Ventil-Entwürfe und die deutschen Produktzertifikate wieder, um die Melvin sie vor der Qualitätsprüfung gebeten hatte. Von dem Kaufvertrag für die CNC-Maschine fehlte jedoch weiterhin jede Spur. Irgendwann fing Charlotte an zu niesen, weil sie bei ihrer Suche eine Staubwolke nach der anderen aufwirbelte. Offenbar hatten es die Reinigungskräfte nicht gewagt, hier in den letzten Wochen irgendetwas anzufassen. Sie würde die Suche aufgeben und Melvin fragen müssen, wenn er morgen auf Arbeit kam. Es sei denn ...

Charlotte biss sich auf die Lippen und schaute sich schnell nach allen Seiten um, bevor sie ihr voluminöses Schlüsselbund zückte und den abschließbaren Roll-Container unter Melvins Schreibtisch öffnete. Sie besaß einen Generalschlüssel, der zu sämtlichen Schreibtischen ihrer Kollegen passte, da die Rollcontainer alle vom selben Hersteller stammten. Normalerweise benutzte sie den General nur, wenn sie vom Eigentümer der jeweiligen Schubfächer ausdrücklich darum gebeten wurde. Arthur selbst hatte ihr diesen Schlüssel irgendwann anvertraut, nachdem er zum x-ten Mal sein eigenes Exemplar verlegt hatte und hilflos vor seinem Schreibtisch stand, an dessen Inhalt er nicht mehr herankam. Es wäre logisch, so wichtige Papiere wie den Kaufvertrag für eine Industriemaschine hinter Schloss und Riegel aufzubewahren. Der Melvin, den sie kannte, würde so denken.

Was aber würde er davon halten, wenn er wüsste, dass sie hier herumstöberte?

Melvin war einer der Wenigen, die Charlotte noch nie wegen eines verlorenen Schlüssels um Hilfe gebeten hatten. Colin würde vermutlich sofort wieder an die Decke gehen, wenn er sie hier beim „Schnüffeln" erwischte, dachte Charlotte. Oder fände er es in Ordnung, weil es diesmal seinen Konkurrenten betraf und nicht ihn? Wenn sie den Vertrag tatsächlich fand, würde sie auf jeden Fall mit Melvin reden und ihm in Ruhe alles erklären, nahm sie sich vor. Und sicher würde es auch von seiner Seite eine vernünftige Erklärung geben. Charlotte weigerte sich ganz einfach, zu glauben, was Colin seinem Kollegen vorwarf: Der korrekte, gewissenhafte Melvin sollte einen gefährlichen Fehler an einer Maschine entweder übersehen oder gar stillschweigend geduldet haben? Nein, Colin musste sich irren.

Doch auch in Melvins Schubladen entdeckte sie nur leere Briefumschläge, Notizblöcke, Kugelschreiber und andere Kleinigkeiten. Im untersten Fach lag eine angerissene Familienpackung Pfefferminzbonbons, die Charlotte ein Schmunzeln entlockte. Fast alle Kollegen bunkerten irgendwo Süßes, manchmal brauchte man einfach Nervennahrung. Neal hatte ihren Kaugummi-Tick und Charlotte ihr Fudge aus Ted's Tankstelle. Nein, wichtige Unterlagen suchte sie hier vergeblich.

Beinahe hätte sie den Schreibtisch unverrichteter Dinge wieder verschlossen – doch als sie das unterste Fach schubste, erklang außer dem Knistern von Bonbonpapier noch ein weiteres Geräusch: Das leise Klirren einer rollenden Glasflasche. Hatte Melvin außer Bonbons auch Cola in seiner eisernen Reserve? Aber der Flaschenhals, der nun unter der Bonbontüte hervorlugte, gehörte nicht zu einer Brauseflasche. Mit Schrecken erkannte Charlotte die unverwechselbare

Prägung mit dem fliegenden Papageientaucher. Mit zitternden Fingern hob Charlotte die Flasche aus dem Fach und hielt sie gegen das Licht. Sie war fast leer. Hieß das etwa, dass Melvin sich heimlich an Arthurs Gin-Vorräten bediente?

Das konnte nicht sein, weigerte Charlottes Verstand sich gegen den aufkeimenden Verdacht. Sicher gab es auch hierfür einen völlig logischen Grund. Melvin konnte mit Geschäftspartnern nach einer Besprechung angestoßen haben. Aber wer sollte das gewesen sein? Nach der Qualitätsprüfung war kein Gast mehr hier gewesen, soweit sie wusste. Außer Sergeant Arbuckle natürlich, aber der ließ sich lieber von Arthur aufwarten. Überhaupt wurde Alkohol eigentlich nur zu feierlichen Anlässen serviert. Dann war Arthur normalerweise dabei. Charlotte wurde darum gebeten, die Getränke zu servieren – und danach auch wieder abzuräumen.

Wie kam die Flasche also in Melvins Schreibtisch, wenn er sie nicht absichtlich beiseite geschafft hatte? Und das kleine durchsichtige Tütchen, das jetzt unter der Flasche zum Vorschein kam, und das mehrere Tabletten zu enthalten schien? Wie eine Aspirinpackung sah es nicht aus und erst recht nicht wie Süßigkeiten. Was hatte das alles zu bedeuten?

Charlotte versuchte, die aufsteigende Übelkeit zu unterdrücken, und sich selbst zur Ruhe zu zwingen. Doch das Bild von Melvins fahrigen Bewegungen, von seinen zitternden Händen, die die Kaffeetasse umklammert hielten, schob sich unaufhaltsam vor ihr inneres Auge. Beinahe hätte sie vor lauter Grübeln das Geräusch der näherkommenden Schuhabsätze auf dem Fliesenboden nicht gehört. Im letzten Moment schrak sie zusammen, schubste Melvins Schreibtischschublade mit einem kleinen Knall ins Schloss und drehte sich gerade rechtzeitig herum, um Mrs Maggie ins Büro treten zu sehen.

„Ach hier sind Sie, Charlotte. Ich habe Sie schon gesucht. Geht es Ihnen gut?"

„Ja ja, natürlich. Ich habe nur … nach einer bestimmten Unterlage geschaut." Um Mrs Maggies prüfendem Blick auszuweichen, tat Charlotte so, als beuge sie sich erneut über die Papiere auf Melvins Schreibtisch. Mrs Maggie räusperte sich, und Charlotte hörte eine Spur von Verlegenheit aus ihrer Stimme. „Ich habe eben mit Arthur gesprochen", erklärte sie. „Er macht sich schwere Vorwürfe, dass er Sie jetzt auch noch am Wochenende zum Arbeiten herbitten musste. Er würde sich später gern bei Ihnen allen erkenntlich zeigen … auch bei dem jungen Mr Alderson."

Aha, dachte Charlotte nicht ohne Bitterkeit. Daher wehte also der Wind. Arthur musste seiner Mutter gründlich den Kopf gewaschen haben wegen ihrer Vorwürfe gegenüber Colin am gestrigen Abend, sonst würde sie nicht so um den heißen Brei herumreden.

Ein beschwichtigender Satz wie, „es war doch selbstverständlich, dass wir helfen", lag Charlotte schon auf der Zunge, aber sie schluckte ihn herunter und nickte nur. Nein, es war nicht selbstverständlich.

„Ich komme, sobald ich hier fertig bin", sagte sie.

Doch sie blieb auch dann noch nachdenklich stehen, als Mrs Maggie den Raum längst wieder verlassen hatte.

Arthur wollte sich also erkenntlich zeigen. Eine nette Geste, sicher, aber sie kam reichlich spät. Arthur dachte wie der Techniker und Kaufmann, der er war. Dass die Qualität seiner Produkte stimmte, dafür sorgte er. Jedes einzelne der Webster-Ventile wurde vor der Auslieferung einem sorgfältigen Test unterzogen um sicherzugehen, dass es dem Arbeitsdruck standhielt, für den es ausgewiesen war. Aber was war mit dem Arbeitsdruck, dem die Mitarbeiter tagaus tagein standhalten sollten? Die hatten einfach zu funktionieren – und wenn sie sich dafür mit Aufputschmitteln vollpumpen mussten. Es mochte sein, dass Charlotte ihrem Chef Unrecht tat. Melvin war ehrgeizig. Wie sie ihn kannte, hätte er sich eher die Zunge abgebissen, als um Hilfe zu bitten.

Trotzdem: In dieser Firma lief einiges gewaltig schief, und das nicht erst seit gestern. Was sagte es über Arthur aus, dass er davon offenbar nichts mitbekommen hatte? Und was musste noch passieren, damit er es mitbekam? Charlotte konnte schlecht einfach hingehen und ihm von Melvins Alkoholkonsum erzählen, oder? Abgesehen davon, dass sie sich dessen nicht einmal sicher war. Es war nicht ihr Problem und ging sie im Grunde nichts an. Sollte sie Melvin ihren Verdacht auf den Kopf zusagen und ihn bitten, sich helfen zu lassen? Und damit riskieren, dass jegliche Vertrautheit, die es einmal zwischen ihnen gegeben hatte, für immer in Scherben ging?

Er würde nie auf mich hören, dachte sie. Colin mochte ihr ihre Einmischung verziehen haben, er regte sich schnell auf und beruhigte sich ebenso schnell wieder. Aber so war Melvin nicht. Melvin würde sie hassen.

Umso mehr wenn sie Recht hatte. Charlottes Füße trugen sie wie von selbst über den Korridor. Vielleicht warteten die anderen ja schon alle in Arthurs Büro auf sie. Ob Colin und Neal bereits von den Problemen mit der CNC-Maschine erzählt hatten?

Wie würde Arthur reagieren, wenn die kurze Dankesfeier, die er vielleicht für sie vorbereitet hatte, sich schon wieder zu einer Krisensitzung entwickelte?

Charlotte ging an der Bürotür vorbei. Nein, sie schaffte es nicht, dort jetzt hineinzugehen und den anderen gegenüberzutreten mit dem furchtbaren Verdacht im Kopf, über den sie nicht sprechen durfte. Stattdessen stieg sie die Kellertreppe am Ende des Korridors hinunter. Sie knipste das Licht an und öffnete den Aktenschrank mit den Unterlagen für die Maschinen. Selbst wenn der Kaufvertrag für die CNC-Maschine wider Erwarten doch in dem Schrank lag, was bewies das? Dass Melvin ihn wieder dorthin gelegt hatte, weiter nichts. Schließlich hatte sie den Kollegen selbst darum gebeten. Das hieß noch lange nicht, dass alles in Ordnung war. Aber vielleicht brauchte sie einfach nur einen ruhigen Ort zum Nachdenken – und wenn es ein verfluchter Luftschutzbunker war, den sie eigentlich aus tiefster Seele verabscheute. Heute jedoch schien selbst die Grabesstille, die sonst immer hier unten herrschte, gestört zu werden. Charlotte spitzte die Ohren und lauschte auf das undeutliche Stimmengewirr, das von draußen zu ihr hereindrang. Jemand musste direkt vor dem niedrigen Kellerfenster stehen und sich unterhalten. Es waren Männerstimmen, mindestens zwei, und sie schienen zu streiten. Die Stimmen wurden lauter.

„Bradstone, du bist ein verdammtes Weichei. Ein jammernder, winselnder Suchtie!"

Charlotte presste die Hand auf den Mund, um einen erschrockenen Ausruf zu unterdrücken. Die Stimme, die diese Worte geradezu ausspie, gehörte eindeutig Jago Webster. Offenbar wusste er von Melvins Schwäche für Alkohol. Jagos Stimme, die sonst stets Optimismus und gute Laune ausstrahlte, war jetzt hasserfüllt und scharf wie eine Messerklinge.

Mit zitternden Fingern tastete Charlotte nach dem Lichtschalter und knipste ihn aus.

Das Klicken des altmodischen Schalters erschien ihr so laut wie eine kleine Explosion, aber es konnte unmöglich draußen zu hören sein, oder? Stand das Fenster einen Spalt offen? Es war zu spät um nachzusehen. Regungslos wartete sie in der Dunkelheit und lauschte.

„Du hast gesagt, du bringst das in Ordnung! Du hast gesagt du kennst jemanden, der das reparieren kann!" Auch Melvin hatte die Stimme gehoben. Charlotte hörte deutlich die Panik, die darin mitschwang.

„Du bist der Ingenieur Bradstone. Es ist deine Aufgabe, das in Ordnung zu bringen", erwiderte Jago barsch. Sprachen sie über die CNC-Maschine? Wusste Jago etwas von dem Defekt? Er und Melvin hatten die Kaufverhandlungen geführt. Versuchten sie jetzt, ihre Fehlentscheidung zu vertuschen, damit Arthur nichts merkte?

„Tu doch nicht so, als wüsstest du von nichts! Als wäre das Ganze nicht von Anfang an deine Idee gewesen!" Melvin schrie jetzt, dass seine Stimme sich beinahe überschlug. „Und wenn ich alles auspacke, was dann?

Dann hängst du genauso mit drin wie ich. Dann wandern wir beide in den Knast wegen …"

Der Rest von Melvins Satz war nicht zu verstehen, und kurz darauf nahm Charlotte einen dumpfen Aufprall an der Fensterscheibe wahr. Waren die Männer etwa aufeinander losgegangen und prügelten sich?

„Versuche ja nicht, mir zu drohen, Bradstone", zischte Jago. Er keuchte beim Sprechen wie nach einer Anstrengung. „Was kann ich dafür, dass du die Nerven verloren hast? Ich habe dich nicht dazu aufgefordert. Und wo wir von Nerven reden: Was zur Hölle hat dich geritten, dir von einem halben Kind deinen verdammten Stoff klauen zu lassen? Oder abzuschwatzen, was weiß ich? Bisher hat die Kleine geschwiegen – nach einem Gespräch mit mir, ihrem netten Schwager, so ganz im Vertrauen. Weil man manche Dinge besser ungesagt lässt. Weil ja niemand will, dass sie sich wegen einer kleinen Dummheit ihre ganze Zukunft verbaut. Ein Wort von mir, und sie redet doch. Dann bist du dran, Bradstone, und zwar du allein. Also reiß dich gefälligst zusammen. Bring das Ding hier in Ordnung. Mach meinetwegen einen Entzug, davon braucht niemand etwas zu erfahren – und auch sonst von nichts, solange du das Maul hältst."

Schritte entfernten sich, dann wurde es still. Schweratmend lehnte sich Charlotte an die kahle Wand neben dem Aktenregal. Also hatte Heloise Joslyn die Drogen auf ihrer Party von Melvin bezogen. Aber warum hatte er das getan? Das ergab überhaupt keinen Sinn! Was meinte Jago mit „die Nerven verloren"? Und warum konnten Jago und Melvin beide im Knast landen?

Selbst wenn sie von der fehlerhaften CNC-Maschine gewusst hatten, konnte man ihnen lediglich Fahrlässigkeit vorwerfen. Melvin konnte seinen Job verlieren, Jago würde bei Arthur und vielleicht bei Nora in Ungnade fallen. Doch deswegen kam man nicht ins Gefängnis, oder?

Ein plötzliches Geräusch ließ Charlotte zusammenfahren. Die Tür. Jemand war hereingekommen, gleich würde … In dem Moment sprang die Deckenbeleuchtung erneut an, und Melvins Stimme fragte:

„Hallo, wer ist da?"

Blitzschnell duckte Charlotte sich zwischen die Regale und hoffte, dass Melvin wieder gehen würde. Doch das tat er nicht. Stattdessen schritt er langsam an den Regalreihen entlang. Er schien ganz sicher gehen zu wollen, dass niemand hier war. Gleich würde er sie erreichen. Wenn man so genau suchte, wie er es tat, konnte man sie unmöglich übersehen. Noch drei Meter … zwei …

„Oh, hallo Melvin. Hast du mich erschreckt!" Charlotte nahm all ihren Mut zusammen, trat zwischen den Regalen hervor und versuchte, ihrer Stimme einen unbefangenen Klang zu geben. Sie hörte sich erbärmlich piepsig an.

„Im ersten Moment habe ich dich für einen Einbrecher gehalten. Unsinnig, nicht?" Sie quetschte ein nervöses Kichern hervor. Warum nur war sie so eine hundsmiserable Lügnerin? „Ich kriege es immer mit der Angst zu tun, wenn ich hier unten nach Akten suchen muss. Aber jetzt ist ja alles in Ordnung. Dann gehe ich mal."

Sie machte einen Schritt nach vorn und fragte sich
beklommen, wie viele weitere Schritte sie wohl bis zur
Tür brauchen würde. Im selben Moment schlossen sich
Melvins Finger fest um ihr Handgelenk.
„Nein, das glaube ich nicht, Charlie."

Kapitel 13

Das letzte Mal, dass Melvin sie berührt hatte, war gestern Abend gewesen, beim Tanzen.

Charlotte wusste selbst nicht, warum sie ausgerechnet daran denken musste.

Gestern war seine Berührung sanft gewesen, doch in seinem Blick hatte auch da schon dieselbe Trauer gelegen wie jetzt. Seine Hose war feucht und schmutzig an den Knien, fiel Charlotte auf. Jago musste ihn während ihrer Auseinandersetzung tatsächlich zu Boden gerungen haben.

„Ich wusste, dass jemand hier unten ist", murmelte er wie zu sich selbst. „Ich habe das Licht gesehen. Webster hat nichts bemerkt, der merkt nie etwas. Denkt nur an sich. Du hast alles gehört, nicht wahr Charlie?" Ruckartig hob er den Kopf und sah sie an. Seine Augen wirkten schwarz und bodenlos in dem verzerrten Gesicht, dessen blasse Haut im Neonlicht beinahe durchsichtig schien.

Charlotte war unfähig zu sprechen. Zum Leugnen war es ohnehin zu spät, Melvin wartete gar keine Antwort ab.

„Komm." Zunächst folgte sie ihm widerstandslos, als er sie grob am Handgelenk die Treppe hinauf und durch den Korridor zerrte. Sie musste fast rennen, um mit ihm Schritt zu halten. Was würde passieren, wenn sie sich einfach fallenließ? Würde er sie dann mitschleifen, ihr den Arm auskugeln, falls nötig? Sie musste die anderen auf sich aufmerksam machen, musste um Hilfe rufen ... Doch der tiefe Atemzug, den sie nahm um genügend Luft zum Schreien zu sammeln, genügte, um ihn ihre Absicht erraten zu lassen. Mit einem warnenden „Pscht!" legte er ihr die freie Hand über den Mund.

Schon hatten sie das Verwaltungsgebäude verlassen und den Parkplatz überquert, ohne auf irgendjemanden zu stoßen. Wo wollte Melvin hin, was hatte er vor? Egal was es war, sie musste ihn davon abbringen und sich wehren.

Sie hatten das Firmengelände beinahe hinter sich gelassen, als Charlotte ruckartig stehenblieb, die Fersen in den Rasen stemmte und versuchte, ihr Handgelenk aus Melvins rücksichtslosem Griff zu befreien. „Melvin, hör auf damit! Was soll der Unsinn!"

Im ersten Moment schien ihr plötzlicher Widerstand ihn zu überraschen, sodass es ihr kurzzeitig gelang, sich loszureißen. Doch bevor sie auch nur einen Schritt tun konnte, hatte Melvin sie auch schon bei den Schultern gepackt. Er schüttelte sie so heftig, dass ihre Zähne aufeinander schlugen.

„Sei still! Sei endlich still!" Seine Stimme ging in ein Jammern über, er stöhnte wie ein verwundetes Tier. Als er eine Hand um Charlottes Hals legte, wurde ihr mit plötzlicher, furchtbarer Sicherheit klar, dass er genauso Harry Burrows getötet haben musste.

Und dass sie ebenfalls sterben würde.

Hier und jetzt, wenn es ihr nicht gelang, zu Melvins von Drogen und Verzweiflung vernebelten Verstand vorzudringen. Er schien kaum noch wahrzunehmen, wer sie war. Dann jedoch musste etwas an ihrem Gesicht, ihrem Blick ihn kurzzeitig in die Realität zurückgebracht haben. Er ließ die Arme sinken und starrte sie an, während sie nach Atem rang.

„Komm", murmelte er düster und griff erneut nach ihrer Hand. Diesmal wehrte sie sich nicht. Ihre Gedanken überschlugen sich, während sie hinter ihm über die Wiesen stolperte. Sie zweifelte keinen Augenblick daran, dass er noch immer vorhatte, sie zu töten. Mit dem, was sie inzwischen über ihn wusste, hatte er gar keine andere Wahl. Aber wohin brachte er sie? Wenn er mit dem Auto hätte fliehen wollen, wären sie auf dem Parkplatz in seinen Wagen gestiegen und längst unterwegs. Stattdessen lief er noch immer querfeldein. Inzwischen musste es später Nachmittag sein, und vom Meer her zog schon wieder Nebel auf, der dichter zu werden schien. Trotzdem versuchte Charlotte, so gut es ging auf die Umgebung zu achten.Sie trug keine Jacke und fröstelte, obwohl nur ein leichter Wind wehte. Sie näherten sich der Steilküste. Charlotte konnte das Salz in der Luft schmecken, den Tang riechen und das Rauschen der ruhigen See hören. Was war Melvins Plan, sie von der Klippe zu stoßen?

„Melvin, das hier ist doch unlogisch", versuchte sie, ein Gespräch zu beginnen, ohne dabei zu stolpern und das Gleichgewicht zu verlieren. Vielleicht gelang es ihr irgendwie, ihn von einem Vorhaben abzubringen.

„Du warst immer gern am Meer, nicht wahr Charlie?", fragte Melvin. Er wandte sich dabei nicht einmal zu ihr um und blieb auch nicht stehen.

„Ja, aber …“, Charlotte zwang sich, ihre Stimme so ruhig wie möglich zu halten. „Vorhin war ich bei der Arbeit. Ich hätte keinen Grund gehabt, plötzlich wegzulaufen und hierher zu kommen.“

„Wer weiß, vielleicht wolltest du einfach eine Weile deine Ruhe haben. Dabei kamst du zu nahe an die Kante, kein Wunder bei der schlechten Sicht. Du hast den Halt verloren, bist abgerutscht und …“

Ein Schaudern überlief Charlottes Körper, und die Übelkeit saß ihr im Hals. Offenbar hatte Melvin tatsächlich vor, sie in den Tod zu stoßen und es wie einen Unfall aussehen zu lassen.

„Damit wirst du nicht durchkommen, Melvin.“ Was für ein erbärmlicher Klischee-Spruch! Aber es+ war alles, was ihr einfiel. „Die anderen warten auf mich: Colin und Neal und Arthur und Mrs Maggie. Sie werden mich suchen, vielleicht sind sie schon unterwegs.“

„Das wird noch dauern. Und bis dahin …“

Melvin schien noch immer fest entschlossen. Bisher hatte er nicht einmal seine Schritte verlangsamt, und Charlotte fiel es immer schwerer, mit ihm mitzuhalten. Schon erkannte sie die charakteristischen, rundgeschliffenen Felsen des Aussichtspunktes. Jeden Moment drohten die Knie unter ihr nachzugeben. Was dann, würde er sie die letzten Meter einfach mitschleifen und sie wie einen Mehlsack hinunterwerfen?

„Melvin, sei vernünftig“, flehte Charlotte. „Du willst das hier doch gar nicht tun. Wir können eine Lösung finden, wir …“

Da lachte Melvin hart auf, und endlich sah er sie an. Grob riss er ihre Hand zu sich heran, sodass sie ihm beinahe in die Arme stolperte. Wie gestern Abend, dachte sie benommen. Nur dass er sie da zum Tanz aufgefordert hatte. Nun bohrten sich seine dunklen, bodenlosen Augen in ihre:

„Das ist typisch Charlie", höhnte er. „Charlie hat immer für alles eine Lösung. Und muss in alles ihre Nase hineinstecken. Genau wie die vorlaute kleine Joslyn."

„Heloise?", fragte Charlotte ohne nachzudenken. Sie erschrak, sobald der Name ihren Mund verlassen hatte. Oh Gott, was tat sie da? Sie würde Melvin nur wieder wütend machen, und dann ...

„Ja, so heißt sie wohl", erwiderte Melvin tonlos, wie zu sich selbst. „Naseweise Krabbe. Kam einfach so mit ihrem Pferd auf Arthurs Hof geritten, ging im Haus ein und aus, als gehörte es ihr. Platzte mitten in eine wichtige Geschäftsbesprechung, die wichtigste überhaupt, und Arthur tadelte sie nicht einmal dafür. Sie hat mich im Badezimmer überrascht. Ich muss wohl vergessen haben, die Tür abzuschließen. Ich konnte mich nicht richtig konzentrieren, war zu nervös. Und wir mussten doch Arthur dazu bringen, dem Kauf zuzustimmen. Alles hing davon ab. Ich brauchte etwas zur Beruhigung, zur Stärkung – und dann stand dieses Kind da in der Tür, sah mich mit einem triumphierenden Blitzen in den Augen an und sagte, sie wüsste genau, was ich da mache. Und dass ich ihr etwas abgeben soll. Dass ich ihr zeigen sollte, wie man es nimmt, sonst würde sie mich verraten. Also tat ich, was sie wollte – um Ruhe vor ihr zu haben. Aber sie kam wieder. Wollte mehr. Ich habe versucht, sie zu warnen, aber sie lachte mich aus. Was hätte ich tun sollen?"

Charlotte starrte Melvin an und spürte bittere Galle im Hals hochsteigen. Noch vor kKurzem – vielleicht war es nur einige Minuten her — hatte sie in seinem Arbeitszimmer gestanden und sich vorgenommen, ihn gegenüber Arthur zu verteidigen. Jetzt stand er vor ihr und gab zu, wie er seinen Chef systematisch hintergangen hatte. Wie er die kleine Schwester seiner Kollegin, der Frau, die er immer bewundert hatte, zum Drogenkonsum verleitet hatte. Sie konnte beinahe vor sich sehen, wie Heloise, die so gern erwachsen und unnahbar sein wollte, unter Melvins Anleitung Kokain durch ein kleines Röhrchen schnupfte — auf der spiegelblanken Oberfläche von Mrs Maggies altrosa Waschbecken. Und bei alldem tat der Mann nur sich selbst leid. Fragte sie allen Ernstes, was er hätte anders machen sollen. Wie hatte sie sich in einem Menschen derart täuschen können? Doch vielleicht war es gut, dass sie ihn aus der Reserve gelockt und zum Sprechen gebracht hatte.

„Dann der alte Harry. Warum konnte er sich nicht einfach um seinen Kram kümmern, was hatte er überhaupt so nahe bei der Maschine zu suchen?"

„Er war der Vorarbeiter." Erneut beantwortete Charlie mechanisch die Frage.

„Ja, das war er. War!" Melvins Gesicht war eine starre Maske des Schreckens, aber Charlotte konnte ihren Blick nicht von ihm wenden. Und wenn sie zusehen musste, wie er zerbrach. Hören musste, wie er Harry getötet hatte, und damit auch sich selbst — den Jungen, den sie einmal gekannt und geliebt hatte. Der Rest seiner Beichte würde ihr zumindest noch etwas Zeit verschaffen. Ein paar Atemzüge mehr. Ein winziges Fünkchen Hoffnung.

„Ich sehe ihn immer noch vor mir, wie er so dalag. Das Ventil-Teil, das ihn getroffen hatte, lag neben ihm. Sein

Blut sickerte auf den Boden, aber er lebte noch. Ich wollte zu ihm, wollte ihm helfen, einen Arzt rufen. Doch dann kam Webster rein und meinte, das käme überhaupt nicht infrage. Bei dem vornehmen Besuch, den wir erwarteten, könnten wir nicht riskieren, dass der alte Narr alles ruinierte. Er sollte verschwinden, und ich sollte dafür sorgen, dass er nicht reden würde. Wie hätte ich das anstellen sollen, ohne zu …? Auch wenn Webster es abstreitet: Ihm war es egal, ob Harry lebte oder starb, solange er zum Schweigen gebracht wurde."

Während die bitteren Worte aus Melvin herausströmten, war Charlotte langsam in die Hocke gegangen. Ohne ihn dabei aus den Augen zu lassen, begann sie, die wenigen Zentimeter des abschüssigen Bodens, den sie erreichen konnte, mit den Händen abzutasten. Ihr Puls raste.

Kaum zwei Schritte hinter ihr fiel die Felswand abrupt ab. Sie konnte nicht weglaufen, auch wenn Melvin ihr Handgelenk inzwischen losgelassen hatte. Sie würde nicht an ihm vorbeikommen – es sei denn, sie fand hier auf dem felsigen Boden etwas, das sie als Waffe benutzen konnte. Sie brauchte einen Stein, der groß genug war, aber alles was sie ertasten konnte, waren ein paar Kiesel. Konnte sie die zusammenraffen und ihm ins Gesicht schleudern? Würde das genügen, um ihn abzulenken? Mit einem Mal ertasteten ihre Fingerspitzen kühles, glattes Metall. Sie brauchte einen Moment, um sich zu erinnern, was es war: Die schmale, blanke Messingplakette, die an das Minenunglück von 1919 erinnerte. Charlotte dachte an die Schieferplatte auf dem Friedhof neben der kleinen Kirche, auf der die

Namen aller dreißig Minenarbeiter aufgelistet waren, die damals verschüttet wurden. Würde auch ihr Name bald auf einer Grabplatte stehen? Wie sollte ihre Mutter das aushalten? Sie war Witwe geworden, noch bevor ihr jüngster Sohn laufen konnte, nun sollte sie auch noch ihre Tochter verlieren? Nein, das durfte nicht sein! Charlotte versuchte, sich das Gesicht ihres Vaters in Erinnerung zu rufen. Es blieb verschwommen wie das alte Foto, das sie in ihrer Geldbörse bei sich trug, doch sie konzentrierte sich mit aller Macht darauf. *Hilf mir, Pa! Bitte hilf mir!*

Wie eine Antwort auf ihr stummes Flehen fiel Charlotte noch etwas ein: Direkt hinter der kleinen Messingplatte, nur wenige Zentimeter entfernt, begann die schmale Steintreppe, die hinab zum Mineneingang führte. Es erschien wie eine Ironie des Schicksals, dass es ausgerechnet Jago war, der sie darauf aufmerksam gemacht hatte. Obwohl einige Stufen umgestürzt waren, würden die restlichen vielleicht ausreichen, um hinabzuklettern. Erst zum Mineneingang und von dort hinunter zum Strand. Wenn sie es schaffte, schnell genug und einigermaßen unverletzt unten anzukommen, dann konnte sie Melvin vielleicht abhängen. Sie kannte sich hier an der Küste besser aus als er, das war ihre Chance.

Vielleicht ihre einzige.

Während sie noch immer mit einem Ohr Melvins Bericht lauschte, schob sie vorsichtig einen Fuß nach hinten. Dann den anderen nach. Noch ein Schritt ... Da ertastete sie mit der Fußspitze die Kante der ersten Treppenstufe.

„Wenn der Alte doch nur den Mund gehalten hätte! Aber er war voller Wut, selbst als er halb gebrochen am Boden lag. Redete von Schweinerei und Lotterwirtschaft und verdammten Amateuren, und das Arthur alles erfahren müsste. Wollte sich aufrappeln, blutüberströmt wie er war, und schnurstracks ins Büro laufen. Das konnte ich doch nicht zulassen, ich musste ... Er musste still sein!" Melvins Worte endeten mit einem Aufschrei, der in trockenes, keuchendes Schluchzen überging. Jetzt war der Moment! Blitzartig sprang Charlotte auf, warf eine Handvoll Erde und Kies in Melvins Richtung und wandte sich um. Halb sprang, halb rutschte sie die feuchten Steinstufen hinunter. Musste immer wieder kurz innehalten, um nicht von dem überwucherten Pfad abzukommen oder das Gleichgewicht zu verlieren. Das Geräusch von Schritten hinter ihr verriet, dass Melvin sich schnell gefasst hatte und ihr folgte. Schon kam der mit dunklen Holzbohlen verrammelte Mineneingang in Sicht. Mit einem Sprung hechtete Charlotte über eine Felsspalte. Hinter ihr purzelte loses Geröll in die Tiefe. Als Charlotte auf dem schmalen Plateau vor dem Mineneingang landete, schoss ihr ein stechender Schmerz durch ihr linkes Fußgelenk. Sie musste falsch abgesprungen und sich im Fall den Fuß verdreht haben. Wimmernd ging sie zu Boden, kroch auf allen vieren weiter und versuchte vergeblich, sich aufzurappeln. Schon hörte sie Melvins keuchenden Atem:

„Das ... darf ... ich nicht zulassen, Charlie. Ich muss ... muss ..." Unablässig murmelte er vor sich hin. Da erblickte Charlotte einen schmalen Spalt zwischen den Brettern des Mineneingangs. Eines davon musste im

Laufe der Zeit morsch geworden sein. Es hatte sich gelöst und hing halb herunter. Wenn es ihr gelang, durch die Lücke zu schlüpfen ... Sie griff nach den Kanten der verbliebenen Bretter und zog sich daran empor. Schob erst das gesunde Bein durch die Öffnung, dann die Schulter und den Kopf. Das rissige alte Holz der Bretter zerkratzte ihr Hände und Gesicht, ihr T-Shirt blieb an einem rostigen Nagel hängen und zerriss, aber das kümmerte sie nicht. Alles was zählte war, dass sie es schaffte. Jetzt musste sie nur noch den verletzten Fuß nachziehen. Sie stützte sich mit den Händen am Boden ab, robbte vorwärts und biss die Zähne zusammen, um den Schmerz in ihrem Bein auszuhalten.

Von hinten spürte sie einen Widerstand.

War es das Brett am Eingang oder Melvin, der bereits nach ihrem Fuß griff? Egal. Ein kurzer Ruck und sie war frei. Keuchend richtete sie den Oberkörper auf und hockte sich hin. Von draußen war weiterhin Melvins monotones Gemurmel zu hören. „Es tut mir leid, Charlie. Es tut mir wirklich leid", sagte er immer wieder. Dabei schabte und klopfte er an den Brettern des Mineneingangs herum. Offenbar versuchte er, zu ihr hereinzukommen. Wenn er das schaffte, war sie verloren. Dann saß sie in der Falle. Er konnte sie erwürgen, ihre Leiche in einen der halbeingestürzten Seitengänge der Mine schleifen und liegenlassen. Es konnte Jahre dauern, bis man sie dort entdeckte, vielleicht würde sie nie gefunden werden. Sie starrte auf den schmalen Lichtstreifen, der zwischen den Brettern hindurch in den Minengang fiel. Schon tauchte Melvins Fuß darin auf, dann sein Schienbein. Ohne nachzudenken hob Charlotte einen Stein vom Boden auf und hieb damit gegen

Melvins Bein. Mit einem Schmerzenslaut wurde es zurückgezogen. Auf einmal drangen neue Geräusche von draußen zu Charlotte vor. Waren das Schritte, kam wieder jemand die Treppe hinunter? Und ... Hundegekläff? Bildete sie sich das ein oder spielte ihr panikgeschütteltes Hirn ihr einen Streich? Das Herz hämmerte noch immer wie ein Dampfhammer in ihrer Brust.

„Charlie? Bist du da unten irgendwo?"

„Charlotte, wenn Sie uns hören können, dann melden Sie sich!"

Jetzt gab es keinen Zweifel mehr. Das waren Neal und Mrs Maggie.

„Hier! Ich bin hier!", schrie Charlotte.

Vor dem Mineneingang brach Tumult aus.

„So, du willst abhauen? Vergiss es, du Bastard!" Das Gebrüll konnte nur von Colin stammen. Versuchte Melvin zu fliehen, und Colin nahm die Verfolgung auf?

„Wenn du Charlie etwas getan hast, bringe ich dich um!"

„Col, pass auf!", hörte Charlotte Neal rufen.

„Seien Sie um Himmels Willen vorsichtig, Mr Alderson! Ein schwacher Mann, der in die Enge getrieben wird, ist gefährlicher als ein starker."

„Was?"

„Agatha Christie, Inspector Miller. Kommen Sie, Charlotte. Sind Sie verletzt?"

„Nur der Fuß ist verknackst." Vor Schmerz und Erleichterung liefen Charlotte die Tränen übers Gesicht, als sie sich von Mrs Maggie zurück ins Freie helfen ließ. Irgendwo unter ihr am Steilhang zwischen Mineneingang und Strand kämpfte Colin verbissen gegen Melvin. Aber sie lebte, sie hatte es geschafft! Vor ihr stand die Mutter ihres Chefs und zitierte mal wieder fiktive Krimi-Helden. Ruhterford der Mops, der sich offenbar als Spürhund betätigt hatte, schaute schwanzwedelnd zu ihr auf. Obwohl ihr Fuß noch immer höllisch wehtat, verspürte Charlotte den plötzlichen, irrwitzigen Drang laut loszulachen. Vielleicht hätte sie tatsächlich gelacht, wäre da nicht die Sorge um Colin gewesen. Mrs Maggie hatte recht: Das Terrain war gefährlich, und Melvin erst recht. Er hatte nichts mehr zu verlieren. Selbst seinen Verstand schien er schon verloren zu haben.

Ein Teil von ihr wünschte sich, ihn nie wiedersehen zu müssen. Und doch: Als er dann flankiert von Colin und Neal wieder auf dem Felsplateau auftauchte, das Gesicht von Schrammen und Hautabschürfungen übersät, die Hände hinter dem Rücken mit Gaffer-Tape gefesselt, das Neal offenbar in weiser Voraussicht aus der Fabrik hatte mitgehen lassen – da fühlte Charlotte neben der Erleichterung darüber, dass Colin unversehrt schien, mit seinem Widersacher einen irrationalen Funken Mitleid. Für einen winzigen Moment traf ihr Blick Melvins. Auf seinem Gesicht lag wieder dieses traurige kleine Lächeln, das in Charlotte einmal Zärtlichkeit ausgelöst hatte, und das sie nun fürchtete.

Abrupt wandte sie sich ab.

Stattdessen betrachtete sie Colin. Auch sein Gesicht war zerkratzt, und seine Hände bluteten von dem Kampf zwischen den scharfkantigen Felsen, doch er tat die Verletzungen mit einem Achselzucken ab

„Den da hat's schlimmer erwischt", erklärte er mit grimmiger Genugtuung und stieß den schweigenden, reglos dahockenden Melvin mit der Fußspitze an.

„Charlie, was genau ist eigentlich passiert? Hat er dich bedroht?"

Charlotte nickte nur. Es gelang ihr nicht, ein Wort hervorzubringen.

„Ferenc und Ariane waren noch auf dem Werksgelände und haben euch über die Wiese laufen sehen. Sie kamen zu mir, weil ihnen der Anblick merkwürdig vorkam. Ariane meinte, es hätte so ausgesehen, als ob du nicht freiwillig mitgingst und versuchtest, dich zu wehren. Also sind wir losgerannt, um dich zu suchen. Ich wäre vor Sorge fast durchgedreht! Um ehrlich zu sein kapiere ich das Ganze immer noch nicht: Ist Bradstone ausgetickt, weil er von den Fehlern an der Maschine wusste und nicht wollte, dass es noch jemand mitkriegt?"

Wieder nickte Charlotte. Diesmal kamen die Antworten nicht von selbst zu ihr, sondern sie musste sich dazu überwinden. Ihre Stimme fühlte sich rau und fremd an.

„Das ist nicht alles. Er hat auch Harry auf dem Gewissen. Unsere Vermutung war richtig, Col. Harry wurde durch einen Unfall an der Maschine verletzt, aber er hat noch gelebt. Zuerst wollte Melvin ihm wohl helfen, aber Jago hat ihn unter Druck gesetzt. Er wusste alles und wollte, dass Harry schweigt. Ich habe einen Streit zwischen den beiden belauscht, doch Melvin hat mich bemerkt, und da ... es tut mir leid."

Nun war es Mrs Maggies fassungsloser Gesichtsausdruck, den Charlotte nicht ertragen konnte. Sie senkte den Kopf, um dem ungläubigen Blick auszuweichen.

Wenig später humpelte sie mühsam und halb auf allen vieren den steilen Pfad wieder hinauf, unterstützt von Neal, die abwechselnd ihr und Mrs Maggie eine helfende Hand reichte. Colin harrte währenddessen bei dem gefesselten Melvin aus. Die Anstrengung beim Klettern hielt die alte Dame nicht davon ab, vor sich hin zu murmeln: „Sie müssen sich irren, Charlotte. Dass dieser ... Verrückte versucht, anderen die Schuld für seine Taten zuzuschieben, liegt auf der Hand. Ich weiß nicht, was er Ihnen erzählt hat. Sie sind natürlich erschöpft und verwirrt. Aber wenn Sie sich erst ausgeruht haben und wieder klar sehen, werden Sie verstehen, dass ...“

Charlotte wollte nicht hören, was sie angeblich verstehen würde. Sie verstand nur zu gut. Arthur und seine Mutter hatten Jago mit offenen Armen bei sich aufgenommen. Hatten all ihre Hoffnungen auf ihn gesetzt, ihn behandelt wie den Sohn, den Arthur nie hatte. Wie sollten sie von einem Augenblick auf den anderen einsehen, dass er in ein mörderisches Komplott verwickelt war?

Oben am Aussichtspunkt wurden die Kletterer bereits von Polizisten in Empfang genommen. Colin, Neal oder Mrs Maggie musste vorsorglich die Beamten benachrichtigt haben, bevor sie sich auf die Suche begeben hatten. Charlotte ließ sich dankbar auf dem Rücksitz des Polizeiautos nieder, froh sich erst einmal um nichts mehr kümmern zu müssen. Sergeant Arbuckle lief schwitzend und geschäftig herum und erteilte Befehle. Als er sie ansprach, antwortete sie wieder mit einem Nicken. Ja, sie würde auf der Wache ihre Zeugenaussage zu Protokoll geben. Morgen.

Kapitel 14

Es gelang ihr nicht, die Erinnerung an Mrs Maggies ungläubige Miene abzuschütteln. Nach einer kurzen, unruhigen Nacht begleitete ihre Mutter Rory und sie auf die Polizeistation. Zuerst gab Rory seine Aussage bezüglich Heloises Party zu Protokoll. Er bekam sogar sein Handy wieder, das irgendjemand im Haus unter einem Sofa gefunden und bei der Polizei abgegeben hatte. Dann war Charlotte an der Reihe. Nachdem sie alle Fragen beantwortet hatte, verließ sie beinahe fluchtartig den Raum. Weiter vorn auf dem Korridor erkannte sie Arthurs Gestalt, er hatte ihr den Rücken zugewandt.

Sie beeilte sich, das Gebäude hinter sich zu lassen, bevor er sie vielleicht erkannte.

***

Zu Hause war es unnatürlich still. Alle schienen mit angehaltenem Atem herumzulaufen und sie aus den Augenwinkeln zu beobachten. Ihre Mutter hatte sich frei genommen. Das war, soweit Charlotte sich erinnerte, seit Jahren nicht mehr vorgekommen. Nicht seit Elliot mit acht oder neun eine Blinddarmentzündung gehabt hatte. Auch wenn Charlotte dankbar für die moralische Unterstützung war — sie konnte sich nicht in ihrem Zimmer verkriechen und sich wie ein rohes Ei behandeln lassen, sobald sie sich aus der Tür wagte.

„Ich bin okay, Mum", sagte sie, obwohl es nicht stimmte. Ihre Mutter durchschaute sie sofort.

„Bist du nicht. Was du erlebt hast, steckt man nicht so einfach weg. Das braucht Zeit."

„Ich kann aber nicht von dir verlangen, dass du meinetwegen deine Arbeit im Stich lässt", murmelte Charlotte. Da wurde ihre Mutter beinahe ärgerlich.

„Arbeit und Arbeit. Was habe ich dir bloß mit meinem übertriebenen Pflichtbewusstsein eingebrockt? Ich war ein miserables Vorbild."

„Warst du nicht", protestierte Charlotte.

„Doch, war ich. Du ruhst dich jetzt erst einmal aus. Alles andere lass meine Sorge sein."

Also ließ Charlotte sie gewähren, auch wenn sie nicht das Gefühl hatte, dass es ihr besserging, nachdem sie den Rest des Tages im Bett verbracht hatte.

Auch in der nächsten Nacht schlief sie schlecht.

Am Vormittag kamen Colin und Neal vorbei. Charlottes Mutter wachte wie Zerberus an der Tür und wollte sie zuerst nicht hereinlassen. Doch als Charlotte protestierte, gab sie nach und zog sich zurück.

„Ich weiß gar nicht, wie ich euch beiden danken soll", begann Charlotte das Gespräch. „Ihr habt mir das Leben gerettet."

„Na Ehrensache. Was sollten wir auch ohne dich anfangen?", erwiderte Neal und nahm Charlotte spontan in die Arme. Eine kostbare Minute lang lehnte Charlotte sich an Neals Schulter. Doch dann zog sie sich zurück. An der Art, wie Neal Colin einen schnellen Blick zuwarf, bevor sie mit gesenktem Kopf stehenblieb, merkte Charlotte, dass die beiden nicht nur gekommen waren, um sich nach ihrem Befinden zu erkundigen. Irgendetwas hatten sie ihr noch zu sagen, und es musste etwas Unangenehmes sein. Warum sonst schlichen sie derart um den heißen Brei herum?

Colin hatte mit seinen zerschundenen Händen und dem von blauen Flecken übersäten Gesicht gewisse Ähnlichkeit mit einem Boxchampion. Als Sieger fühlte er sich aber offenbar nicht. Er tätschelte Charlotte etwas unbeholfen den Rücken, bevor er sich in ihren Schreibtischsessel fallen ließ, die langen Beine von sich streckte und begann, unruhig mit den Fußspitzen auf und ab zu wippen.

„Was für eine Scheiße!", platzte er schließlich heraus.

„Kann man wohl sagen", stimmte Neal zu. „Charlie ... ich weiß gar nicht, wie ich es dir sagen soll, aber du hast ein Recht, es zu erfahren ... Melvin ist tot."

„Was?", flüsterte Charlotte und spürte, wie alles Blut aus ihrem Gesicht wich. Sie ließ sich auf ihre Schlafcouch sinken und schloss die Augen. Als sie sie wieder öffnete, hatte sich Neal besorgt über sie gebeugt.

„Du fällst doch nicht in Ohnmacht, oder?"

„Nein nein", stammelte Charlotte, noch immer benommen. „Was ist passiert?"

„Überdosis", berichtete Colin. „Die Polizei vermutet, dass es Absicht war. Arbuckle ist außer sich vor Wut, und ausnahmsweise gebe ich dem alten Walross Recht. Die Idioten in Bodmin haben Melvin nach der Verhaftung offenbar nicht gründlich genug kontrolliert. Irgendwie muss es ihm jedenfalls gelungen sein, seinen Stoff durch die Leibesvisitation zu schmuggeln. Zuvor hat er aber ein umfassendes Geständnis abgelegt. Anscheinend war der Kauf der CNC-Maschine von vornherein ein abgekartetes Spiel gewesen: Jago hatte das Ding irgendwo billig aufgetrieben, und mit Melvins Hilfe hat er es Arthur untergeschoben. Der Kaufvertrag war gefälscht, und die beiden haben ihn vernichtet, sobald Arthur unterschrieben hatte. Du konntest im Archiv keine Unterlagen finden, weil schlicht und ergreifend keine existierten. Das Preisangebot, das Arthur bekommen hat, lag unter der handelsüblichen Summe – deswegen hat er sich ja auch darauf eingelassen. Es war aber trotzdem erheblich mehr, als Jago seinen Hintermännern bezahlt hat. Den Gewinn haben er und Melvin sich geteilt. Bradstone brauchte Geld, um seine Sucht zu finanzieren. Und es sollte mich nicht wundern, wenn der gute Jago auch eine oder zwei teure Angewohnheiten hätte, von denen die liebe Familie nichts wissen darf."

„Aber die Websters glauben ihm doch!", brach es aus Charlotte heraus. „Und wenn Melvin tot ist ... dann wird Jago davonkommen. Dann stehen seinem Wort nur noch die Aussage eines Toten gegenüber, den alle für verrückt halten – und meine. Aber ich habe nur ein paar Bruchstücke mitbekommen, als Jago Streit mit Melvin hatte. Außerdem gehört er zur Familie, und ich bin bloß eine arme, verwirrte Angestellte." Charlotte hörte selbst, wie verbittert ihre Worte klangen, aber sie konnte nichts dagegen tun. Colin schüttelte jedoch langsam den Kopf.

„Okay, zugegeben. Vielleicht wollte Mrs Maggie im ersten Moment die Wahrheit nicht hören", räumte er ein. „Versetz dich mal in ihre Lage: Ihre ganze Hoffnung für die Zukunft hat sich von einem Moment auf den nächsten praktisch in Luft aufgelöst. Das kann einen schon umhauen. Außerdem hat Jago jeden mit seinem Charme eingewickelt. Du warst doch auch ganz verrückt nach ihm."

„Das ist nicht wahr!", fuhr Charlotte auf. „Ich war überhaupt nicht ..." Colin hatte Recht. Das wusste sie, noch während sie sprach. Egal wie schonungslos seine Worte waren, egal wie sehr sie schmerzten – er hatte recht. „Naja, vielleicht ein bisschen", gab sie kleinlaut zu.

„Siehst du. Aber inzwischen halten Mrs Maggie und Arthur zu dir, auch wenn die Polizei vielleicht die Anklage fallenlassen muss. Arthur hat Jago aus der Fabrik verwiesen. Hat ihn förmlich am Kragen gepackt und rausgeschmissen, ich war dabei. Mrs Maggie hat ihm gesagt, dass sie ihn in ihrem Haus nicht mehr sehen will. Sie hatte seinetwegen einen Riesenstreit mit Demelza Joslyn. Die ist offenbar noch immer wild darauf, dass Jago in die Familie einheiratet."

Erneut wurde Charlotte von Schwindel und Übelkeit übermannt. Für einen Moment blieb ihr buchstäblich die Luft weg. Sie sah sich selbst oben am Rand der Steilküste stehen, am Abend des Gartenfestes in ihrem schwarzen Rock und ihrer besten Bluse, und Jago wie er sanft mit dem Finger über ihr Gesicht strich. Er hatte mit ihr gespielt.

Wenn er damals geahnt hätte, dass sie einmal hinter seine blendende Fassade schauen würde und ihm gefährlich werden konnte – wie leicht hätte er sie an diesem Abend für immer zum Schweigen bringen können. Wahrscheinlich wünschte er sich im Nachhinein, er hätte es getan.

Trotz allem würde er nun offenbar Nora heiraten. Bei seinem weltgewandten Auftreten und seinem Redetalent konnte er irgendwo anders Karriere machen, und niemand würde nach seiner Vergangenheit fragen. Im Geiste sah Charlotte bereits das strahlende Hochzeitsfoto in einem High-Society-Magazin.

„Man könnte kotzen, wenn man darüber nachdenkt", sprach Neal ihre Gedanken aus. „Typen wie Jago Webster fallen immer wieder auf die Füße, egal wie viel Dreck sie am Stecken haben. Man wird ihm nichts nachweisen können. Vielleicht ist dies ja der richtige Zeitpunkt, um diesen gar-nicht-so-idyllischen Ort zu verlassen. Mich treibt zwar nicht gerade die Sehnsucht nach dem erzkatholischen Kaff in Irland, wo ich geboren wurde, aber die Welt ist schließlich groß."

„Ich will nicht behaupten, dass mir der Gedanke wegzugehen, nicht auch schon gekommen ist", gab Colin zu. „Letzte Woche war ich kurz davor. Aber was soll aus der Firma werden, wenn wir alle abhauen? Arthur steht auch so das Wasser bis zum Hals: Melvin ist weg, Jago ist weg und die CNC-Maschine wird er demontieren müssen. Wahrscheinlich beschlagnahmt die Polizei das Ding, um zu untersuchen, ob es irgendwo ‚von einem Laster gefallen ist'." Er hob die Hände und deutete mit den Fingern ironische Anführungszeichen an.

Doch Neal zuckte nur die Achseln bei seiner Beschreibung der Schwierigkeiten, in denen Webster Gas Valves steckte. „Eure protestantische Arbeitsmoral in allen Ehren, aber manchmal muss man einfach an sich selbst denken."

***

Vielleicht hatte Neal ja recht, überlegte Charlotte, nachdem die beiden gegangen waren. Ja, sie hatte sich gewünscht, Melvin Bradstone nie wiedersehen zu müssen. Und jetzt? War sie irgendwo tief drinnen, unter dem Schock und der Trauer, erleichtert darüber, dass es so gekommen war? Sie wusste es nicht, fühlte nichts als Leere. Das Gesicht ihres Vaters stand mit einem Mal so klar und scharf vor ihren Augen wie schon lange nicht mehr. Nach seinem Tode hatte ihre Mutter ihre Kinder und sämtliches Hab und Gut zusammengerafft und war nach Cornwall gezogen, was aus ihrem damaligen Blickwinkel betrachtet praktisch das Ende der Welt war. Dort hatte sie die Ärmel hochgekrempelt, sich in die Arbeit gestürzt und, zumindest soweit Charlotte das beurteilen konnte, nie wieder damit aufgehört. Ganz im Gegensatz dazu hatte sie Charlotte noch an diesem Morgen vorgeschlagen, eine Weile Urlaub zu machen und , sich ein bisschen frischen Wind um die Nase wehen zu lassen'.

Früher hätte Charlotte sich über diese klischeehafte Formulierung geärgert. Wo sonst konnte der Wind frischer sein als hier? Jetzt verstand sie, worauf ihre Mutter hinauswollte. Aber was sollte sie in irgendeinem Ferienparadies? Allein dasitzen und Löcher in die Luft starren konnte sie auch zu Hause. Trotzdem begann sie, im Internet zu recherchieren. Was sie suchte, wusste sie selbst nicht.

Irgendwann landete sie wie von selbst auf der Informationsseite der London Business School. Es wurden Sommerkurse zu verschiedenen Themen angeboten: „Leiten mit Vision. Entwickeln Sie Ihre individuellen

Führungskompetenzen und erweitern Sie Ihre berufliche Perspektive", las Charlotte. Das klang irgendwie gut. Wenn ohnehin jeder sie fragte, was er tun sollte – warum sollte sie dann nicht daran arbeiten, in Zukunft echte Antworten auf diese Frage parat zu haben? Als sie das Bewerbungsformular ausgefüllt und auf „abschicken" geklickt hatte, rechnete sie trotzdem mit einer Standard-Absage. Der Kurs begann in einer Woche, bestimmt waren längst alle Plätze vergeben.

Doch zu ihrer Überraschung erhielt sie wenige Minuten später eine Mail mit der Nachricht, man habe ihre Anmeldung registriert und werde ihr alle weiteren Informationen zukommen lassen, sobald sie eine Kopie ihres College-Zeugnisses eingereicht hätte. Sie konnte für die Dauer des Kurses sogar ein Wohnheim-Zimmer buchen. Es sah so aus, als könnte sie nach London fahren.

Lauterwerdende Stimmen aus dem Hausflur schreckten sie auf. Vorsichtig öffnete sie ihre Zimmertür einen spaltbreit und spähte hinaus. Ihre Mutter stritt sich mit jemandem an der Haustür. Waren das etwa Arthur und Mrs Maggie? Die Stimmen klangen so. Aber Elisabeth Cunningham ließ die beiden gar nicht zu Wort kommen:

„Sie wagen es, hierherzukommen und meine Tochter zu stören?", empörte sie sich. „Keine zwei Tage, nachdem sie mit knapper Not dem Tod entronnen ist, weil Sie Ihre Firma nicht im Griff haben? Und Sie wollen ein Firmeninhaber sein? Wissen Sie, was Sie sind? Sie sind die jämmerlichste Karikatur eines Fabrikbesitzers, die mir jemals untergekommen ist!" Damit schlug Elisabeth den beiden die Tür vor der Nase zu, und kurz darauf hörte Charlotte sie in der Küche rumoren.

Warum war Arthur gekommen, etwa um sich bei ihr zu entschuldigen? Nach allem, was Colin erzählt hatte, schien es so. Trotzdem war Charlotte erst einmal froh, dass ihre Mutter den Chef nicht hereingelassen hatte. Irgendwann in nicht allzu ferner Zukunft würde sie ihm gegenübertreten müssen. Spätestens um ihre Kündigung einzureichen, bevor sie nach London fuhr. Wenn sie überhaupt kündigen wollte.

Als sie am Abendbrottisch dem Rest der Familie von dem Sommerkurs erzählte, schien ihre Mutter jedenfalls fest davon auszugehen.

„Das ist doch gut. Jetzt fährst du erst einmal nach London, und dann – mal sehen, was sich ergibt."

Ihre Brüder jedoch waren alles andere als begeistert.

„Wenn Charlie wegzieht, kann ich ebenso gut ans College gehen", murrte Rory. „Ohne sie ist zu Hause sowieso nicht mehr ... wie zu Hause."

„Hey, und was ist mit mir?", beschwerte sich Elliot. „Wollt ihr mich etwa allein zurücklassen?"

„Wieso, du hast doch deine Viecher", erwiderte Rory mitleidlos. „Meinetwegen kannst du mein Zimmer kriegen. Da kannst du dir noch ein paar Meerschweinchenkäfige reinstellen oder ein Terrarium mit irgendwelchem anderen Viehzeug."

„Und mich habt ihr wohl ganz abgeschrieben", stellte Elisabeth trocken fest. „Davon mal abgesehen solltet ihr euch was schämen, die arme Charlie in eure kindischen Streitereien hineinzuziehen."

„Lass sie doch", protestierte Charlotte. Dass Rory und Elliot sich zankten war normal. Es war in jedem Fall besser als die unnatürliche Stille zuvor. Wollte sie das alles wirklich auf Dauer verlassen? Die heimelige Atmosphäre von Hill Cottage, ihre Familie, die Stadt und die Küste, die ihr zur Heimat geworden war?

Sie kam nicht dazu, weiter darüber nachzudenken.

Das Schrillen der Klingel an der Haustür überraschte sie auf halbem Weg zwischen der Küche und ihrem Zimmer. Sie öffnete die Tür, ohne nachzudenken und stand plötzlich Nora gegenüber. Es regnete in Strömen, und die sonst so gepflegte Kollegin sah aus wie eine nasse Katze. Die Kleidung klebte an ihr, und aus dem offenen Haar lief das Wasser in Rinnsalen über ihre Jacke und ihr Gesicht. Doch der Regen schien sie kaum zu kümmern. Schluchzte sie etwa? Charlotte konnte sich nicht erinnern, Nora schon einmal weinen gesehen zu haben. Selbst als ihre Schwester mit Vergiftungserscheinungen ins Krankenhaus musste, hatte Nora die Fassung bewahrt. Jetzt jedoch stotterte sie wie ein verängstigtes Kind: „Oh Charlie, ich weiß nicht, was ich tun soll!"

„Ach nee, und da sollen wir anderen wohl Schlange stehen, um unsere Dienste anzubieten?" Elisabeth Cunningham war hinter Charlotte getreten, offenbar noch immer vor Wut geladen bis zur Halskrause und bereit, trotz Wind und Wetter jeden Besucher abzuwimmeln. „Tut mir leid, Miss Joslyn, heute ist keine Konsultation. Weder für Ihre Pferde noch für Sie."

„Sie h... haben ja Recht, ich hätte nicht kommen sollen. A... aber ich wusste einfach nicht, wohin ich sonst gehen sollte."

Nora sah zum Gotterbarmen aus. Außerdem hatte sie vom vielen Weinen einen Schluckauf. Charlotte seufzte.

„Na gut, komm rein. Es ist in Ordnung, Mum." Ihre Mutter verschwand, noch immer mürrisch vor sich hinmurmelnd. Wenige Augenblicke später bot sie Nora ein Handtuch und einen trockenen Jogginganzug an. Auch sie konnte nicht aus ihrer Haut.

Schließlich saßen Charlotte und Nora einander in Charlottes Zimmer gegenüber, hielten sich jede an einem Becher heißem Tee fest und schwiegen sich an. Abgesehen von den Kindergeburtstagen vergangener Zeiten, zu denen Charlotte stets die ganze Klasse einladen musste, weil ihre Mutter darauf bestand, dass niemand übergangen werden durfte, war Nora nie hier gewesen.

„Oh Gott Charlie, du musst mich für die größte Egoistin der Welt halten." Charlotte schwieg. Was sollte sie darauf antworten? Zu leicht wollte sie es Nora nicht machen.

„Sogar meine Schwester hasst mich."

„Heloise? Geht es ihr etwa immer noch schlecht?", erkundigte Charlotte sich. Nora zuckte hilflos die Achseln.

„Sie will nur, dass ich sie in Ruhe lasse. Ansonsten redet sie kaum mit mir. Sie sagt, ich hätte keine Ahnung, wie es sich anfühlt, überall das fünfte Rad am Wagen zu sein, weil ich sowieso immer die Lieblingstochter gewesen wäre, die stets im Vordergrund stand."

Charlotte verstand das Gefühl nur zu gut. Die Eifersucht, die heimliche Bitterkeit – und sie war nicht einmal mit Nora verwandt.

„Ich habe dich auch immer beneidet", gab sie zu. „Wollte so sein wie du: So schön wie du, so klug wie du, so beliebt wie du."

„Im Ernst?" Nora schien ehrlich überrascht, sogar schockiert „Dabei wirkst du so selbstsicher. Du kannst mit Menschen umgehen, du verstehst sie und gewinnst ihr Vertrauen. Das kann ich überhaupt nicht. Ich ... ich habe immer nur gedacht, solange ich alle Regeln befolge und meine Pflicht tue, könnte mir nichts Schlimmes passieren, und jeder würde mich mögen. Aber jetzt sagt meine Mutter, dass es meine Pflicht ist, an der Seite des Mannes zu stehen, den ich liebe."

„Liebst du ihn denn?", fragte Charlotte. Sie konnte sich nicht überwinden, Jagos Namen auszusprechen. Nicht in Verbindung mit diesem Wort.

„Das weiß ich doch nicht!" Nora schrie beinahe. „Wie soll ich das wissen? Vielleicht kenne ich ihn nicht einmal? Wie kann ich einen Mann heiraten, der unter Verdacht steht, dass er kaltblütig einen anderen Menschen hat umbringen lassen?"

„Also? Was wirst du tun?" Mit einem Mal fühlte Charlotte sich ganz ruhig. Sie würde sich nicht mehr verkriechen. „Was willst du von mir, Nora? Hoffst du, dass ich meine Zeugenaussage widerrufe und sage, dass vielleicht doch alles ganz anders war? Damit du ruhigen Gewissens das tun kannst, was die werte Familie wünscht?"

„Nein! Ich schätze, ich wollte die Wahrheit nur noch einmal aus deinem Mund hören."

„Die Wahrheit ist das, was ich der Polizei gesagt habe."

„Dann kann ich Jago auf keinen Fall heiraten. Ich müsste mich ja sonst vor mir selbst schämen. Aber meine Eltern ...“

„Sie können dich nicht zwingen, Nora. Du bist erwachsen. Du kannst tun, was du willst und gehen, wohin du willst.“

„Ich kann doch nicht einfach so abhauen“, flüsterte Nora kläglich. „Ich wüsste nicht einmal, wohin. Das klingt jetzt vielleicht erbärmlich, aber ich bin noch nie irgendwo alleine hingefahren.“

„Dann wird es vielleicht höchste Zeit.“

***

Hinterher hätte Charlotte nicht sagen können, was sie dazu bewegt hatte, Nora von dem Kurs in London zu erzählen – und ihr letzten Endes ihren Platz abzutreten. Vielleicht war es Mitleid mit Nora, die anscheinend nicht einmal genügend Fantasie aufbringen konnte, sich irgendetwas vorzustellen, was sie gern tun wollte, wenn nicht ihre Familie dahinterstand. Vielleicht jedoch war Charlotte einfach nur erleichtert, dass Nora Jago nicht heiraten würde.

„Dir ist wirklich nicht zu helfen“, stöhnte Elisabeth entnervt auf, als Charlotte ihr von dem Angebot erzählte, dass sie Nora gemacht hatte.

„Das liegt dann wohl in der Familie“, erwiderte Charlotte. „Oh, und ich habe Nora versprochen, dass du nach ihrem Lieblingspferd schaust, während sie weg ist.“

„Nein, das hast du nicht getan!“
„Ich fürchte doch.“

230

Am Ende mussten sie beide lachen. Es fühlte sich an
wie eine Befreiung.

Kapitel 15

„Aus der Erde sind wir gekommen, zur Erde sollen wir wieder werden. Erde zu Erde, Asche zu Asche, Staub zu Staub."

Obwohl es erst Mitte August war, fühlte sich das Wetter am Tag von Harry Burrows' Beerdigung schon beinahe herbstlich an. Vom Meer her wehte ein frischer Wind, und Charlotte senkte die Hände tiefer in die Jackentaschen. Der Schrei einer Möwe ließ sie in den Himmel emporschauen, er war grau und wolkenverhangen.

Auch auf der Erde überwog das Grau: Die Schieferplatten, aus denen die schlichte, kleine Kirche von Port St. Petroc gemauert war, die Grabsteine und keltischen Rundkreuze, einige von ihnen vom Alter verwittert und mit Moos bewachsen. Viele der Inschriften kannte Charlotte auswendig. Sie hatte den Friedhof immer gemocht. Es war ein Ort, an dem sie sich ihrem Vater nahe fühlte, obwohl er gar nicht hier begraben lag. Während der Pfarrer die Begräbnisformel sprach, schaute sie hinüber zu dem Gedenkstein mit den Namen der Minenarbeiter, die vor gut hundert Jahren nach dem großen Unglück hier bestattet worden waren. Ob auch ein Vorfahr von Harry Burrows darunter war? Vielleicht hätte der alte Mann davon erzählen können, wenn sie ihn gefragt hätte. Jetzt jedoch würde sie es nie erfahren. Wohl selten waren seit dem Minenunglück von damals wieder so viele Menschen auf einmal hier gewesen wie heute. Die halbe Stadt schien auf den Beinen zu sein, um dem Mann das letzte Geleit zu geben, der zu Lebzeiten selten von sich reden gemacht hatte.

Kurz schaute Charlotte zu Neal und Colin hinüber. An ihrer anderen Seite standen ihre Brüder. Ungewöhnlich erwachsen sahen sie aus in ihrer steifen, dunklen Kleidung, wie sie so ernst und mit gesenkten Blicken dastanden. Selbst Elliot hatte unbedingt mitkommen wollen, obwohl die Mutter dagegen gewesen war. Er war nicht der einzige jugendliche Trauergast, Charlotte erkannte einige der Jungen aus dem Fußballverein. Arthur und seine Mutter waren selbstverständlich auch gekommen. Mrs Maggie, dem Anlass entsprechend gekleidet in schwarzem Mantel und elegantem schwarzem Hut, nickte Charlotte gemessen aber freundlich zu.

Sie hatten sich ausgesprochen. Charlotte war froh, dass Arthur Elisabeths harte Worte offenbar nicht persönlich genommen hatte. Genau wie zu Eileen Burrows waren er und Mrs Maggie auch zu Charlotte ein zweites Mal gekommen, und diesmal hatte sie sie hereingebeten.

Gekündigt hatte sie nicht, und Arthur hatte sie nicht gefragt, wann sie wieder zur Arbeit kommen würde. Sie solle sich Zeit lassen, sagte er stattdessen. Danach hatte er eine Weile mit Rory gesprochen. Er hatte ihrem Bruder die freie Lehrstelle als Maschinenschlosser angeboten, und Rory hatte zugesagt. Ihre Mutter hatte den Rest des Abends gemurrt, dass sie in dieser Familie wohl überhaupt nichts mehr zu sagen hätte. Am nächsten Morgen war alles wie immer, und über das College wurde kein Wort mehr verloren. Elisabeth Cunningham schien sich damit abzufinden, dass ihre Kinder eigener Wege gingen.

Arthur war zu Eileen Burrows getreten, offenbar um ihr erneut sein Beileid auszusprechen. Die Witwe stand etwas abseits von den übrigen Gästen, beinahe so als gehöre sie nicht dazu. Ferenc und Ariane gingen an ihr vorüber und nickten ihr kurz zu. Freunde würden die beiden Frauen sicher nie werden, aber wenigstens schienen sie einander nicht mehr zu hassen. Nun ging Colin auf Eileen zu, und während sie mit ihm sprach, glitt ein Lächeln über ihre undurchdringliche Miene. Jetzt lachte sie sogar ihr raues, bellendes Lachen. „Du bist ein Spinner“, hörte Charlotte sie zu Colin sagen. „Aber ein lieber.“

„Was war denn so lustig?“, fragte Charlotte später, als Colin ihr das schmiedeeiserne Friedhofstor offenhielt und sie hindurchschlüpfen ließ. Colin schloss das Tor, sah sich noch einmal über die Schulter nach dem Pfarrer um und deutete dann auf seine Jackentasche. Ein spitzes weißes, von zitternden Schnurrhaaren gesäumtes Schnäuzchen lugte neugierig daraus hervor: Er hatte die Ratte Gwen mitgenommen. Wider Willen musste Charlotte schmunzeln.

„Col, du bist einfach unmöglich! Sogar Rutherford musste heute zu Hause bleiben, aber du musst wohl überall eine Extrawurst haben. Kann man eigentlich auf dem Friedhof einen Platzverweis bekommen?"

„Wahrscheinlich." Colin grinste. „Der Referee äh pardon, der Reverend zieht Rot. Die rote Karte für Alderson", ahmte er den Tonfall eines Sportkommentators nach. Charlotte verbiss sich ein Kichern.

Colin wurde als Erster wieder ernst. „Kommst du noch mit zum Leichenschmaus?", fragte er, betont beiläufig, doch sein Blick verriet ihn.

„Vielleicht später", wich Charlotte aus.

Ihre Brüder hatten sich bereits auf den Weg zu der Gedenkfeier gemacht, die der Fußballverein zu Ehren des langjährigen Mitglieds Harry Burrows veranstaltete. Sie selbst dagegen fühlte noch immer Unbehagen bei dem Gedanken, sich in geselliger Runde inmitten von Kollegen, Nachbarn und Bekannten niederzulassen. Ihr stand eher der Sinn nach einem gemächlichen Spaziergang, so weit wie ihr noch immer angeschlagener Fuß es zuließ.

„Darf ich ein Stück mitkommen?", fragte Colin. „Ich bringe nur rasch Gwen nach Hause."

„Okay," erwiderte Charlotte zögernd. Während sie vor Colins Haustür auf ihn wartete, bereute sie schon wieder, dass sie nicht nein gesagt hatte. Er würde sie nach ihren Plänen für die Zukunft fragen, würde Antworten von ihr wollen, die sie selbst noch nicht kannte.

„Wusstest du schon, dass Eileen Burrows wegziehen will?", begann Colin das Gespräch, während die beiden nebeneinander die steile Straße in Richtung Hafen hinuntergingen. Instinktiv hatte Charlotte diesen Weg eingeschlagen, obwohl sie aufpassen musste, ihren Fuß nicht zu sehr zu belasten. Colin passte sich ihren langsamen Schritten an. „Eileen will sich so schnell wie möglich eine Wohnung in der Stadt nehmen. Mit Harrys Jubiläumsscheck und den monatlichen Raten, mit denen Ferenc und Ariane ihre Schulden abbezahlen wollen, kann sie sich das auch leisten.“

„Im Grunde hat sie sich hier nie wohlgefühlt, oder?“, fragte Charlotte vorsichtig.

„Mhm, ich weiß nicht.“ Colin runzelte die Stirn. „Ich fürchte, dass sie sich jetzt dem erstbesten Mann an den Hals werfen wird, der ihr hinterherrennt, nur um das Versäumte nachzuholen.“

„Es ist ihre Entscheidung.“

„Ja. Ist es wohl.“ Vielleicht dachte Colin in diesem Moment an seine Mutter, aber Charlotte fragte ihn nicht danach.

„Ich habe mit Neal gesprochen. Sie will trotz allem hierbleiben“, ergriff Colin erneut das Wort.

„Das ist gut“, sagte Charlotte und meinte es so. Aber was war mit ihr selbst?

Sie waren am Hafen angelangt. Kleine, vorwitzige Wellen schwappten unregelmäßig gegen die Steine der Mole. Die Möwen kreischten laut und zänkisch wie immer. Charlotte setzte einen Fuß auf den glatten Stein, dann den anderen. Sie schwankte, breitete die Arme aus und ging einen weiteren Schritt.

„Charlie? Verdammt, was treibst du da? Bleib stehen!“
Mit einem Sprung hatte Colin sie eingeholt und legte
stützend seine Hände auf ihre Schultern.

„Mit dem verletzten Fuß schaffst du das nie, du wirst
dir höchstens den Hals brechen“, schimpfte er. „Und du
willst mir erzählen, ich wäre unvernünftig! Komm, lass
uns zurückgehen.“

„Nein.“ Charlotte schüttelte entschieden den Kopf.

„Na gut. Aber wenn du unbedingt hierbleiben willst,
dann setz dich wenigstens hin. Der hier scheint trocken
zu sein – auch wenn wir uns den Hintern abfrieren
werden.“

Colin wies auf einen der Felsen, der ein wenig erhöht
lag und nicht von der feinen Gischt benetzt wurde. Er
hielt Charlottes Arm fest, während sie sich etwas umständlich auf dem Stein niederließ.

Dann setzte er sich neben sie.

Eine Weile sahen sie schweigend auf die unruhige See
hinaus. Dann fragte Colin vorsichtig:

„Was machst du hier, Charlie? Soll das ein Abschied
sein – oder ein neuer Anfang?“

Charlotte horchte in sich hinein. Sie fühlte sich diesem Ort und seinen Menschen noch immer verbunden.
Geborgen, trotz allem, was geschehen war. Was Melvin
getan hatte, änderte nichts daran.

„Letzteres, denke ich“, sagte sie. „Definitiv letzteres.“

„Heißt das, du willst bleiben?“

„Ja, das heißt es wohl.“

„Na Gott sei Dank!“

„Das wird Arthur auch sagen. Meinen Bruder hat er ja schon überredet. Ich wette, du hast ihn darauf gebracht, Rory die Lehrstelle anzubieten. Ist der Fortbestand von Webster Gas Valves damit gesichert?“, stichelte Charlotte. Irgendetwas an Colins offensichtlicher Erleichterung reizte sie zum Widerspruch.

„Auf die Idee mit Rory als Lehrling war Arthur selbst schon gekommen, als ich ihn darauf angesprochen habe“, wehrte Colin ab. „Arthur ist nicht so ein grober Klotz, wie du vielleicht glaubst, Charlie. Er hatte Bedenken, weil deine Mutter zuerst so sauer reagiert hat.“

Ach ja? Nun, diese Hürde war inzwischen gemeistert. Bildeten sich Colin und Arthur ein, dass somit in Zukunft alles wie am Schnürchen laufen würde, einschließlich ihrer Person? Charlotte, die gute Seele des Hauses – fleißig und ... unsichtbar.

„Nora wird aber länger wegbleiben. Sie hat mir geschrieben, dass sie erst einmal Abstand und Zeit zum Nachdenken braucht.“ Verstohlen beobachtete Charlotte Colins Gesicht im Profil. Wie nahm er diese Nachricht auf? Scheinbar ganz ruhig.

„Dann wird Arthur sich nach einer Vertretung umsehen müssen.“

„Und du?“, traute Charlotte sich nun, direkt zu fragen. „Dir wird sie erst recht fehlen, oder? Ich wette, du verfluchst meine Idee, sie nach London zu schicken.“

„Wieso sollte ich?“ Seine Verblüffung wirkte echt. „Charlie, glaubst du etwa, ich wäre noch hinter Nora her? Herrgott, das war in der zehnten Klasse! Ungefähr zu der Zeit, wo du in Melvin verknallt ... ach du Scheiße, Charlie! Du liebst den armen Irren doch nicht immer noch, oder?“ Colin starrte sie an wie vom Donner gerührt.

„Nein.“ Langsam schüttelte Charlotte den Kopf. „Es tut mir leid um ihn, das ist alles“, erklärte sie ehrlich. „Das kannst du sicher nicht verstehen, du hast ihn immer gehasst.“

„Das dachte ich, ja“, gab Colin nachdenklich zu. „Ehrlich, in dem Moment, als wir ihn gestellt hatten und mir klar wurde, dass er versucht hat, dir etwas anzutun, musste ich verdammt an mich halten, um ihn nicht mit einem Tritt von der Klippe zu befördern. Aber es ist merkwürdig: Jetzt wo er tot ist, fehlt er mir beinahe. Verrückt, oder? Ich habe mir eingebildet, weil er gut aussah, intelligent und beliebt war, würde ihm alles in den Schoß fallen. Aber was wusste ich schon? Wusstest du zum Beispiel, dass seine Eltern noch hier wohnen?“

„Ja. Ich habe sie ab und zu in der Stadt gesehen.“ Wie grauenvoll musste es sein, seinen einzigen Sohn auf diese Weise zu verlieren? Daran hatte Charlotte in den letzten Tagen gar nicht gedacht, war zu sehr mit sich selbst beschäftigt gewesen. Und jetzt sprach ausgerechnet Colin sie darauf an.

„Ich habe mir überlegt ...“, fuhr er zögernd fort. „Vermutlich ist es eine blöde Idee, aber ich dachte, ich sollte hingehen und ihnen mein Beileid aussprechen. Vielleicht werfen sie mich ja achtkantig raus, aber ich könnte es wenigstens versuchen. Oder?“

„Willst du, dass ich mitkomme?“ Der hoffnungsvolle Unterton in Colins Stimme war Charlotte nicht entgangen.

„Ich weiß, dass das eigentlich unzumutbar für dich ist. Aber wenn ich ehrlich bin, ja."

Charlotte biss sich auf die Unterlippe. „Also gut", seufzte sie schließlich.

„Du bist ein Schatz, Charlie, das meine ich ernst! Selbst auf die Gefahr hin, dass du mich gleich ins Wasser schubst: Weißt du, ich habe längst herausgefunden, dass kühle Blondinen eigentlich gar nicht mein Typ sind. Ich mag eher Rothaarige, die haben mehr Temperament. Ein Mann sollte es zu schätzen wissen, wenn eine Frau ihn dann und wann anbrüllt."

„Wa... wie bitte?" Diesmal war es an Charlotte, Colin verblüfft anzustarren. Auf seinem eben noch ernsten Gesicht breitete sich langsam ein Grinsen aus, das buchstäblich von einem Ohr zum anderen reichte.

„Alderson, soll das eine Anmache sein?" Unversehens verfiel Charlotte in den rauen Umgangston, der sonst eher typisch für Neal war. Im Sitzen die Arme in die Seiten zu stemmen, wirkte sicher nicht sehr eindrucksvoll. Charlotte tat es trotzdem, auch wenn sie genau wusste, dass sie spätestens beim Aufstehen auf Colins helfende Hand angewiesen sein würde.

„Ich schätze, das kommt auf die Antwort an."

„Du bist wirklich ein Spinner, Col! Ein absolut durchgedrehter Chaot."

„Aber ein lieber?"

„Naja. Manchmal vielleicht." Sie boxte gegen seine Schulter, dann lehnte sie sich an ihn. Für einen Sekundenbruchteil sah sie Jago Websters spöttisches Lächeln vor sich und erschrak. Dann schob sie den Gedanken energisch beiseite. Colins Gestalt schien so massiv wie der Fels, auf dem sie saßen. Wie so oft kam sie sich neben ihm winzig vor. Dennoch ging von seiner Gegenwart etwas Beruhigendes aus. Und genau wie Rory konnte er selbst mit Aftershave nie ganz den Geruch des Motorenöls überdecken, mit dem er täglich arbeitete. Charlotte mochte den Geruch. Der Gedanke, dass sie und Colin mehr verbinden könnte als bloße Kameradschaft, war ihr noch nie zuvor gekommen. Sie würde eine Weile brauchen, um sich daran zu gewöhnen.

Aber es war keine unangenehme Vorstellung.

Nein, ganz und gar nicht.

Wenn sie genauer darüber nachdachte, war es vielleicht nur ein weiteres Puzzleteil, das sich zum Ganzen fügte. Auch wenn dieses Ganze zu einem erheblichen Teil aus alltäglichem Chaos und einer endlosen Reihe kleiner und großer Scharmützel bestehen würde.

Auf dem Rückweg ließ Charlotte es zu, dass Colin sie beim Laufen stützte. Genau wie er vorausgesagt hatte, war ihr kalt, und ihr Fuß tat weh. Aber sie fühlte sich im Reinen mit sich selbst und der Welt. Nicht einmal der Gedanke an die engbesetzten Tische im Klubhaus des Fußballvereins konnte diesen Frieden stören.

***

Als sie Arm in Arm mit Colin den Raum betrat, winkte Mrs Maggie ihnen zu. Ihr kleines aber vielsagendes Lächeln verriet, dass sie sofort im Bilde war. Ariane steckte lächelnd den Kopf aus der kleinen Küche des Klubhauses, wo es bereits verführerisch duftete. Diesen

Platz hatte sie sich von niemandem streitig machen lassen. Auch Neal zwinkerte Charlotte zu und reckte den Daumen hoch.

„Sag mal, wurden hinter unserem Rücken schon Wetten auf uns abgeschlossen oder so?", wollte Charlotte wissen. „Und wie kommt es, dass du dich seit Neuestem so gut mit Arthurs Mutter verstehst?"

„Den wahren Freund erkennt man eben in der Not."

„Bitte, Col!", stöhnte Charlotte „Fang du nicht auch noch an, mit Zitaten um dich zu werfen. Von wem ist das eigentlich?"

„Keine Ahnung. Soll ich unser wandelndes Lexikon fragen? Ich wette, sie weiß es."

Doch bevor Colin seine Drohung wahrmachen konnte, ertönte aus der angrenzenden Küche ein unheilverkündendes Geschepper. Ariane schimpfte lauthals auf Ungarisch. Die jungen Mädchen, die für die Gedenkfeier als Serviererinnen eingestellt waren, liefen aufgeregt durcheinander.

„Ein Tier! Hier ist ein Tier!"

„Was, eine Maus?"

„Nein, etwas Größeres. Da ist es! Es rennt unter den Tisch!" Charlotte erspähte den Zipfel einer weißen Stoffserviette, der unter der langen Tafel verschwand. Offenbar verbarg sich darunter der Übeltäter.

Während die Beerdigungsgäste einer nach dem anderen von ihren Plätzen aufsprangen und unruhig mit den Stühlen zu scharren begannen, drehte sich Charlotte nichts Gutes ahnend zu Colin um und raunte: „Äh Col ... Bist du dir sicher, dass Gwen zu Hause in ihrem Käfig ist?"

„Ja, absolut", erwiderte er ehrlich verblüfft. „Ich weiß hundertprozentig, dass ich ..." Wie in Zeitlupe beugte Colin sich nach unten. Unter seinem Stuhl

lugte ein rundes, braunes Gesicht mit Knickohren und Kulleraugen treuherzig aus weißen Serviettenfalten hervor wie aus einer Bettdecke. Ruhterford der Mops leckte sich ausgiebig das Gesicht. Was auch immer er gerade in der Küche erbeutet hatte, es schien geschmeckt zu haben.

„Charlie?", knirschte Colin mit zusammengebissenen Zähnen. „Was ich gerade über wahre Freunde gesagt habe — vergiss das bitte. Ich nehme alles zurück und behaupte das Gegenteil."

Charlotte lachte.

Vielleicht machte ihr Verhalten den neuesten Kleinstadtskandal perfekt, immerhin war das hier eine Beerdigung.

Aber sie konnte nicht aufhören. Sie lachte so sehr, dass sie husten musste, schnappte keuchend nach Luft und lachte weiter. Irgendwo in ihrer Nähe erklang ein weiteres Lachen, es stammte von Eileen Burrows' heiserer Raucherstimme. Das Beispiel der Witwe steckte an, bald fielen die anderen Trauergäste ebenfalls in das Gelächter ein. Charlotte hörte Elliots helle Kinderstimme und Rorys Stimmwechselbass, der plötzlich nach oben in den Diskant rutschte. Neals warmen Alt, Arthurs dröhnenden Bass, sogar Arianes Stimme und schließlich Colins halb genervtes, halb belustigtes Brummen: „Das blöde Vieh ist gar nicht so blöd, wie es aussieht." Charlotte jedoch bedankte sich im Stillen bei

dem frechen Vierbeiner, denn in diesem Moment
fühlte sie sich ganz wie zu Hause.